EMIKO JEAN

um sonho em Tóquio

Tradução
RAQUEL NAKASONE

O selo jovem da Companhia das Letras

Copyright © 2022 by Alloy Entertainment e Emiko Jean

Publicado mediante acordo com Rights People, Londres
Produzido por Alloy Entertainment, LLC

O selo Seguinte pertence à Editora Schwarcz S.A.

Grafia atualizada segundo o Acordo Ortográfico da Língua Portuguesa de 1990, que entrou em vigor no Brasil em 2009.

TÍTULO ORIGINAL Tokyo Dreaming
CAPA E ILUSTRAÇÃO DE CAPA Ju Kawayumi
PREPARAÇÃO Camila Cysneiros e Julia Passos
REVISÃO Adriana Bairrada e Gabriele Fernandes

Dados Internacionais de Catalogação na Publicação (CIP)
(Câmara Brasileira do Livro, SP, Brasil)

Jean, Emiko
   Um sonho em Tóquio / Emiko Jean ; tradução Raquel Nakasone. — 1ª ed. — São Paulo : Seguinte, 2022.

   Título original: Tokyo Dreaming.
   ISBN 978-85-5534-225-7

   1. Ficção norte-americana I. Título.

22-124820	CDD-813

Índice para catálogo sistemático:
1. Ficção : Literatura norte-americana 813

Cibele Maria Dias – Bibliotecária – CRB-8/9427

[2022]
Todos os direitos desta edição reservados à
EDITORA SCHWARCZ S.A.
Rua Bandeira Paulista, 702, cj. 32
04532-002 — São Paulo — SP
Telefone: (11) 3707-3500
www.seguinte.com.br
contato@seguinte.com.br

Para todas as garotas que existem por aí.
A vida é um poema.
Espero que vocês o escrevam.

A família imperial*

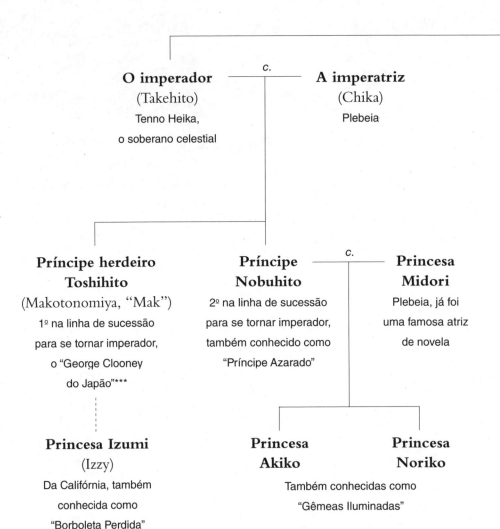

Imperador Chōwa**

O imperador (Takehito) — c. — A imperatriz (Chika)
Tenno Heika, o soberano celestial — Plebeia

Príncipe herdeiro Toshihito (Makotonomiya, "Mak")
1º na linha de sucessão para se tornar imperador, o "George Clooney do Japão"***

Príncipe Nobuhito — c. — **Princesa Midori**
2º na linha de sucessão para se tornar imperador, também conhecido como "Príncipe Azarado" — Plebeia, já foi uma famosa atriz de novela

Princesa Izumi (Izzy)
Da Califórnia, também conhecida como "Borboleta Perdida"

Princesa Akiko / **Princesa Noriko**
Também conhecidas como "Gêmeas Iluminadas"

* genealogia comentada e não oficial
** já faleceu
*** antes de se casar com Amal e ter gêmeos

c. ——— **Imperatriz Aimi****

~~Princesa~~ Kuniko**

Abdicou, deixando
tudo para sua parceira
de tênis, Sei

Princesa Tamako ——— *c.* ——— **Príncipe Yukihito**

3º na linha de
sucessão para se
tornar imperador

~~Princesa~~ Yumiko

Deixou a casa imperial,
casou-se com um
plebeu, não poderia
estar mais feliz

Princesa Asako

Plebeia, tem
uma residência
secreta para
seus gatos

——— *c.* ——— **Príncipe Yasukito**

4º na linha de sucessão
para se tornar
imperador; dorme com
um ursinho de pelúcia

Princesa Sachiko

Noiva de um
plebeu

Príncipe Masahito

A essa altura, a linha de
sucessão não lhe importa
mais; faz questão que
seu quarto seja limpo
3x por dia

Príncipe Yoshihito

Passa a maior
parte do tempo
no distrito da luz
vermelha de Tóquio

FOFOCAS DE TÓQUIO
EDIÇÃO ESPECIAL DE VERÃO

O amor está no ar!

---

21 de agosto de 2022

Foi um daqueles momentos piscou-perdeu. No começo da noite passada, a mesma multidão de sempre se espalhava pelas ruas depois de uma apresentação de *bunraku* no Teatro Nacional. Um casal atravessou a aglomeração e entrou depressa num sedan preto parado na calçada. Eram sua Alteza Imperial o Príncipe Herdeiro Toshihito e seu novíssimo par romântico, a estadunidense Hanako Tanaka, mãe da filha bastarda do príncipe, S.A.I. a Princesa Izumi. O casal assistiu à apresentação em assentos comuns. Nem os que ocupavam os lugares mais próximos faziam ideia de que o príncipe herdeiro estava no meio da plateia.

Trinta dias atrás, a sra. Tanaka chegou ao Japão discretamente em um voo comercial, carregando uma mala velha comprada no Walmart e Tamagotchi, o cachorro de estimação de S.A.I. a Princesa Izumi, um vira-lata de procedência desconhecida (muito diferente do shiba inu puro-sangue de que a imperatriz tanto gosta). "O cachorro e a dona estão destruindo o palácio", um funcionário imperial confessou. "A sra. Tanaka se recusa a deixar qualquer empregado atendê-la. O animal é uma ameaça e cheira mal."

O príncipe herdeiro assumiu a segurança de sua amada, preferindo veículos sem identificação e visitas surpresa a escoltas policiais ostensivas para circular em locais públicos. As bandeiras imperiais que costumavam anunciar sua chegada já não existem mais, e as viagens rigidamente pré-programadas da Agência da Casa Imperial agora são coisa do passado. O casal demonstra ser bastante afetuoso, andando de mãos dadas e sussurrando no ouvido um do outro em público — uma violação *admirável* do protocolo imperial.

Não é nenhum segredo que a Agência da Casa Imperial gostaria que o príncipe se casasse e gerasse um herdeiro para dar continuidade à linha de sucessão. Mas entre as candidatas nunca havia alguém como Hanako Tanaka, uma estadunidense sem vínculo algum com as antigas famílias aristocráticas japonesas e que, do alto dos seus *quarenta* anos, já passou longe da idade fértil.

Pouco se sabe sobre a sra. Tanaka além do fato de que ela conheceu o príncipe herdeiro em Harvard. Ele estava lá para estudar e praticar inglês em um intercâmbio de um ano, enquanto ela cursava biologia com uma bolsa de estudos. Apesar do diploma de uma instituição da Ivy League, a sra. Tanaka atualmente leciona em uma faculdade comunitária que não tem processo seletivo.

"Eu não entendo", a blogueira imperial Junko Inogashira disse. "O príncipe herdeiro poderia escolher qualquer uma. *Qualquer uma.*"

Mesmo assim, o príncipe herdeiro deixou suas preferências muito claras. "Sua Alteza Imperial é bastante temperamental em relação à sra. Tanaka. As coisas precisam ser do jeito dele, senão não tem conversa", um funcionário do palácio relatou. "O príncipe herdeiro está enfeitiçado." Pelo visto, tão enfeitiçado que chegou a quebrar a tradição ao permitir que a sra. Tanaka permanecesse no território imperial — ou melhor, *na própria casa dele.* A Agência da Casa Imperial afirma que a informação é legítima: "A sra. Tanaka está hospedada no palácio, mas em um aposento separado para hóspedes".

S.A.I. a Princesa Izumi tomou nota das escolhas do pai e resolveu seguir seu exemplo, tendo solicitado apenas um guarda imperial para acompanhá-la e um pequeno veículo sem identificação para ir a encontros românticos com seu ex-guarda promovido a namorado, Akio Kobayashi. *Como se não bastasse,* inspirada pela mãe, ela tem usado calças em vez dos vestidos em tons pastel que as mulheres da realeza costumam usar.

É impossível ignorar que todos os três — o príncipe herdeiro, a sra. Tanaka e S.A.I. a Princesa Izumi — estejam torcendo o nariz para as tradições imperiais.

"A Agência da Casa Imperial espera que ambos os relacionamentos não perdurem e conta os dias para

o retorno da sra. Tanaka aos Estados Unidos e para
a partida do sr. Kobayashi para a Escola de Candidatos
a Oficiais da Força Aérea de Autodefesa. Eles acreditam
firmemente que a distância vai esfriar o coração do príncipe
herdeiro e da princesa Izumi."

1

Uma vez por ano, no fim de agosto, a Gangue das Garotas Asiáticas faz uma reunião. A presença é obrigatória e a pauta é definida previamente. Trata-se de um evento fechado; apenas quem jurou cumprir os cinco acordos da GGA está autorizada a participar:

1. SCL — sempre coma lanchinhos.
2. Segredos tornam nosso vínculo mais saudável. (Uma de nós escreve *fanfic* dos Jonas Brothers. Uma depila os dedos dos pés de todas. E outra entupiu tão feio o vaso sanitário da escola com um absorvente que uma empresa desentupidora teve que ser chamada. Depois disso, a diretoria ainda foi convocada a fazer uma reunião-exclusiva-para-estudantes- -que-menstruam para falar sobre o descarte adequado de produtos de higiene — sou eu; essa garota sou eu.)
3. Devemos motivar e encorajar umas às outras.
4. Minhas roupas são suas roupas.
5. E, por último, eu faço se você fizer.

Olho para minhas três amigas — Noora, Glory e Hansani — na tela do computador. É a primeira vez que fazemos nossa reunião anual em locais separados, espalhadas pelo mundo em diferentes fusos horários.

São oito da noite aqui na longínqua Tóquio, sem dúvida o local mais distante de casa. Estou no meu novo quarto no Palácio Tōgū, onde tudo é claro ou em tons terrosos naturais, e poderia facilmente aparecer em alguma matéria sobre estética japonesa na *Architectural Digest*. Em Nova York, onde Noora está, o dia mal começou. Ela chegou à cidade não tem nem uma semana e está instalada no alojamento da Universidade Columbia. É mais cedo ainda para Glory e Hansani: quatro da manhã (elas tiraram os menores palitinhos quando estávamos decidindo o horário). Ambas estão na Costa Oeste. Glory foi visitar o pai em Portland antes de seguir para a Universidade de Oregon amanhã. E Hansani continua em Mount Shasta, mas no momento está em um restaurante vinte e quatro horas porque mora no meio do mato e o pai se recusa a pagar uma empresa para instalar internet em casa. Ela vai se mudar daqui a uns dias para a Universidade da Califórnia, em Berkeley. Essas três, minhas melhores amigas, são sempre as pessoas mais inteligentes da área. Não há nada que essas garotas não possam fazer. Juro por Deus, Glory sabe até eviscerar um veado. O futuro delas está garantido.

E o meu?

Bem, estou tentando resolver umas coisas. Meu mundo deu uma cambalhota e parou de ponta-cabeça quando descobri no meio do último ano escolar que meu pai era o príncipe herdeiro do Japão. Virei princesa do dia para a noite. É difícil acreditar, e eu ainda estou em fase de adaptação. Basicamente moro em Tóquio (tirando uma breve passagem por Mount Shasta depois que meu relacionamento com meu guarda-costas bombou na mídia). E meu único objetivo tem sido conhecer melhor o meu pai. É isso.

Mas...

O sr. Fuchigami, camarista do palácio e soberano implacável, tem espalhado catálogos de universidades japonesas de elite em praticamente todas as salas por onde costumo passar. Ele até me convenceu a fazer uma visita à Universidade de Tóquio amanhã. Nada menos que o lugar onde meu pai e meu avô, o imperador, se formaram. Sem pressão. Só que não.

Sinto que estou andando nas sombras da realeza. Mas estamos longe de chegar a um acordo. E eu deixei claro que estou considerando minhas opções. Então a pergunta é: tirar um ano sabático ou começar a graduação? A resposta: eu não sei. Cada escolha representa um caminho diferente. Fazer faculdade no Japão me levará mais além na esteira rolante da vida de princesa. O ano sabático, para o caminho contrário — eu seria a primeira princesa em cem anos que *não* saiu da escola direto para a universidade.

Pego Tamagotchi em sua caminha fedida ao pé da minha e enfio a cara em seu pelo duro. Ele se esquiva do meu abraço e se acomoda mais para baixo na cama. *Cachorro bobo.* Tudo o que eu quero é amá-lo e ser amada de volta. Mas tenho que admitir, ele anda meio desorientado desde que chegou ao Japão e passou pela quarentena de catorze dias.

Um garçom se aproxima de Hansani e lhe serve mais café. Ela envolve a xícara fumegante com as mãos, dizendo para o garçom, com um sorriso sem graça:

— Obrigada. Desculpe por estar aqui há tanto tempo. Prometo que vou te dar uma boa gorjeta.

Ele responde que ela pode ficar à vontade pelo tempo que precisar.

Hansani é assim. Ela emana uma energia que diz vou-cortar-seu-gramado-de-graça. É adorada por pais e mães. Ela espera o garçom se retirar e olha diretamente para a câmera, sussurrando para a gente:

— Eu não tenho dinheiro nem para este café. Precisamos encerrar a reunião logo.

— Estamos quase acabando — Noora responde.

Atrás dela, há um calendário com post-its fluorescentes. Ela já está se dedicando a seus cronogramas e anotações; é seu porto seguro.

Até agora, discutimos: primeiro, como vamos manter contato enquanto estivermos em diferentes estados/ países e diferentes fusos horários — a temporada de mensagens de texto está aberta; quem estiver disponível deve responder. Segundo, todas concordamos que devemos apoiar emocionalmente uma à outra durante essa transição. Terceiro, quando poderemos nos encontrar — para a nossa tristeza, só no próximo verão. Mas Noora vem me visitar no Japão nas férias de inverno. Vou poder bancar a anfitriã e mostrar a ela os pontos turísticos de Tóquio.

— Falta conversarmos sobre uma última coisa — Noora diz.

— Bobagem — Glory resmunga. — Não precisamos falar sobre o quarto item da lista. — Ela se recosta na cadeira e cruza os braços.

Noora olha feio para Glory.

— O último item da pauta é...

— A gente não vai gastar os últimos minutos da reunião listando quais filmes deveriam ser regravados com casais gays — Glory interrompe.

Ela vira o rosto e fala, entre dentes:

— *Titanic.*

— Pra ser sincera, passei bastante tempo pensando sobre isso. Eu fico com *Dirty dancing* — Hansani diz. — Aquela cena do rio? Fala sério.

Um movimento no corredor chama minha atenção.

— Meninas, detesto cortar essa conversa revolucionária, mas preciso ir.

— O quê? — Noora reclama. — Ainda nem apresentei a minha indicação. Eu tinha preparado um ensaio de cinco páginas pra justificar minha escolha, *Diário de uma paixão*. — Ela mostra sua pilha de papéis.

— Amo vocês. — Sopro um beijo para elas. — Mas vocês estão todas erradas. A resposta certa é *Orgulho e preconceito*. — Fecho o notebook e levanto depressa da cama luxuosa, seguindo para o corredor com Tamagotchi logo atrás de mim.

Minha mãe vira, assustada.

— Izumi? Ah, oi. Pensei que estivesse com Akio.

— Ele vai chegar daqui a pouco. — Observo-a com atenção. Tamagotchi senta e se contorce para lamber as próprias patas. — O que está fazendo? — O único quarto depois do meu é o do meu pai.

Ela coloca a mão no peito, como se estivesse surpresa e ofendida.

— Eu? O que estou fazendo? — pergunta, claramente tentando ganhar tempo. — Nada. Estava indo pro quarto do seu pai. Ele queria me mostrar uma coisa... hã, hum, uma planta?

Contraio os lábios e cruzo os braços.

— Está me perguntando ou me contando?

Ela leva a mão à cintura e bufa.

— Não preciso me explicar pra você. Se eu quiser fazer...

Estico a mão.

— Em nome da minha saúde mental, pode parar por aí. — Tento pensar em coisas broxantes. Beisebol. Cultivo de trigo. Meia com chinelo.

Esta é a segunda vez que ela vem a Tóquio. A primeira foi em junho, quando estávamos lidando com uma semicrise (por causa daquele escândalo todo com o meu guarda-costas). Apesar de todo o caos, ficou óbvio que ainda havia uma faísca entre meus pais. Assim que viu que eu estava sã e salva, ela voltou para casa com a promessa de vir mais vezes. Fiz uma campanha pesada para que ela viesse logo. "Vamos passar o verão juntas em Tóquio. Você não vai estar dando aula mesmo. Diz que sim. Diz que sim. DIZ QUE SIM." Claro que ela disse que sim. Chegou na primeira semana de julho. Fui pegá-la no aeroporto com meu pai. Assim que a vi, saí correndo.

"Ai", ela soltou quando a espremi até quase arrancar sua alma fora. Depois que nos afastamos, meu pai fez uma reverência. Ela fez o mesmo. "Mak", ela falou, sem fôlego, chamando-o pelo apelido da época da faculdade. Vem de Makotonomiya. "Hanako", ele respondeu com um sorriso reservado. "Estou muito feliz de vê-la novamente."

Quando chegamos nos arredores de Tóquio, a mão dela já tinha atravessado o banco do carro para segurar a mão dele. E aquela pequena faísca se transformou em uma pequena fogueira. Ela pretendia se hospedar em um hotel perto, mas a imprensa logo ficou insuportável. A segurança passou a ser uma preocupação — tanto a dela como a minha. Ficou decidido então, basicamente pelo meu pai, que ela se hospedaria no palácio. Um quarto de hóspedes foi preparado em uma ala separada. Por fim, ela estendeu a viagem de duas para três semanas, e então para o resto do verão.

E aqui estamos.

Desde então, meus pais têm se comportado como completos delinquentes apaixonados — é um inferno em chamas. Com direito a caminhadas no jardim e jantares intimistas em cantinhos discretos. Já até os peguei namorando na despensa. E agora isso, um encontro tarde da noite. Quer dizer, não tão tarde, mas já são oito horas. Praticamente a mesma coisa. No final das contas, tem sido uma viagem ver minha mãe, sempre tão pragmática, ficar vermelha, soltar gritinhos e simplesmente jogar a cautela para o alto. Estou feliz por ela. E por mim.

Temos uma rotina agora. Nós três tomamos café da manhã juntos. É o que eu sempre sonhei. Sentar à mesa, conversar sobre nosso dia — para onde pretendemos ir, quem vamos ver, o que precisamos fazer, e então seguirmos com nossa vida. Meu pai e eu, para as nossas obrigações imperiais. Minha mãe, para leitura e descanso, já que está de férias. Voltamos a nos reunir para o jantar quase toda noite. E se continuamos à mesa depois que tiram os pratos, meus pais me presenteiam com histórias dos seus tempos de estudantes. Contam como se conheceram na festa de alguém no último ano. Como meu pai foi buscar uma cadeira para minha mãe porque pensou que os pés dela estivessem doendo.

— Foi por causa dos sapatos que ela estava usando. Quando vi aquelas solas grossas, pensei que ela tinha a mesma condição que meu tio-avô, que usava sapatos parecidos — ele disse com um sorriso murcho.

— Eram saltos plataforma. — Minha mãe franziu o cenho. — Comprei porque me deixavam mais alta.

Abri um sorriso largo, com as palavras "falem" e "mais" cintilando em meus olhos.

Meu pai se virou para ela.

— Você ficou muito irritada comigo.

— Pensei que estava sendo grosso de propósito. Você me ofendeu e depois nem me olhou nos olhos — minha mãe respondeu, se inclinando para ele.

Era como se eles fossem naturalmente atraídos um pelo outro, como a maré na praia.

— Eu estava tentando ser cavalheiresco e não ficar encarando. Eu a achei... absolutamente fascinante — ele disse, encantado.

Momentos como esse são um bálsamo para uma dor que está sempre presente. Quando pisco, vejo o retrato de família que desenhei no segundo ano do ensino fundamental, com minha mãe, eu e um borrão roxo no lugar do meu pai. Engulo em seco. Pensei que bastaria saber quem meu pai *era*. Mas não bastou. Ainda sinto um vazio. Quero que a gente fique junto. A família toda.

Desde ontem, essa dor parece ter dobrado de tamanho. Minha mãe comprou as passagens de volta para Mount Shasta. Vai embora em cinco dias, pois precisa chegar antes de as aulas começarem na Faculdade de Siskiyous, onde leciona biologia. Estou tentando não sofrer demais pensando na saudade que vou sentir, na saudade que meu pai vai sentir com sua partida.

De repente, seus olhos se acendem ao ver algo atrás de mim.

— Akio — ela fala afetuosamente, um pouco melosa demais. — Olá. Que bom ver você.

Viro. Ele está na entrada do corredor. Por um momento, apenas o observo, apreciando a imagem. Um metro e oitenta de pura perfeição. Ombros largos. Maçãs do rosto esculpidas em granito. Penetrantes e profundos olhos encapuzados, que me atravessam com intensidade. Sinceramente, é a melhor coisa do Japão. *Akio*. Seu filme favorito é *Duro de matar*. Ele só lê não ficção. E definitivamente tem um futuro brilhante, pois adora medir o gramado do quintal para garantir que não haja nenhuma graminha com mais de doze centímetros de altura. Ai, ai… Não sei por quê, mas acho tudo isso muito atraente. Akio já foi meu guarda-costas. Agora, ele é só meu.

Grr.

Tamagotchi se coloca na minha frente, com os dentes à mostra. Seu ódio por Akio é diretamente proporcional ao meu amor. *Amor.* Será que o amo? Sei lá. Só sei que gosto muito dele. E também sei que Akio é como um lar para mim. Seguro. Confortável. Tranquilo. Não importa para onde eu vá ou o que eu faça, sou como um bumerangue: é para ele que quero voltar, é nele que estou sempre pensando. Isso é amor?

Tamagotchi se debruça para a frente, com os pelos eriçados. Akio estreita os olhos para ele, e minha mãe o pega no colo.

— Quieto, cachorro malvado — ela o repreende com uma voz doce.

Ele se contorce, mas ela o segura firme.

Akio faz uma reverência.

— Sra. Tanaka. — Então se endireita devagar e dá um passo à frente, silencioso. Discreto.

— Bem... Vou deixar vocês dois à vontade. Tenham uma boa noite. — Ela diz e depois faz uma curva no corredor, desaparecendo com Tamagotchi.

Akio para a centímetros de mim.

— Tem certeza que seu cachorro tomou todas as vacinas? E sua mãe está bem?

— Tamagotchi e minha mãe estão ótimos — digo, alisando suas lapelas.

Ele tem poucas roupas formais, mas usa paletó e camisa toda vez que me visita no palácio.

Dou um jeito de enfiá-lo no meu quarto. Paramos perto de um aparador laqueado, incrustado com crisântemos dourados. Acima dele, há alguns porta-retratos, incluindo uma foto minha com as meninas. Sim, Hansani usa reluzentes aparelhos fixos em todos os dentes. Sim, estamos todas de conjuntinhos jeans. E sim, estou com permanente no cabelo.

Também há um *waka*, um poema, que Akio escreveu para mim.

Agora entendo
Claramente
Contra o vento, chuva, granizo
Parei de acreditar no amor
Até ver as folhas caindo

Poesia é meio que o nosso lance. No começo, éramos inimigos mortais. Akio me deixou *maluca* com seus cronogramas, sua vibe de romance gótico e seus vinte centímetros de altura a mais que eu. Mas, agora que somos um casal, nossa dinâmica é de princesa amorosa e divertida com ex-guarda-costas rude que virou um piloto promissor e que só mostra seu lado fofo para os mais chegados. Funciona superbem para mim.

Olho Akio maliciosamente, chego muito perto e belisco seu queixo.

— Veio aqui fazer o que não deve? — pergunto.

Ele me avalia com olhos ardentes.

— Com Reina nos vigiando? — Ele indica com a cabeça o jardim escuro, onde Reina está de guarda.

Minha nova guarda-costas usa terno preto e já admitiu ter deixado um homem inconsciente usando apenas o rabo de cavalo dele. E é por isso que ela usa o cabelo curto.

Mordo o lábio.

— Exótico, mas não. — Eu deveria ter fechado as cortinas, por precaução.

Suspiro, me afastando dele e seguindo para uma mesinha abaixo da janela, com um tabuleiro de *Go* e duas cadeiras. Seguro o encosto de uma delas.

— Revanche?

Ele abre um sorrisinho.

— Estou dentro. — Tira o paletó e esvazia os bolsos, colocando suas coisas ao lado do tabuleiro. Celular. Chaves. Carteira.

— É minha vez de começar — digo, puxando um pote de madeira com pedras pretas.

Akio inclina a cabeça e pega o pote de pedras brancas.

— Quem perde sempre começa a partida seguinte.

Eu nunca ganhei dele. *Até agora*. Passamos a maior parte do verão nesta mesa, disputando território. Os olhos escuros de Akio brilhando toda vez que ele avaliava cautelosamente sua estratégia, e então assumindo um toque provocante quando ele ganhava. Mas esta noite seu reinado de terror chegará ao fim. Estou pronta pro ataque.

Ele arregaça as mangas. Seus antebraços são grossos e cheios de veias.

— Música? — ele pergunta, percorrendo as opções no celular.

— Só se você prometer não cantar.

A voz de Akio é grave e melódica. Só que, quando ele canta, vira o oposto — uma mistura de latido de foca com o pio de uma gaivota estrilando.

Sua expressão é brincalhona, quase infantil.

— Não prometo nada.

— Nada de música, então.

— Está bem — ele concorda, sério.

O jogo começa. Meus lances de abertura são agressivos. Akio esfrega os dedos em uma pedra branca.

— Indo direto pro ataque? — ele murmura.

— Fale menos, jogue mais.

Ele estala a língua, mas acha graça, os olhos acendendo.

— Sempre a primeira a ir com tudo.

Em oito lances, capturei duas pedras de Akio e ocupei suas liberdades. Seu bom humor se foi e ele se inclina para a frente, com as sobrancelhas franzidas — feito um samurai planejando o próximo golpe. Seis lances depois, Akio capturou cinco pedras minhas, jogando-as na pilha de prisioneiras. Provoco-o durante a partida inteira. "Tem certeza que quer fazer isso? Estou dentro da sua mente. *Tsc*, esse é o pior lance que você podia ter feito." Há uma diferença gritante entre nossos estilos de jogo. Akio é metódico. Controlado. Já eu sou desenfreada. Gosto de arriscar. Ele é frio como gelo, e eu sou incontrolável como fogo.

A partida termina uma hora e meia mais tarde. Foi acirrada. As pedras pretas ficaram com vinte e quatro pontos. As brancas, com vinte e três. Um sorriso pra lá de exagerado levanta as minhas bochechas.

— *Mairimashita.* — "Eu perdi", ele fala, baixando a cabeça de leve.

— *Arigatō gozaimashita.* — "Obrigada", respondo educadamente, aceitando sua admissão.

— *Arigatō gozaimashita* — ele responde.

Após as formalidades, Akio recosta na cadeira com as pernas abertas e uma expressão perplexa. O que foi que aconteceu?

Mordo o lábio, contorno a mesa e sento no colo de Akio, pendurando os braços ao redor de seu pescoço.

— Você parece arrasado. Sei o quanto gosta de ganhar.

Ele coloca as mãos na minha cintura.

— Sim, eu adoro ganhar. — Faz uma pausa. Seu dedão se move devagar pelo meu quadril. — Mas prefiro ver você sair por cima.

— Esta — dou um suspiro — é uma boa resposta.

— Rabanete — ele diz.

Derreto ao ouvi-lo me chamando assim. Esse era o meu codinome. Pensei que ele estivesse zombando de mim quando aceitei um crisântemo de rabanete do chef do aeroporto. Então, admiti para Akio que odiava rabanete, e o que ele disse? "O rabanete é um vegetal maravilhoso", num sussurro, com um olhar firme. "O meu favorito."

Agora, ele me olha daquele mesmo jeito.

— Reina saiu. — Não chega a ser um sussurro, mas é tão suave quanto.

Nos aproximamos um do outro. Um novo silêncio paira entre nós, se expandindo com a expectativa no ar, como se uma tempestade estivesse prestes a cair. Ele me beija, esfregando o nariz no meu. Abro um pouco os lábios, pronta. *Desejando*. Meu corpo, assim tão perto de Akio, emana um calor discreto. Somos uma fusão, dois átomos colidindo.

Mount Shasta, meu lar, onde a Família Arco-Íris se reúne de junho a agosto para se refestelar pelada no sol, viver em comunidade e enfeitar o cabelo com flores já era. Este ano, o amor de verão é em Tóquio.

2

No dia seguinte, às dez da manhã em ponto, a família imperial e sua corte visitam a Universidade de Tóquio para conhecer o campus. Estou com o sr. Fuchigami de um lado e um aluno da pós-graduação com cara de criança — nosso guia —, do outro. Uma comitiva inteira vem em seguida. Entre os presentes estão minha mãe e meu pai, com seu escudeiro e camarista, o reitor da universidade e seu assistente, Reina e um bando de guardas imperiais. Somos muitos. Akio, que eu trouxe para servir de apoio emocional, acabou ficando para trás.

O campus é uma mistura de arquitetura moderna com prédios antigos de pedra. A caminho dos dormitórios, o sr. Fuchigami fica tão animado que parece até uma criancinha que acabou de ganhar doces.

— Este prédio é novinho — meu camarista diz. — É tão lindo! Não acha, Sua Alteza?

Sorrio placidamente.

— É maravilhoso.

Meus pais e o resto da comitiva se separam da gente. Algo a ver com o limite de peso e um protocolo que impede a entrada de dois membros da família imperial no mesmo elevador, sabe, caso algum cabo quebre e a coisa despenque. Mas Reina e Akio estão comigo.

Enquanto subimos, nosso guia fala sobre os eventos da comunidade — festas fechadas, noites de karaokê e até um clube de bandeiras.

— Eu era membro do clube quando estava na graduação — o aluno da pós me confidencia, com um sorriso maroto. — E devo admitir, às vezes é bem intenso. No ano em que eu saí, decidimos inserir bandeiras fictícias, começando pelas da Frota Estelar. — Diante da minha falta de reação, ele esclarece: — *Star Trek*. Sou um grande fã.

Akio cobre a boca para abafar uma tosse e noto Reina sorrindo antes de voltar sua atenção para o piso laminado.

— Que divertido — o sr. Fuchigami diz, com os olhos brilhando.

As portas do elevador enfim abrem. Nos reunimos com o restante do grupo — meus pais, o reitor e os outros — e nos espremos no corredor.

— Espere aqui — Reina manda, então abre passagem para entrar no dormitório. Sorrio para o guia, como se tudo isso fosse normal. — Akio-*san* — ela murmura, chamando-o. Juntos, eles inspecionam o minúsculo espaço, abrindo e fechando o guarda-roupas, acendendo e apagando as luzes, girando a fechadura da porta.

Eles se reúnem para discutir os riscos e os dispositivos de segurança — paredes de concreto e janelas de vidro duplo que não são à prova de balas. Que pena. Atrás de mim, meus pais apenas observam, entretidos. Akio coloca a mão na maçaneta e bate na madeira, afirmando:

— É oca.

Reina assente e corre a unha bem-feita pela madeira falsa.

— Não impediria um invasor de entrar.

A mandíbula de Akio tensiona. Seus olhos cintilam sabedoria.

— Quantas invasões foram reportadas no ano passado? — Ele dá um passo na direção do guia, interrogando-o, com todo seu porte de herói.

— Não sei — o rapaz hesita, franzindo as sobrancelhas de nervoso. — Eu teria que averiguar.

— E quanto aos incidentes que resultaram em boletins de ocorrência? — Reina pergunta.

— Hum, não sei dizer. — O rosto do guia fica vermelho, lembrando a cor dos tomates-cereja que cultivávamos na nossa horta em Mount Shasta.

— E os seguranças? — Akio acrescenta.

Akio e Reina estão deixando aquela energia de assassino de aluguel deles correr solta agora. Os dois encaram o pobre guia baixinho por um longo e desconfortável instante enquanto ele pensa no que responder.

Nada. O estudante não tem nada para falar.

O reitor dá um passo à frente, abrindo as mãos em um gesto amigável.

— O campus é muito seguro, posso garantir.

— Ainda assim eu gostaria de ouvir as respostas — meu pai diz, com séculos de sangue imperial exalando em seu tom.

Meu Deus. Fecho os olhos e quando volto a abrir o reitor está no meio de uma reverência.

— Claro, Sua Alteza. Entregarei os números para o senhor esta tarde — ele afirma com uma deferência abjeta.

— Quando a princesa decidir onde estudará, os guardas imperiais deverão fazer uma reunião com os seguranças do campus e a polícia. Ela terá a própria escolta, mas gostaríamos de cooperar tanto quanto possível com as autoridades locais — Reina proclama.

O reitor inclina a cabeça e promete seguir todos os protocolos imperiais. Em seguida, vira para mim e diz:

— Sua Alteza, espero que a senhorita considere a Universidade de Tóquio como um lar, já que seu pai e o pai dele se formaram aqui. Tenho certeza de que deseja que o legado continue.

Respiro fundo. Abro um sorriso robótico e junto as mãos, abaixando a cabeça em uma reverência.

— Seria uma honra — digo, com a voz controlada. Mas, por dentro, meu estômago está se contorcendo.

O reitor me convida a explorar o dormitório à vontade e começa a conversar com meus pais.

Dou uma volta no quartinho. Ele tem um cheiro rançoso e de algo que não consigo reconhecer direito — uma combinação de roupas sujas com comida passada. No geral, o cômodo é bem básico, com um pequeno guarda-roupas, uma cama e uma escrivaninha. Mas dá para ver que foi enfeitado para a visita imperial. Uma faixa de boas-vindas está pendurada na parede. Há folhetos dos programas do campus — pelo visto, eles apostam mesmo em assuntos esotéricos e inofensivos. Meu pai se formou em transportes medievais. Os integrantes da família imperial não devem estudar nada que seja controverso demais, como ciências políticas ou cursos que impliquem planos de carreira. Não podemos receber salário. Até mesmo se eu quisesse ser médica como Noora, ou farmacêutica como Glory, ou advogada ambiental pro bono como Hansani, seria proibida de estudar. Ser princesa é escolher um estilo de vida. De repente, me dou conta de como vai ser se eu decidir seguir esse caminho. As limitações. As altas expectativas.

A janela tem uma boa vista para o campus. Abro a cortina fina e observo os estudantes caminhando pelo pátio com o queixo erguido, cheios de propósito. Será que eu poderia fazer o mesmo pelos próximos quatro anos? Aliás, isso é realmente o que eu *quero*? Até onde sei, o ano sabático ainda é uma opção. Tento imaginar como seria voltar para os Estados Unidos. O que eu faria lá?

— Por curiosidade... — Akio está ao meu lado. — Você ainda não curte a ideia de ter rastreadores no seu celular?

Solto a cortina.

— Não vou nem me dar ao trabalho de responder.

Quando cheguei ao Japão, Akio colocou um rastreador no meu celular. O que não foi nada legal. Mesmo que fosse uma prática comum, eu falei que jamais aceitaria — minha vida, minhas regras.

Ele faz uma careta.

— E você não fez nenhum treinamento de defesa pessoal recentemente, certo?

Dou uma gargalhada.

Subitamente, a conversa no corredor para. Todos os olhos se voltam para mim, questionadores. Minha mãe: "O que é tão engraçado?". Meu pai: "Gostou do quarto?". Reitor: "Gostou da universidade?". Sr. Fuchigami: "Já estou com a inscrição aqui. Quer ajuda para preenchê-la?".

Preciso de um tempo.

— Mãe — digo. — Li que o novo prédio de economia daqui é de última geração e tem uma certificação Leed Gold. O dispositivo de coleta de água da chuva presente no telhado fornece setenta por cento da água do prédio. Por que você não vai lá dar uma olhada?

O rosto dela se ilumina e o do meu pai amolece. Ela ama sustentabilidade, e está cada vez mais claro que meu pai a ama.

— Eu adoraria, mas... — Ela olha para mim. — Sério? Tem certeza disso? Esta visita não é pra mim. Tudo bem mesmo? — Então ela vira para o meu pai, que, por sua vez, vira para o reitor.

O homem faz uma reverência profunda.

— Claro, claro. Peço desculpas por não termos preparado uma visita ao prédio de economia. Por aqui, por favor. — Ele abre a mão e gesticula para que meus pais o sigam.

— Tem certeza que não se importa, Zoom Zoom? — minha mãe me pergunta, já a caminho do elevador.

"Pode ir", faço com a boca.

Eles vão. O guia, Reina e parte da escolta imperial ficam, perambulando pelo corredor. Atravesso o cômodo e aceno para Akio, que fecha a porta. Parte da pressão nas minhas têmporas se ameniza na tranquilidade e no silêncio do quarto. Me apoio na janela e inspiro o ar abafado.

Akio se aproxima.

— O que achou? — pergunta, baixinho, observando meu rosto.

Tenho que confessar que também me sinto pressionada por ele. É como se eu tivesse que me estabelecer em algum lugar, fazer alguma coisa. Tomar uma decisão sobre o que quero para a minha vida. Qual é a vida que sonhei para mim, afinal? Tendo crescido nos Estados Unidos, quando mais nova, eu nunca via crianças que se parecessem comigo nos livros, nos videogames, na TV. O que eu via eram estereótipos — de orientais bons em matemática, nos estudos, dedicados ao trabalho. Versões muito restritas de mim mesma. Agora, meu mundo se expandiu. Posso ter qualquer coisa num piscar de olhos, mas ainda preciso cumprir regras. Afinal, sou uma princesa. Não posso fazer o que quiser. A faculdade, por exemplo. Posso até escolher o que vou estudar, mas tenho que respeitar alguns parâmetros predefinidos. Será que a vida sempre tem restrições? Crescer é isso?

— Está suando? — Ele pega o lenço, mas balanço a cabeça.

— Akio... — Olho fixamente para a cama. Há uma etiqueta no colchão novo. — Você sempre soube que queria ser piloto?

Ele pensa na pergunta por um tempo.

— Bem, quando eu tinha cinco anos, queria ser um tiranossauro rex, então não. Mas quando meu pai me deu meu primeiro aviãozinho, eu soube. — Imagino o quarto de infância de Akio cheio de aviõezinhos. Sua jornada não foi sempre linear, mas, de alguma forma, ele conseguiu chegar aonde queria.

— O que você queria ser quando era pequena? — Akio pergunta.

— Uma vez, fingi ser um pote de creme azedo por uma semana inteira.

Sorrio. Ele sorri de volta.

— A verdade é que está sendo muito difícil decidir o que quero fazer. Tipo, qual é a minha paixão além de comer e dormir? — Era para ser uma piada, mas fracasso completamente. Suspiro.

— Talvez você devesse começar excluindo o que não quer fazer. — Akio pega um folheto, dá uma olhada e mostra para mim. — Por acaso você teria interesse no fascinante campo dos moluscos? Parece ser um curso bem maleável. — Ele se balança, tentando fazer graça. — Se é que você me entende.

Franzo o nariz.

— Passo. — Nossa, não consigo nem achar graça em uma boa piada.

— Tem certeza? — Ele arqueia a sobrancelha. — Estou quase certo de que seu tio-avô fez uma tese sobre ouriços-do-mar no doutorado. — Nego mais uma vez. Ele abaixa o folheto. — Você está indo bem. Menos uma coisa na lista. — Ele pega outro folheto. — Egiptologia? Uma das disciplinas obrigatórias é "Magia e Medicina na antiga Babilônia". Na verdade, isso é bem interessante.

— Maldições e múmias demais pro meu gosto — declaro.

— Verdade — ele murmura, colocando o folheto de Egiptologia sobre o dos moluscos. — Ah, ciência mortuária.

— Isso não pode ser de verdade. — Arranco o folheto dele. É do departamento de Inglês.

Ele dá de ombros.

— Você só precisa descobrir o que te dá frio na barriga.

Abro um sorriso afetado.

— O que me dá frio na barriga?

— Rabanete. — Sua voz é grave e exuberante, como um toque de veludo em minha pele.

Ele se coloca na minha frente, pega minha mão, aperta-a e me solta. Um toque fugaz, mas reconfortante.

— Eu nem sei se quero estudar — digo, franzindo as sobrancelhas de forma exagerada.

Ele sorri.

— Você vai descobrir. Acredito em você. Siga seu coração.

Você age com o coração. Ele me falou isso uma vez. É minha tendência natural, e ela nunca falhou antes. Mas o que meu coração quer? Para onde ele está indo?

No final da visita, vamos até o prédio de economia para encontrar minha família. Um bando de guardas imperiais nos cerca. Meus pés estão cansados e doloridos. Estou pronta para ir para casa.

— E você, Kobayashi-*san*? — o guia pergunta para Akio. — Também está interessado na Universidade de Tóquio?

— Não. — Ele abotoa o paletó e observa o pátio. — Eu renunciei à guarda imperial recentemente e me juntei à Força Aérea de Autodefesa. Estou na Escola de Candidatos a Oficiais em Nara.

Logo minha mãe vai embora e Akio vai voltar para a Força Aérea. É um golpe duplo. Acho que o outono vai ser bem solitário por aqui.

O guia franze os lábios, desapontado.

— Então é verdade o que os tabloides dizem. Você é só um cadete?

Estremeço. Isso é sério?

— Sim, só um cadete — Akio responde com o tom neutro.

Meus pais saem do prédio de economia. Câmeras disparam. Atraímos uma multidão. Meu pai se junta a mim e vamos um pouco para o lado, desviando a atenção do público de minha mãe e Akio. Ficamos juntos e deixamos que os fotógrafos façam seu trabalho. No mesmo instante, somos atingidos por cliques e flashes e perguntas. *Princesa Izumi, a senhorita já preencheu sua inscrição para a Universidade de Tóquio? Príncipe herdeiro Toshihito, está orgulhoso por sua filha estudar na mesma universidade que o senhor?*

Ignoramos todos.

— Fico feliz por termos um momento para nós — meu pai fala só para mim.

— Ah, é? — Sorrio e aceno para uma mãe carregando um bebê de macacão xadrez. Ela segura o pulso gorducho dele e acena de volta para mim. O bebê faz uma careta, seus olhos se enchem de água e ele solta um poderoso lamento. *Ok.*

— Decidi pedir sua mãe em casamento — meu pai simplesmente solta.

Esqueço o que estou fazendo e encaro-o boquiaberta.

— Sério?

Mais câmeras disparam.

— Sério. — Seus olhos escuros cintilam sob o sol de fim de tarde. Ele parece feliz. Ultimamente, meus pais andam adaptando meus bordões favoritos: "Completo desastre", "Demônio do caos", "Sou um vazio sem alma". É um pouco aterrorizante, mas também gratificante, ser o alvo de suas piadas internas.

— Que rápido — digo.

Os dois namoraram na universidade, mas só voltaram a se ver anos depois. Estão juntos há apenas algumas semanas. Será que ele está fazendo isso para evitar que minha mãe vá embora?

Ele curva os lábios para baixo.

— Você não aprova?

— Não, não é isso — me apresso a dizer.

Estou em um beco sem saída. Quero muito que isso se torne realidade. E acho que minha mãe também. Só que não tenho certeza de nada. Fico sem reação, vendo meu retrato de família ser rasgado e levado pelo vento.

Antes que eu tenha chance de me explicar, meu pai fala:

— Não é rápido. Pelo menos, não para mim. Penso na sua mãe há anos, esperando pelo momento certo. E não quero esperar mais. Mas ouça... — Ele baixa a voz. — Não vou fazer nada sem a sua bênção. Nos sentimos como uma família nestas últimas semanas. Minha grande esperança é que isso seja permanente.

A minha também. Tenho certeza de uma coisa: minha mãe ama meu pai. E meu pai ama minha mãe. Algumas coisas são simples assim.

— Claro que vocês têm a minha bênção.

— Sério?

Levo a mão ao peito, sentindo o coração bater loucamente com a súbita promessa de eu ter tudo o que sempre quis: amor, uma família, uma segunda chance de sermos felizes para sempre. Meu Deus, como quero que minha mãe diga sim. Que ela nos escolha. Que fique em Tóquio.

— Sério.

— Excelente. Amanhã, então.

Uau. Ele não quer mesmo perder tempo.

— Onde você vai fazer o pedido? Acho que você podia usar...

— A estufa — ele me interrompe.

— Exatamente — concordo.

Sorrio e volto a atenção para nossa plateia e os paparazzi, me concentrando em um toldo salpicado de excrementos de pássaros acima da cabeça deles.

A estufa. Foi a primeira coisa que meu pai me mostrou quando cheguei. Eu não sabia naquela época, mas ele a construiu para a minha mãe, enchendo-a de suas flores favoritas: orquídeas. Eu já deveria saber que ele ia querer casar agora que se reencontraram. Minha mãe sempre floresceu em seu coração.

3

Cerca de vinte e quatro horas depois, despejo um saco de petiscos de cachorro nos sapatos favoritos da minha mãe.

— Mãe, confie em mim, estou te fazendo um favor — sussurro, mesmo que ela não esteja presente.

Dou um tapinha nos sapatos de couro sintético, me despedindo deles carinhosamente; o gosto dela por calçados não melhorou em nada desde seus tempos de juventude.

Enfio dois dedos na boca e assobio, chamando Tamagotchi. Ele faz uma curva rápida e passa por mim em disparada, farejando o cheiro artificial de bacon e queijo dos petiscos. Vou correndo no quarto buscar minha mãe, que está lendo um livro sobre forrageamento. Finjo estar sem fôlego e solto:

— Mãe, rápido! Tamagotchi pegou seus sapatos!

— Não! — Ela abaixa o livro e sai apressada.

Sigo discretamente para o quintal. O sol está alto e deixa minhas bochechas vermelhas. Quando chego à estufa, meu pai já está à espera.

— Como foi? — ele pergunta.

— Tudo certo. Ela vai ficar ocupada por um tempo. — Funcionários em uniformes engomados empoleiram-se em escadas portáteis, pendurando algumas luzinhas no alto. — Pensei que a gente que ia fazer isso. — Toco um pisca-pisca.

— Avisei que nós dois queríamos instalar os pisca-piscas, mas o sr. Soga — o grão-camarista — insistiu que os funcionários ajudassem e ficassem com as escadas.

Dou de ombros. Acho que é esperado que o grão-camarista queira opinar sobre esse tipo de coisa. Passamos a trabalhar, então — desenrolando luzinhas, instalando luminárias, arrumando tudo. Enquanto acendemos a última vela, uma dúzia de homens de smoking e gravata branca surgem carregando instrumentos — a orquestra imperial vai tocar atrás das árvores, ligeiramente afastada. A noite está caindo, e tudo no jardim recebe a luz diminuta em tons de dourado e vermelho. Preparamos todo um clima romântico.

Viro para sair, mas meu pai me segura.

— Espere, Izumi. Tenho um presente para você. — Ele entra na estufa e volta com um livro para mim.

Leio o título em voz alta: *Mil coisas para saber sobre a universidade.*

Ele dá uma batidinha na capa.

— Está cheio de informações úteis. Quero muito que você experiencie uma vida universitária mais realista do que a que eu tive. Sabia que a maioria dos estudantes compra os próprios livros? Meus camaristas fizeram os autores entregarem exemplares autografados pessoalmente para mim.

Não tenho nada a declarar. Nós realmente crescemos em mundos completamente diferentes. Abraço o livro.

— Uau, obrigada.

— Parece que você gostou da visita de ontem — ele diz.

Nesses poucos meses morando em Tóquio, fiquei semifluente na maneira com que os japoneses fazem uma pergunta sem realmente fazê-la. A fala dele, "Parece que você gostou da visita de ontem", na verdade significa: "Gostou da visita de ontem? Ainda está pensando em tirar o ano sabático? Por favor, diga que não. Por favor, apenas escolha uma universidade para que possamos comunicar a decisão formalmente e para que os camaristas parem de me importunar com esse assunto".

— Gostei — é tudo o que eu digo.

E depois fico em silêncio. Meu pai espera que eu continue, mas não tenho mais nada a oferecer. Meu coração está quieto, sem saber o que fazer. Acho que eu realmente deveria tirar um ano sabático no fim das contas. Talvez eu precise de um tempo para me descobrir. Quem eu sou, além de uma princesa? Além de Izumi de Mount Shasta? O que me define?

Meu pai coça a testa. Ele costuma fazer isso quando algo o desagrada, tipo quando fica confuso com sua recém-descoberta filha adolescente. Seu relógio com emblema de coroa reluz.

— Posso pedir para o sr. Fuchigami agendar uma visita à Universidade Gakushūin na semana que vem, se quiser.

Gakushūin foi criada para educar a aristocracia imperial. Minhas primas gêmeas e perfeitas estudam lá. Espero vê-las tanto quanto espero ser flagrada pelo *Fofocas de Tóquio* com papel higiênico preso no cós da minha calça.

— Me deixe pensar um pouco mais sobre a Universidade de Tóquio — digo, tentando ganhar tempo. Fico brincando com o livro, enquanto uma tempestade se forma na minha cabeça. De vez em quando, ainda sinto que meu lugar não é no Japão. Cresci nos Estados Unidos, sempre vou ser uma estrangeira aqui. Mas sinto que meu lugar também não é em Mount Shasta. Onde quero me estabelecer? — É melhor eu ir. A mamãe vai chegar logo. — Escapo antes que meu pai diga mais alguma coisa sobre universidades.

Acabo cruzando com minha mãe a caminho do palácio.

— Acho que você vai querer dar um beijo de despedida em Tamagotchi — ela bufa. — Ele vai pro canil amanhã.

Algumas mechas de seu cabelo se soltaram do rabo de cavalo e a deixaram totalmente descabelada. Sua calça jeans e sua blusa estão amarrotadas. Ela claramente travou uma batalha. Não sei quem ganhou, mas aposto em Tamagotchi. Ele é brigão.

— Vou dar carinho extra pra ele esta noite. — Me aproximo e solto o cabelo dela e o penteio com os dedos, ajeitando-o nos ombros. *Bem melhor.* Guardo o elástico no bolso.

— Onde você estava? Seu pai me pediu para encontrá-lo na estufa, você o viu no caminho? Me atrasei por causa do *seu* cachorro. O que é isso nas suas mãos? — ela fala depressa.

Quando comecei a ficar ocupada com as coisas da escola e meus amigos, uns quatro anos atrás, ela virou uma máquina de atirar perguntas. É incrível o tanto que ela consegue encaixar só num esbarrão no corredor. *Que horas você vai voltar hoje? Precisa de alguma coisa do mercado? Está esperando que fadas mágicas da limpeza arrumem seu quarto?*

Me concentro na última e ignoro as outras.

— O papai me deu um presente. — Mostro o livro para ela. — Sabia que os livros acadêmicos dele eram autografados e entregues em mãos pelos próprios autores?

Ela esfrega as têmporas.

— Não sabia, mas não me surpreende.

Quando descobri que meu pai era o príncipe herdeiro do Japão, minha mãe me contou um pouco sobre ele e sobre os dois na universidade. Foi o primeiro vislumbre que tive do homem que minha mãe amou. "Mak não sabia passar nem lavar roupa, nem mesmo fazer uma sopa. Tomava todas e adorava cerveja artesanal. Era engraçado. Tinha um senso de humor peculiar e sarcástico. Você não percebia que estava sendo alvo de suas farpas até que estivesse sangrando e ele tivesse ido embora." Dou um sorrisinho com a lembrança e me afasto.

— Até mais tarde.

— Espere. — Ela faz uma pausa, e eu também. — Akio vem de novo esta noite?

— Sim, mais tarde. Ele está visitando os antigos colegas da guarda imperial.

— Entendi. — Ela franze os lábios. — Vocês dois andaram passando muitas noites juntos. Será que a gente precisa conversar de novo sobre proteção?

Arregalo os olhos.

— Não.

Não mesmo. Nunca. Nunquinha. Tivemos "a conversa" há alguns anos. Minha mãe até pegou uns bonecos do departamento de biologia. Foi horrível. Já viu sua mãe manusear um manequim do sexo masculino anatomicamente similar a um humano com precisão de especialista? Eu já. Enfim, é hora de dar o fora.

— Preciso ir. Papai está te esperando. Ótima conversa. — Saio correndo feito um bicho selvagem e não paro até avistar o palácio.

Na cozinha vazia, me acomodo no balcão em frente a um reluzente fogão gourmet francês com botões vermelhos. O lugar cheira a pão saindo do forno e há um prato de *dorayaki* na ilha. Olho para o jardim.

Será que meu pai vai se ajoelhar? Posso até imaginar a cena. O cabelo da minha mãe cintilando na luz fraca. A voz grave dele pronunciando quatro simples palavras: "Quer se casar comigo?". O que será que ela vai responder? Sim? Não? Ela já o rejeitou antes, quando descobriu que estava grávida de mim, decidindo me criar sozinha. Ela o deixou sem dizer nada. Porque queria outra vida para nós. Que vida ela quer para nós agora? Para si mesma?

Mando uma mensagem para as garotas.

> Eu
>
> **Meu pai está pedindo minha mãe em casamento neste EXATO momento.**

Fico olhando para a tela, nervosa e meio tonta, esperando uma resposta. São quase sete da noite aqui, então são seis da manhã em Nova York, onde Noora está. E duas da manhã onde Glory e Hansani estão. Noora é a única que responde.

> Noora
>
> ***gritinho histérico* O quê? Não. Para. Que doideira. Isso inviabiliza totalmente meu plano de me tornar sua melhor amiga/madrasta. Eu tinha todo um discurso preparado sobre como eu nunca substituiria sua mãe verdadeira e como poderíamos continuar sendo amigas.**

Eu

Ai, que pena. Só que não.

Ouço uma voz suave na entrada da cozinha.

— *Sumimasen*, Izumi-*sama*. — Viro e dou de cara com Mariko, minha dama de companhia, pedindo permissão para entrar.

Abro um sorriso e levanto para cumprimentá-la.

— Você voltou.

Ela para no batente.

— *Ohisashiburi desu. Ogenki desu ka?* — "Há quanto tempo. Como a senhorita está?"

— Estou bem. Senta aqui. Como foi a viagem? — Gesticulo para que se aproxime e dou uns tapinhas no banco ao meu lado.

Mariko perdeu a visita à universidade porque passou a noite na casa dos pais. Quando cheguei ao Japão, achei a moça baixa, magra e perfeita até demais que seria minha dama de companhia levemente assustadora. Sua função é decidir o que devo vestir e cuidar dos meus horários, entre outras tarefas. Seu pai é um poeta laureado, e ela provavelmente tem um milhão de coisas mais interessantes para fazer do que ficar comigo. Mas ainda assim Mariko continua aqui. E serei eternamente grata a ela por ser uma parte permanente do meu sistema solar.

— Foi boa, eles mandaram oi — ela diz, subindo no banco. — O sr. Fuchigami me pediu para te entregar isto. Um emissário da universidade que enviou. — Ela despeja um monte de folhetos na minha frente. Todos da Universidade de Tóquio, com os diversos programas que talvez possam me interessar.

Afasto-os, colocando-os o mais longe possível no balcão. Ela abre uma edição de *Fofocas de Tóquio*. Tecnicamente, somos proibidos de consumir qualquer tipo de mídia dentro do território imperial, mas Mariko de vez em quando traz uns contrabandos para mim. A maioria dos funcionários faz vista grossa. Isso acabou virando um passatempo bobo nosso: ler as manchetes e tirar sarro delas.

— Você saiu na primeira página de novo, mas debaixo da dobra — ela diz com um suspiro de decepção. Sua conquista mais recente foi ver uma foto minha acima da dobra, em um vestido que ela escolheu, acompanhada das palavras "S.A.I. a Princesa Izumi surpreende em um vestido Hanae Mori". — É um artigo sobre você e a universidade que escolheu.

Fico beliscando um pedaço de *dorayaki* enquanto olho para o jornal. A foto está um pouco granulada, mostrando meu pai e eu logo após o tour pelo campus.

Mariko lê a chamada:

— "Sua Alteza Imperial a Princesa Izumi sorri durante visita à Universidade de Tóquio, mas não se inscreve." — Ela limpa a garganta e continua: — "Ontem, S.A.I. a Princesa Izumi visitou o campus da Universidade de Tóquio. Seu ex-guarda-costas e atual namorado, Akio Kobayashi, a acompanhou, e era evidente em sua linguagem corporal que o casal não estava nada à vontade um com o outro." — A matéria mistura comunicados oficiais insossos, semiverdades e mentiras descaradas. A imprensa está doida para que a gente termine. Corações partidos sempre vendem. — "Será que o conto de fadas acabou?" — Mariko fica me olhando, e eu faço que não. Ela prossegue: — "É a esperança dos oficiais do palácio. Eles gostariam que a princesa se concentrasse em seus estudos e deveres imperiais, e acreditam que Kobayashi seja uma distração. Eles e, pelo que dizem por aí, o pai, o príncipe herdeiro, estão desesperados para que ela decida o que vai fazer na próxima primavera."

Minhas mãos começam a suar. Minha nuca está formigando. Mariko não percebe nada, claro. Meu desconforto é interno.

— "Como o ano letivo começa em abril no Japão, a princesa tecnicamente já perdeu um ano, o que a deixa atrás de seus colegas e suas primas, S.A.I. as Princesas Akiko e Noriko." — A menção às gêmeas, que desfilam sem esforço pela vida imperial, é como uma facada na minha barriga. Elas vestem o manto de princesa com facilidade e gosto.

— "Mas isso já era esperado, afinal, o ano letivo estadunidense é diferente do japonês. O que não se espera é a princesa Izumi tirar um ano de folga *propositalmente*. 'Ela está pensando em não se inscrever em nenhuma universidade', uma fonte do palácio afirmou." — Mariko corre o olho pelo restante e para. — Isto é tudo por hoje.

— Como assim? — Limpo a boca cheia de migalhas. Minhas habilidades de leitura em japonês estão melhorando aos poucos, mas prefiro quando outras pessoas traduzem algo para mim mais depressa. — Continua. — Mantenho o tom leve, me perguntando o que é que a fez parar.

Ela balança a cabeça.

— Não sei se devo.

— Está tudo bem. De verdade.

Aqui vai o que aprendi em meio ano lidando com tabloides e com a vida no geral. Me pergunto duas coisas: Eu morri? Alguém que amo morreu? Se a resposta for negativa para ambas as questões, então sei que estou tranquila. Talvez me machuque um pouco, mas vou ficar bem. Na maioria das vezes, os tabloides se concentram em assuntos triviais. Eles podem ser grosseiros, claro. É um lembrete de que a família imperial é assunto *para* eles, e não que estamos acima deles. O sr. Fuchigami diz que a imprensa só está tentando abordar a minha vida de um jeito aspiracional. É uma relação simbiótica, que mantém vivo o interesse do público pela família imperial. Ele deve estar certo. É o preço a se pagar.

Mariko contrai os lábios, pega o jornal e volta a ler:

— "De acordo com um funcionário da escola pública de Mount Shasta, a princesa por pouco não se formou no ensino médio. Apesar de ter ido bem em inglês e estudos sociais, suas notas em matemática e ciências foram particularmente desastrosas."

— Eu tirei um respeitável sete em álgebra — falo, na defensiva. Não menciono meu cinco em química.

O jornal farfalha nas mãos dela.

— "Mesmo assim, essa aluna abaixo da média está recebendo visitas guiadas privativas nas instituições mais reverenciadas do Japão. A Universidade de Tóquio passou semanas se preparando para receber a princesa. Todas as lâmpadas fluorescentes do dormitório foram trocadas para garantir que nenhuma piscasse na presença do príncipe herdeiro e sua filha. Segundo relatos, o reitor estudantil teve que se virar para encaixar uma visita surpresa ao novo prédio de economia. 'Ficaríamos maravilhados se a princesa escolhesse estudar em nossa humilde instituição', ele afirmou, recusando-se a comentar sobre as notas escolares ou a visita inesperada ao prédio de economia. Mas algumas pessoas são mais críticas. 'Devemos celebrar a princesa por sua mediocridade?', a blogueira imperial Junko Inogashira questiona."

Mergulho em outro *dorayaki*, rangendo os dentes e descontando minha frustração no doce de feijão. É verdade que fui uma estudante mediana, talvez até menos que mediana. Mas será que estou deixando algo escapar? É realmente necessário seguir um conjunto tão estrito de regras? É realmente indispensável ser especial para ser amada?

Mariko abaixa o jornal, agarra a ponta do prato e puxa.

— O resto é só especulação sobre o que você vai usar no almoço do imperador daqui a algumas semanas. Estão se perguntando se vai de calça, o que significa... que você me deve mil ienes. — Ela morde seu *dorayaki* delicadamente.

— A aposta era se os tabloides reportariam que usei calça de novo, não se especulariam se eu usaria ou não.

Ela dá de ombros.

— Dá no mesmo. Prefiro dinheiro, mas aceito pelo paypal.

— É inapropriado uma dama de companhia apostar dinheiro. — Puxo o prato de *dorayaki* para perto de mim.

Ela o puxa de volta.

— Então acho que é igualmente inapropriado uma princesa apostar dinheiro.

Abro a boca, mas fecho depressa quando meus pais se materializam no que só posso descrever como uma nuvem de felicidade. Mamãe está sorrindo de orelha a orelha, e meu pai parece tão feliz quanto ela.

Levanto e vou até eles, sentindo meu peito se encher de euforia, e seguro as mãos dela.

— Boas notícias?

Ela assente, com os olhos cheios de lágrimas.

Quando foi a última vez que a vi chorar? Quando descobri que meu pai era o príncipe herdeiro do Japão e subi num avião para encontrá-lo. Na ocasião, ela me deu um empurrãozinho e disse: "Esta sou eu te empurrando para fora do ninho".

Percebo então que ambas estamos prestes a voar, embora eu ainda não saiba qual caminho escolher — o da princesa obediente ou da andarilha. Abraço minha mãe, permitindo que todas as minhas emoções se manifestem na força desse abraço e no tamanho do meu sorriso. Nós três estamos envoltos em uma bolha de felicidade e embriaguez. Finalmente, somos uma família.

4

Duas semanas se passam em um borrão de felicidade. Mamãe tira licença do trabalho. As notícias do noivado se espalham silenciosamente pelas propriedades imperiais. Fazemos uma celebração informal só para os familiares mais próximos na casa do tio Nobuhito. Estouramos um champanhe e brindamos, desejando felicidades aos meus pais. Meu peito está transbordando de alegria. Noora me manda mensagens nas horas mais estranhas da noite, geralmente dando sugestões para a lista de convidados: Oprah, a banda ONE OK ROCK, um cachorro com mais de cem mil seguidores no Instagram. Ajudo Akio a fazer as malas para o retorno à escola. Tamagotchi perde pelo em um ponto específico nas costas. É diagnosticado com alopecia de início tardio, e o veterinário imperial prescreve uma pomada especial para ser aplicada em seu corpo três vezes ao dia. Mais panfletos universitários chegam. Uso o noivado dos meus pais e a partida iminente de Akio como um truque para ganhar tempo. "Estou com a cabeça tão cheia", digo ao sr. Fuchigami com olhos esbugalhados e um ar de inocência que tenho certeza que ele não engole. Tento não ficar pensando demais nas coisas. Akio e eu continuamos jogando *Go*. Estamos empatados, oito a oito. Planejamos jogar mais uma partida esta manhã, que determinará o vencedor para sempre (a não ser que eu perca, porque aí vou exigir revanche).

Acabei de terminar meu café da manhã — arroz, sopa de missô, *nattō* e *yakizakana* — quando ouço vozes no escritório do meu pai. Isso não é incomum. O palácio quase sempre está agitado com assistentes, camaristas e diversos funcionários indo e vindo. Incomum é o tom grave da conversa, semelhante ao som baixo do lamento de uma música triste.

Estranho.

A porta abre e meu pai me vê perambulando por ali.

— Izumi — ele chama.

Entro no escritório na ponta dos pés. A princípio, consigo ver duas figuras: o grão-mordomo, sr. Tajima, e o grão-camarista, sr. Soga. O sr. Fuchigami, meu camarista, completa o trio de visitantes.

As bocas dos três estão bem fechadas, numa expressão descontente. Em seguida, olho para meu pai, sentado atrás da escrivaninha, bem sério mas imperturbável. Por fim, vejo minha mãe em uma poltrona. Ela contorce as mãos e me oferece um sorriso sem forças.

— Bom dia — diz, em um tom obscuro. — Já tomou café da manhã?

— O que está acontecendo? — pergunto.

Meu pai respira fundo.

— O Conselho da Casa Imperial realizou uma votação extraoficial ontem à noite. — Ele se inclina para a frente e pega uma caneta prateada e pesada em sua mesa, fechando o punho em torno dela.

Fico boquiaberta.

— Conselho da Casa Imperial?

O sr. Fuchigami alisa sua gravata azul-marinho.

— O Conselho da Casa Imperial é um grupo de dez membros responsável por supervisionar questões estatutárias relacionadas à casa imperial do Japão. É liderado pelo primeiro-ministro... — Ele faz uma pausa e respira fundo.

Não é de hoje que os tabloides comentam sobre a frágil relação do meu pai com o primeiro-ministro. Só que nesse caso eles estão certos.

Infelizmente, eu não ajudei muito com a situação. Sem querer, ofendi o primeiro-ministro em seu casamento ao perguntar sobre sua irmã, quando é de conhecimento geral que os dois romperam laços. Meu estômago se contorce quando lembro da humilhação. Por ser novata no Japão e ainda estar muito sensível, fugi do evento. Desde então, tenho evitado o primeiro-ministro. Nas raras ocasiões em que nos encontramos, fomos educados, acenando com a cabeça um para o outro, com nariz em pé, como se fôssemos velhos inimigos. *Mais uma batalha assim tão rápido?*

O sr. Fuchigami continua:

— O Conselho da Casa Imperial deve aprovar certos assuntos com antecedência: o casamento de qualquer homem da família imperial, a perda do status imperial e a alteração da ordem de sucessão. Os príncipes Nobuhito e Yasuhito votaram a favor do casamento de seus pais. No entanto, os outros manifestaram... preocupações.

Avanço pela sala e paro atrás da minha mãe. Coloco a mão em seu ombro, que está tão rígido que parece uma porcelana congelada prestes a rachar.

— Que tipo de preocupações?

O sr. Fuchigami está com cara de quem preferiria estar organizando um funeral. A tensão no ambiente aumenta claramente.

O sr. Soga limpa a garganta, toma fôlego e diz:

— Entre outras coisas, as façanhas de Hanako-*san* foram questionadas. O conselho se perguntou por que, mesmo tendo se formado com louvor em Harvard, ela aceitou uma posição em uma instituição tão desprestigiada.

Trinco a mandíbula. Que coisa mais injusta e estúpida de pensar. Minha mãe escolheu me criar em Mount Shasta, uma cidade pequena, o completo oposto de Tóquio. Mesmo que tenha errado ao não contar para o meu pai que ele ia ter uma filha, ela sempre tentou fazer o melhor para mim. Algumas vezes me pego lembrando com carinho e ternura de quando eu era uma pessoa anônima no mundo. Não trocaria minha infância por nada.

Minha mãe se empertiga, e minha mão escorrega do ombro dela.

— Tenho orgulho do tempo que passei e do trabalho que realizei na Faculdade de Siskiyous — ela declara, mordaz, e o orgulho vibra dentro de mim.

E daí se o Conselho da Casa Imperial não aprova o casamento? Sempre fomos só nós duas. Nunca tivemos que pedir permissão para nada.

— A faculdade não tinha um departamento de biologia funcional até a minha chegada. *Eu* construí aquele programa — ela acrescenta.

— Mas é claro. — O olhar do meu pai abranda ao se voltar para ela. Então, ele vira para o mordomo e o camarista, fazendo uma cara muito feia. — É tolo e inacreditável que o Conselho da Casa Imperial use o trabalho de Hanako como um impasse. Francamente, estou ofendido e não quero mais prolongar esta discussão. — Ele abana a mão.

Os três oficiais do palácio engolem em seco e fazem uma reverência.

— Certo, Sua Alteza. Nos reuniremos em outra hora — o sr. Soga fala em um tom neutro.

Eles saem.

Meu pai levanta e contorna a mesa.

— Hanako? — Ele coloca uma cadeira na frente dela.

— Mak — ela fala baixinho, balançando a cabeça.

— *Sumimasen.* — Um empregado aparece na porta, fazendo uma grande reverência. — O sr. Kobayashi acabou de chegar.

Agradeço-o e aperto o ombro da minha mãe.

— Depois a gente se fala — digo, e vou embora com Tamagotchi atrás.

Akio está na sala de estar.

— Oi — ele fala de um jeito caloroso e suave.

Minha mandíbula se tensiona novamente. Ainda estou processando tudo. Estou um pouco confusa e desnorteada, tentando afastar o pavor que senti na barriga.

— Oi — ele fala de novo, preocupado.

— Vamos lá fora — digo. Calçamos nossos sapatos e ele me segue pela porta.

— Rabanete… — ele diz quando estamos no jardim.

Tamagotchi fareja e levanta a pata para marcar as azaleias, as flores favoritas da imperatriz.

Olho para os meus pés, para a ponta arredondada do meu salto azul-marinho.

— O que você sabe sobre o Conselho da Casa Imperial?

— Bastante.

Então não preciso explicar.

— Eles fizeram uma reunião e votaram contra o casamento dos meus pais. — Esfrego as têmporas. Akio não fala nada. — Não entendo. Por que a opinião deles sobre o casamento importa tanto?

A expressão de Akio é dura.

— Nenhum membro da família imperial pode casar sem a anuência deles.

Suspiro.

— O negócio é sério então.

— *Hai* — ele confirma, o que soa como uma facada.

Akio sabe o quanto sempre quis isso. Ele sabe os meus sonhos mais secretos, e como minha infância foi incompleta sem meu pai, sem uma família.

Não temos chance de lamentar a realidade por mais tempo. Ouvimos vozes vindas da frente da casa.

— O príncipe herdeiro é indiferente a questões que envolvam Hanako-*san* — o grão-camarista diz.

Coloco o dedo diante dos lábios para Akio ficar quieto e me aproximo. Ele suspira devagar, mas o sinto atrás de mim. Espio por trás de uma parede. Os camaristas, incluindo o sr. Fuchigami, e o mordomo estão ao lado de um sedan preto parado no meio-fio.

— Ele acha que todos deveriam amar Hanako-*san* assim como ele — o grão-mordomo diz, balançando a cabeça.

Meu pobre pai, bobo de amor.

— Izumi… — Akio sussurra.

Agarro sua mão para silenciá-lo.

— Ele a protege demais — o grão-camarista diz. — O Conselho da Casa Imperial investigará a vida de Hanako-*san*. Cada movimento que ela fizer daqui em diante será examinado.

— O romance da filha deles com o guarda-costas também não ajuda — o grão-mordomo murmura.

A mão de Akio amolece dentro da minha. De repente, lembro do que o guia da Universidade de Tóquio disse alguns dias atrás: "Você é só um cadete?". Quando nosso relacionamento foi descoberto, todos os tabloides só falavam disso: como Akio não era bom o suficiente para uma princesa, como ele traiu sua linhagem, rejeitando seu papel como guarda imperial para entrar na Força Aérea de Autodefesa e na Escola de Candidatos a Oficiais. Ele foi pintado como um oportunista sem-vergonha. Mas pensei que os tabloides já tinham superado o assunto. Que Tóquio tinha superado. Existem até *fanfics* de Akio e Izumi. Mariko lê, mas eu não. Bem, talvez eu tenha dado uma olhadinha naquela em que Akio é um lobisomem e a gente mora em uma floresta mágica cheia de fadas e sapos falantes.

Aperto a mão dele. Não me importo com o que dizem sobre Akio. Não me importo com nada disso.

— O que o senhor acha, sr. Fuchigami?

Arrisco dar mais uma espiada por trás da parede.

O sr. Fuchigami muda de posição, desconfortável.

— A princesa Izumi ainda está se adaptando à vida imperial — é tudo o que ele diz.

— Ela não escolheu o que ou onde quer estudar. Será que ainda está considerando o ano sabático? Essa decisão só pesará contra Hanako-*san*, pois colocará em xeque seu papel como mãe — o grão-camarista fala.

O grão-mordomo assente sabiamente.

— Concordo. Os jovens podem até ter gostado da entrevista que ela deu para a *Women Now!*, mas isso não quer dizer que o Conselho da Casa Imperial tenha aprovado.

— Pois é. — O sr. Fuchigami coça a sobrancelha. — Eu sei. O Conselho viu o artigo como pura autopromoção.

Será que ele se arrepende de ter me ajudado? Foi ele quem agendou a entrevista. Claro que não foi o culpado, afinal fui eu que pedi.

— E, ao que tudo indica, só serviu para atrapalhar a mãe dela.

— Exatamente — o grão-camarista acrescenta. — Além disso, o Conselho não aprecia a desconfiança de Hanako-*san* em relação à vida imperial, e a forma como se rebela contra as restrições do palácio.

— Ela é moderna — o sr. Fuchigami diz.

— A imprensa interpretará como arrogância. Especialmente por conta dos seus interesses políticos como estadunidense — o grão--camarista diz.

Estreito os olhos, nervosa. Essa conversa, o ar de superioridade, o desdém que demonstraram pela minha mãe e por mim... É muita coisa para digerir.

— Sim, muitas pessoas temem que ela seja má influência para o príncipe herdeiro. Gostaria que ele tivesse escolhido alguém mais flexível, de uma família melhor — o grão-mordomo lamenta. — Muitos não aprovarão essa... — ele hesita — fecundação cruzada.

A conversa é interrompida pela chegada de mais um veículo. Ouço portas batendo e tudo fica em silêncio. O vento balança as folhas das árvores. De alguma forma, o ar de verão parece mais quente, mais sufocante.

Posso jurar que escuto Akio engolindo em seco. Ainda estamos de mãos dadas, mas seu toque é rígido como madeira. Por fim, ele recolhe a mão com uma expressão indecifrável, sem dizer nada.

— Isso foi horrível. O que eles falaram sobre nós dois e sobre minha mãe... não é verdade — me apresso a dizer.

Um momento se passa. Akio assente devagar.

— Claro que não é verdade. — Ele comprime os lábios e passa a mão pelo cabelo. — Você deveria ir ver como sua mãe está.

— Mas e o nosso jogo? — pergunto com leveza, cutucando sua cintura. — Está com medo?

Akio dá um sorriso forçado e pega minha mão. Uma nuvem cobre o sol. Ele beija meus dedos e murmura:

— Rabanete...

— Amanhã? — Estou mesmo sentindo necessidade de ficar perto da minha mãe agora.

— Amanhã — ele responde com firmeza, e então meu guarda-costas frio e sério, capaz de aguentar qualquer coisa, está de volta.

Dou um beijo em sua bochecha.

— Amanhã — prometo.

O doloroso nó na minha garganta ameniza. As coisas são sempre mais promissoras pela manhã.

5

Espio minha mãe pelo buraco da fechadura do seu quarto. Ela está com a cabeça baixa, segurando um porta-retratos prateado. Não consigo ver a foto. Uma mecha de cabelo dela esconde a imagem e parte de seu rosto, mas ainda assim noto sua tristeza — pela inclinação de seus ombros, a curva de seus lábios, por seu corpo dobrado feito um origami. Em apenas algumas horas, o clima do palácio foi de glorioso para sombrio.

Me forço a sorrir e empurro a porta de correr com o corpo, em um movimento nada elegante. A bandeja e o conjunto de chá que estou carregando tilintam, e a água fervente transborda.

— Izumi — minha mãe fala, baixando a fotografia.

Agora consigo ver. É o meu retrato oficial, tirado logo antes do aniversário do imperador. Estou parada na frente de uma janela do palácio, e o sol da tarde ilumina meus tornozelos.

— Trouxe chá — digo, animada. Pouso a bandeja na mesa, ao lado da foto. Mordo o lábio e hesito um pouco, tentando mascarar minha preocupação. — Você está bem? — pergunto, mesmo vendo que não.

Seus olhos estão cansados.

— Sinceramente? Não sei. A reunião... não terminou como eu esperava — ela fala com um tom sombrio. — As últimas semanas aqui foram tão fáceis. Acho... que estava esperando que todo o resto se desenvolvesse da mesma forma. Foi muita ingenuidade minha?

— Não, claro que não. — Sorrio e faço uma voz alegre. — Parece que você vai ter que conquistar alguns corações. Não deve ser tão difícil assim. Lembra quando você convenceu cada pessoa do seu trabalho a comprar três caixas de biscoitos quando eu era escoteira?

Eu queria tanto ganhar a camiseta do prêmio de melhor vendedora, e agora ela virou um trapo que a gente usa para dar banho no Tamagotchi. Aprendi duas lições naquela ocasião: minha mãe é uma guerreira, e nada dura para sempre. Reflito sobre nossas possibilidades. Sobre o que ela, o que *nós* podemos fazer.

Ela sorri.

— Lembro.

Sorrio de volta.

— Quando o conselho vai se reunir de novo?

Ela franze a testa.

— Acho que o sr. Tajima disse que o próximo encontro vai ser em dezembro.

— Então temos tempo. Estamos no fim de agosto. Ou seja, quatro meses para virar o jogo. Quer dizer, se o gambá-da-virgínia é capaz de ter uma ninhada em doze dias, a gente pode convencer o conselho a apoiar seu casamento com papai.

Bebo meu chá, fingindo por nós duas que isso não é nada de mais. Nós já enfrentamos inimigos bem maiores antes. Tipo quando nosso aquecedor de água e nossa fornalha pifaram em pleno inverno. O porão inundou e o chão congelou. Minha mãe teve que fazer dívidas no cartão de crédito para consertar o estrago. Foi uma estação mirrada, em que trocamos o peru de Natal por pasta de amendoim e sanduíche com geleia. Mas ainda assim, demos um jeito. Penduramos pisca-piscas e improvisamos presentes — fiz um enfeite caseiro para minha mãe, e ela fez um buquê de flores secas para mim. É uma das minhas lembranças favoritas. Nós criamos nosso próprio conforto. Não importava o que acontecesse, sempre havia uma aura de alegria ao nosso redor, alimentada pela coragem e pela força de vontade dela.

Minha mãe olha para a foto e fica observando por um tempo, passando o dedo pelas dobras do meu vestido.

— Quando você era pequena, eu não gostava de te dar nada que tivesse cara de princesa, sabia?

— Eu lembro. — Ela evitava brinquedos com gênero preestabelecido. Me presenteava com blocos de montar, trenzinhos e animais de pelúcia, e me vestia com roupas neutras amarelas.

— Eu tinha meus próprios preconceitos, acho — ela admite, envergonhada. — A experiência que tive com seu pai, de me apaixonar por um príncipe, determinou minha visão de mundo. Eu não sabia se, como princesa, você algum dia poderia ser parte de algo importante fora dessa instituição.

Mantenho a expressão firme, apesar de estar tremendo por dentro.

— E eu detesto essa sensação de que preciso ser mais feminina ou simplesmente *mais*. De que não sou suficiente assim desse jeito — ela diz, por fim.

— Não será assim para sempre — respondo. Como posso convencê-la de que nem tudo está perdido? — Às vezes, trabalhar com o sistema é o único jeito de mudá-lo.

Às vezes, é preciso pôr tudo abaixo; outras vezes, é preciso começar a desmontar as coisas por dentro: rasgando o papel de parede, arrancando o carpete, removendo os pontilhados do teto.

— É verdade — ela concorda.

Sorrimos uma para a outra. Mas o sorriso dela desaparece num instante, e a tristeza retorna, o que é inaceitável para o meu coração de princesa-japonesa-nascida-em-uma-cidadezinha-estadunidense.

Ela solta um suspiro e se concentra no jardim que se estende além da janela. Há pelo menos meia dúzia de horticultores ali, podando árvores e varrendo folhas inexistentes. Nosso jardim em Mount Shasta está coberto de grama alta. Lembro da minha mãe ali nos fins de semana de verão, com o suor escorrendo pela testa enquanto empurrava o cortador de grama ou arrancava as ervas daninhas, e repetindo tudo no fim de semana seguinte, porque logo crescia de novo. Ela é uma verdadeira guerreira. Eu também sou. Nós, as Tanaka, não desistimos.

Ela podia ter tido tudo isso dezoito anos atrás. Quando descobri quem meu pai era, eu a culpei por ter me criado desse jeito. Eu a chamei de egoísta, acusando-a de só pensar em si mesma, e não em mim.

Mas agora entendo as coisas com clareza. Não importa o que digam, sei que ela escolheu o caminho mais difícil porque pensou que era o melhor para nós duas. Então é isso, não estou mais brava. Sei quem eu sou. Sei de onde vim. Não sei para onde estou indo, mas vou adiar essa questão por ora. Minha mãe é mais importante.

— Não quero esconder quem eu sou para me encaixar no que esperam de mim — ela admite baixinho, e então me encara, de queixo erguido.

Como posso responder a isso?

Umedeço os lábios.

— E se for por um tempo, só pra conquistar a aprovação do conselho?

Minha mãe está aqui há poucas semanas, não está familiarizada com os joguinhos imperiais. Podemos até ser peças num tabuleiro de xadrez, mas ainda temos livre-arbítrio, não? Algum poder de decisão sobre nosso futuro. O tabuleiro é nosso. Certo?

Ela coloca a xícara no pires.

— Acho que estou lutando contra minha própria concepção do que é fazer parte de uma família imperial.

Claro que está. Eu também estou. O que significa ser uma princesa? Ainda há espaço para princesas no mundo de hoje? Há espaço para mim? Ela cruza os braços.

— Pra ser sincera, se eu fugi quando estava grávida foi porque me acovardei. É difícil admitir isso. — Ela faz uma pausa, reunindo força e determinação. — Mas eu estava grávida, sozinha e morrendo de medo — diz com firmeza. — Eu queria te proteger, mas também a mim mesma. A vida imperial me apavorava.

Aproximo o rosto.

— Está com medo agora?

Ela me encara e balança a cabeça.

— Estou assustada, mas não com medo.

— Quer casar com meu pai? — pergunto.

— Quero — ela diz, sem hesitar. — Com todo o meu coração.

Minha mente vagueia, trazendo à tona mais lembranças de infância. Mamãe comprando roupas novas para eu ir para a escola e ficando acordada até tarde para remendar seus próprios ternos com agulha e linha. Ela perdendo festas da faculdade ou jantares com amigos para ir aos meus jogos de futebol. Jamais fiz um gol sequer. Mas mesmo assim ela estava sempre lá, presente. Penso em todas as vezes em que ela se doou sem nunca pedir nada em troca. Agora é sua vez de ter tudo.

Endireito a postura, tão decidida quanto ela.

— Então vou te ajudar de todas as formas que eu puder.

— Como? — ela pergunta, desolada.

Mordo o lábio.

— Ainda não sei. — Mas meio que sei. Sou tomada pela gravidade do momento.

Isto é importante. Não é como simplesmente ajudá-la a escolher um vestido ou aprender japonês ou caligrafia. O plano também me inclui. Percorro mentalmente a lista que os camaristas forneceram. Akio está fora de questão, o que significa que vou ter que brilhar em outras áreas. Ou seja, nos estudos. De repente, minha indecisão se dissipa. Vou me inscrever em uma universidade japonesa. O sr. Fuchigami vai ficar maravilhado.

— Vamos fazer o Conselho da Casa Imperial mudar de ideia. Você vai ver.

Minha mãe se mexe no sofá.

— Vem aqui. — Ela dá batidinhas ao seu lado e abre os braços.

— *Mãe* — digo.

A porta ainda está aberta. Qualquer um pode passar, entrar e nos ver. Estou velha demais para ser pega no colo da minha mãe.

— Vem aqui — ela insiste, balançando os braços.

Reviro os olhos e resmungo, mas vou sentar ao seu lado. Ela me puxa para um abraço e deita o rosto sobre minha cabeça. Também ficamos assim enquanto a fornalha estava quebrada, tremendo debaixo de uma montanha de cobertores, com Tamagotchi enfiado entre nós, lambendo meus pés. Lágrimas escorriam pelos cantos de seus olhos e molhavam meus cabelos, mas ela disse que era só cansaço. Agora entendo. Ela *estava* cansada. A vida era difícil. Só que não precisa mais ser assim. Ela encontrou seu príncipe. Literalmente. E vou ajudá-la a conseguir seu final feliz. E o meu também.

— A gente vai conseguir — digo. *Prometo*, digo para mim mesma.

De alguma forma, sinto que acabei atrapalhando a vida dos meus pais. E se minha mãe não tivesse ficado grávida? Será que ainda assim teria fugido? Ou teria ficado com ele? Será que eles teriam assumido um relacionamento a distância quando ele voltou para o Japão? Talvez. Talvez não. Tudo o que sei é que esta é a segunda chance dela.

Mamãe me segura por um momento, e eu deixo. Até que é gostoso, agora que estou aqui. Percebo que, quanto mais envelhecemos, menos abraços recebemos.

— Seu pai pensou em pedir à imperatriz que me desse umas aulas de etiqueta da corte. Vou dizer que ele pode fazer isso. — Ela me aperta e dá um beijo na minha cabeça. — Ninguém nunca vai te amar o tanto que eu te amo.

Faço uma careta e solto um grunhido.

— Acho que isso não é algo muito saudável de dizer. Além do mais, você não deveria querer isso.

— Mas é verdade. — Ela me solta e eu ajeito meu cabelo.

O funcionário que está carregando Tamagotchi, para evitar que ele pise em poças de lama, pausa brevemente do lado de fora da porta, sorri para nós duas e segue em frente.

6

Akio chega tarde no dia seguinte. Nosso tempo juntos minguou para meras quarenta e oito horas. Ele parte para Nara em dois dias.

— Mais uma partida de *Go*? — pergunto, do lado de fora do palácio. — Tenho tanta coisa pra te contar.

Não tivemos chance de nos falar direito desde aquela conversa sobre a minha mãe. Ele passou a manhã com a família e eu estive no Concurso de Discurso em Língua de Sinais do Ensino Médio do Japão.

— Então vamos dar uma volta — ele diz. — Também quero te contar uma coisa.

Seguimos para o jardim leste do palácio imperial.

— O quê? — Meus passos são animados e leves. O ar noturno é denso, quente e pegajoso.

— Fala você primeiro.

Vou com tudo. Desembucho todo o plano.

— Então é isto. — Finalizo, meio sem fôlego. Para cada passo que Akio dá, preciso dar dois... tudo bem, vai, três. — Nós duas vamos conquistar a aprovação do Conselho da Casa Imperial. Ela vai pedir a ajuda da imperatriz e eu vou me inscrever em uma universidade de elite, em algum lugar de Tóquio.

Akio diminui o passo e pergunta:

— Universidade? É isso o que você quer?

Um guarda passa por nós e faz uma reverência. Inclino a cabeça por hábito. O jardim fechou uma hora atrás. Akio e eu estamos sozinhos, mas Reina está por perto.

— Universidade é... *fukuzatsu*. É complicado — digo. — Mas é o que minha mãe precisa que eu faça. — Isto e mais outras coisas que ainda não pensei direito. Paro e coloco a mão no peito, como se estivesse fazendo um voto sagrado. — De agora em diante, vou ser a princesa perfeita. — Abro um sorriso alegre e confiante. Está tudo bem.

Ele passa o dedão no meu lábio.

— O casamento dos seus pais é muito importante para você.

— Você sabe que sim. — Continuamos caminhando, e explico: — Minha mãe não teve uma vida fácil. Quero que eles casem por mim, mas também por ela. Chegou a hora de ela ser feliz.

Pego uma balinha *ramune* no meu vestido e enfio na boca, deixando-a derreter na minha língua. Guloseimas são parte da minha essência. Guloseimas e saias com bolso. Observem como consigo combinar as duas coisas.

Akio me cutuca.

— Meu avô sempre carregava doces nos bolsos.

Cutuco-o de volta.

— Está me dizendo que pareço um idoso?

Agora há apenas resquícios do Castelo Edo original. Perto de nós, uma placa indica o local onde Asano desembainhou sua espada contra Kira — o evento que deu origem à lenda dos quarenta e sete *rōnin*.

Akio contrai os lábios por um momento. E depois sorri com tristeza.

— Vou sentir saudade.

Nara fica a apenas algumas horas de trem de Tóquio, e eu pretendo visitá-lo sempre que minha agenda permitir.

— Nesse caso, talvez eu *realmente* deva me imortalizar em uma boneca humana.

Meses atrás, visitei uma startup especializada em clones personificados. Por cento e oito mil ienes, cerca de mil dólares, imprimem um modelo 3D da sua cabeça e colocam no corpo de uma boneca. Ameacei arranjar uma Izumi de bolso para Akio, que ficou devidamente horrorizado.

Ele engole em seco.

— Rabanete... — ele fala baixinho. — Isto não vai dar certo.

Estou a centímetros dele.

— Ok. Nada de clone, então.

Estamos em uma ponte de madeira que faz um arco sobre um lago cheio de nenúfares e carpas. Demos nosso primeiro beijo em um jardim bem parecido com este em Kyoto. Estava escuro e era muito mais tarde, aquelas horas mágicas entre a meia-noite e a aurora. Eu não conseguia dormir, estava deslumbrada demais com Kyoto, e Akio me convidou para um passeio. Conversamos sobre o senso de dever e obrigação enraizado na cultura japonesa, em especial o conceito filosófico de *gimu*: a dívida de uma vida toda com a família ou o país. O pai de Akio era um guarda imperial, assim como o avô dele. Esse era o legado de Akio, mas não era o que ele queria, e por isso deixou a guarda para se tornar piloto. Naquela noite, cedemos ao *ninjō*, a emoção humana que se opõe ao *gimu*, ao nosso dever.

Ele se afasta.

— Não. Não foi isso que eu quis dizer. Era sobre o que eu queria conversar com você. Eu não tinha muita certeza, mas depois que ouvi você falando sobre o casamento dos seus pais, acredito que seja a decisão certa. — Seus olhos perfuram os meus. — Não podemos mais nos ver.

Meu coração desacelera.

— Como assim?

Ele desce a ponte na minha frente e agarra a balaustrada de madeira. Abaixo, uma carpa chega à superfície, enrolando o corpo como um dragão antes de mergulhar fundo na água fria.

— Você ouviu o que os camaristas e o mordomo disseram. Uma princesa perfeita não namora um guarda-costas.

Uma lembrança sobre a matéria da *Women Now!* vem à tona. Pensei que eu podia enfrentar os tabloides contando a minha história em uma entrevista exclusiva. Deu certo. O Japão perdoou meu caso com o guarda-costas e me acolheu, por um período. As pessoas viram que minhas intenções sempre foram boas. Mas eu estava enganada. A imprensa livre não reverencia ninguém por muito tempo. Assim como o Conselho da Casa Imperial. De repente, me sinto fora de controle.

Fico imóvel.

— Você não é mais meu guarda-costas — falo com uma voz fraca.

Um vento quente corta o jardim, bagunçando o cabelo de Akio. Ele ajeita a postura e chega mais perto.

— Nosso relacionamento compromete o futuro dos seus pais.

— Tudo bem — digo. Ele está certo. — Tem um pouco de verdade no que você está dizendo. E se a gente desse um tempo? É isto. — Aceno a cabeça, tentando convencer a mim mesma. — Isso, a gente pode parar de se ver por enquanto, e quando meus pais tiverem o consentimento do conselho, voltamos a ficar juntos.

Akio me encara, mas não gosto do que vejo em seu olhar. A piedade em seu sorriso. Como se eu fosse uma órfã querendo convencer as outras crianças de que meus pais vão chegar a qualquer momento para me buscar. "A qualquer momento, podem esperar para ver."

Ele balança a cabeça.

— Não podemos. Alguém vai descobrir e isso vai ser outro escândalo. Nós *somos* o escândalo. Nunca vai ter fim. É melhor assim.

— Não faça isso — digo, sentindo uma alfinetada embaixo da costela. Quero bater os pés, cerrar os punhos e socar algo. — Não faça o mesmo que a Agência da Casa Imperial. Você não tem o direito de decidir o que é melhor pra mim. Não desiste de nós. — Estou triste, mas furiosa também. Engulo um nó gigante na minha garganta, como se fosse um bolo de arroz.

— Já está decidido — ele fala, sem rodeios.

Me concentro nas torres atrás dele. Elas foram meticulosamente reconstruídas — pedras em ruínas substituídas por pedras cortadas a laser. Uma hora atrás, havia crianças escalando até o topo. As risadas absorvidas pelo calor do verão. E agora só resta um espaço vazio, solitário e sombrio. Assim como vou ficar sem Akio.

Olho para os meus pés.

— Se for embora, não volte nunca mais. — Eu falo coisas idiotas quando estou com raiva. Agora não é exceção. Estou ameaçando o homem que eu gostaria de manter por perto.

— Tá. — Há uma nova determinação em sua voz.

Levanto a cabeça e o vejo através de uma névoa aquosa. Vejo seu rosto perfeito, suas impiedosas bochechas.

— Akio, por favor — imploro. Longos minutos parecem passar. — Não faça isso. — *Diga alguma coisa. Diga que não estava falando sério.*

— Rabanete... — Seus olhos estão vermelhos e cheios de lágrimas.

Sinto um pequeno conforto ao ver que ele também está sofrendo. O crepúsculo estende suas asas roxas. A cor do céu vai de laranja a índigo-escuro. Ele acaricia meu rosto e então desce as mãos para os meus ombros. Abotoa meu cardigã.

— Está ficando frio aqui fora. — Seu tom é seco, resoluto. Ele dá um beijo na minha bochecha, na minha testa, e pausa por um momento. — Como pude esperar que fosse possível ficar em sua órbita dourada para sempre? Eu já deveria saber. Estávamos jogando um jogo perdido esse tempo todo.

Fico tensa e viro o rosto. Ele respira fundo e me solta, em seguida dá um passo para trás e faz uma reverência formal.

— Sua Alteza.

Fecho os olhos com força para não ter que vê-lo indo embora. Deixo escapar um pequeno soluço. Abraço meu próprio corpo, tentando conter tudo o que estou sentindo. Quando torno a olhar para a frente, ele já se foi. Desapareceu. Como se nunca tivesse estado aqui

FOFOCAS DE TÓQUIO

Conselho da Casa Imperial realiza reunião secreta

1º de setembro de 2022

Um trânsito acima do normal foi elatado nos arredores do prédio da Agência da Casa Imperial na noite passada. Fontes do *Fofocas de Tóquio* afirmam que Suas Altezas Reais o Príncipe Nobuhito e o Príncipe Yasuhito desceram dos veículos junto com o primeiro-ministro, o presidente e o vice-presidente da Câmara e o chefe de justiça da Suprema Corte. Ao todo, *Fofocas* contou dez pessoas. O que todos esses homens têm em comum? Todos são membros do Conselho da Casa Imperial.

A Agência da Casa Imperial está mantendo total sigilo sobre o motivo de o Conselho ter se reunido em segredo. Mas nossas fontes disseram que a assembleia extraoficial tinha como objetivo fazer uma pré-votação sobre o noivado do príncipe herdeiro com sua amada estadunidense, Hanako Tanaka.

Parece que a pré-votação não correu bem, segundo nossas fontes.

Apenas duas pessoas votaram a favor do casamento —
ambas da família imperial. "Os outros integrantes do
conselho demonstraram preocupação em relação às
origens da sra. Tanaka e ao seu comprometimento com
a monarquia", nosso informante palaciano revelou.

No passado, os camaristas do palácio costumavam fazer
ligações sigilosas para a associação Kasumi Kaikan, ou
Clube de Pares, governada pelas famílias originais do
Japão, para criar um banco de dados de mulheres elegíveis
a se casarem com o príncipe herdeiro. Os critérios incluíam:
ser mais jovem que o príncipe, mas não mais de seis anos;
ser de sete a dez centímetros mais baixa que ele; ser
bem-educada e ter boa saúde. Uma mulher foi excluída
por na família alguém ter nascido com os dedos do pé
grudados. Qual será a posição da sra. Tanaka em relação
às mulheres mais cobiçadas do Japão?

"Ela não chega nem aos pés delas", a blogueira imperial
Junko Inogashira afirmou. "Ela é uma uva-passa já fora
da validade."

A idade da sra. Tanaka é uma séria preocupação. O Japão
está enfrentando uma crise de sucessão. Um dos filhos do
imperador Takehito deve gerar um herdeiro homem para
que a linhagem imperial prossiga.

A Casa da Agência Imperial tinha altas expectativas
quando o príncipe Nobuhito casou com a famosa atriz
de novela Midori Ito, mas, depois do nascimento das
gêmeas, a princesa se afastou da vida pública. Fontes
palacianas dizem que ela se recusa a ter mais filhos.

"O príncipe Nobuhito e a princesa Midori dormem em quartos separados, quando não em casas separadas, o que acontece com ainda mais frequência", uma fonte infiltrada relatou.

Pouco se sabe sobre a sra. Tanaka, mas as informações disponíveis parecem deixar a Agência da Casa Imperial desconfortável. "Não é segredo que a sra. Tanaka é feminista, e não só isso, ela tem visões extremistas sobre a preservação do meio ambiente."

A família imperial deve permanecer neutra. Qualquer posicionamento político é considerado um anátema para a instituição, que deve respeitar a opinião de *todos* os cidadãos. A única proteção da monarquia é o apolitismo. Fontes dizem que o palácio imperial está investigando a sra. Tanaka.

Teremos que esperar para ver o que vai acontecer. Enquanto isso, todos os olhos estão voltados para a sra. Tanaka e sua filha. Nossas fontes afirmam que, embora a Agência da Casa Imperial não tenha conseguido controlar a entrada da princesa Izumi na família imperial, agora está determinada a impedir que o mesmo aconteça com a sra. Tanaka.

7

De alguma forma, consigo voltar ao meu quarto sem me despedaçar pelo caminho. Meus pais saíram para aproveitar a noite; o palácio foi reduzido a poucos funcionários. Deslizo a porta e encosto a testa na madeira gelada. Uma lágrima escapa. Então outra. Meu coração está acelerado. Meus ombros tremem. Um soluço angustiado se liberta, e rastejo até a cama. Pela janela, vejo a lua alta no céu. Tamagotchi se mexe embaixo das cobertas e eu o puxo, dizendo que vou amá-lo até o dia da minha morte.

Ele se solta e se esconde debaixo da cama. Fico imóvel. Sem perceber, acabo pegando no sono e, quando acordo, já está amanhecendo. A luz do sol invade o cômodo feito mãos arranhando o teto. Dizem que a família imperial consiste nos descendentes da deusa do sol, Amaterasu, mas estou fria por dentro. O sol não está brilhando para mim hoje. Minha garganta está dolorosamente apertada. *Akio*.

Viro de lado. Vejo meu celular na mesinha de cabeceira. Uma esperança desesperada e doentia me faz pegá-lo para verificar se Akio mandou alguma mensagem ou ligou. "Desculpe. Não quis dizer nada daquilo. Por favor, me liga." Mas não tem nada. E agora? O que uma garota com o coração partido pode fazer? Escrever para a melhor amiga, claro.

Eu
Pode falar?

Meu telefone toca, então vejo o nome de Noora. Sento na cama, levando os joelhos ao peito, e apoio o queixo neles. Atendo a chamada e o rosto dela ilumina a tela.

— Oi.

Para Noora, ainda é fim de tarde e ela está no dormitório. Reconheço o calendário agressivamente repleto de notas adesivas e os móveis padronizados de madeira branqueada.

— Oi. — Enfio os dedões no lençol. As lágrimas voltam a cair. Fungo.

— Zoom Zoom? — A preocupação distorce sua voz.

Ela está de moletom e consigo ver apenas a parte de cima das letras de "Columbia". Estou usando minha camiseta favorita, do Colégio Mount Shasta com a mascote do time, um urso. Minha segunda camiseta favorita é uma que roubei de Hansani, com a frase em purpurina: "O AMOR É MEU SUPERPODER".

— O que aconteceu?

— Akio terminou comigo. — Abaixo a cabeça e uso a barra da camisa para limpar o nariz. Sou um desastre.

— Como assim? Por quê? — ela pergunta, surpresa. Então estreita os olhos. — É só falar que eu corto fora o saco dele e o costuro de volta na bunda feito um rabo.

— Nossa. — Abro um sorriso seco. — Que imagem explícita e bem pensada.

Ela bufa e se joga na cama, segurando o celular com o braço esticado. Seu cabelo escuro se espalha feito uma coroa. Noora que deveria ser a princesa. Ela faria tudo certo.

— Você sabe que estou disposta a ir pra prisão por você.

— Ele disse que nosso relacionamento compromete o casamento dos meus pais. — Explico tudo sobre o Conselho da Casa Imperial, a pré-votação, a conversa que ouvi entre os camaristas e o mordomo, meu plano de ser a princesa perfeita… e conto o que Akio disse no fim: "Estávamos jogando um jogo perdido esse tempo todo".

Seu rosto se contorce.

— Ah, meu Deus, aquele clássico, ele te afastou porque gosta de você.

— Hã?

— Sabe quando você termina com alguém de quem gosta muito porque não quer que a pessoa sofra por sua causa?

Apoio o celular nos joelhos e enfio as mãos debaixo das cobertas para brincar com meus pés. "Você não tem o direito de decidir o que é melhor pra mim", foi o que eu disse para ele.

— Você tem razão, isso é uma baboseira — sibilo. Não preciso ser protegida.

— Põe baboseira nisso. Esse filho da mãe todo amoroso e cuidadoso me paga.

Franzo o cenho e dou uma fungada.

— Talvez tenha sido melhor assim. Se ele não consegue aguentar agora... — Paro no meio da frase, me odiando porque meio que o odeio no momento. Lágrimas impiedosas enchem meus olhos de novo.

Alguns segundos se passam.

— Como está se sentindo?

— Triste e com raiva — digo. — Acho que você vai querer desligar logo, logo. Numa escala de zero a dez de choro feio, isto aqui está prestes a virar um nove.

— E daí? Eu estava presente quando você bebeu todas na festa do Joseph Finch e vomitou as tripas no banheiro dos pais dele.

Joseph Finch era o único garoto da nossa sala que tinha um bigode de verdade. Nem pediam sua identidade quando ele ia comprar bebidas no mercado. Isso naquela época. Quando minhas maiores preocupações eram os planos para o fim de semana, a lição de casa e se eu tinha dinheiro suficiente para comprar um milkshake *e* batatas fritas no Black Bear Diner.

— Noora?

— Estou aqui. — Ela levanta a mão, como se estivéssemos na escola.

— O que está achando da universidade? Tipo, como são as coisas aí?

— Tirando o fato de eu dividir o banheiro com vinte garotas, de o aquecedor do meu quarto estar quebrado e de eu já estar me entupindo de café e bolo sem parar de tanta ansiedade sendo que as aulas ainda nem começaram? — Ela para e enrola uma mecha de cabelo no dedo. — É incrível. Sei lá. Parece que eu estava perdida e agora me encontrei. Sabe quando você disse que não se encaixava em Mount Shasta? Na época não entendi direito, mas agora entendo. Eu me encaixo aqui.

Fico feliz que Noora tenha achado seu lugar. Ainda me sinto um peixe fora d'água tanto no Japão quanto em Mount Shasta. Não se trata de apenas encontrar um lugar onde eu me encaixe, mas, sim, de construir esse lugar. Pelo menos, no meu caso. Decido não comentar nada disso e focar algo mais importante.

— Quer dizer que está se entupindo de bolo, é?

Ela assente com vigor.

— Tem um lugar aqui perto que vende. Passo pelo menos vinte minutos por dia decidindo se devo pegar quatro sabores diferentes de minibolinhos ou só um bolo grande do mesmo sabor.

— Uma escolha impossível — tiro sarro. Ela apenas sorri. Então acrescento: — Fico feliz por você.

Ela abre um sorriso.

— Também estou feliz por mim mesma. Está se sentindo melhor? Você parece menos propensa a se encolher em posição fetal e morrer.

— Estou, sim. — Tamagotchi sai do esconderijo. Ouço passos do lado de fora. O palácio está se espreguiçando, pronto para acordar. — Mas preciso ir.

— O que vai fazer? — Ela faz um gesto que abarca tudo: o término, o noivado dos meus pais, meu plano de me inscrever em uma universidade e me transformar na princesa perfeita, em alguém que o Conselho da Casa Imperial aprovaria.

Por um momento, não falo nada, nem me mexo. O que posso fazer além de dar o meu melhor?

— Vou seguir em frente com o plano.

Noora sorri, orgulhosa.

— Abrace a raiva — ela me aconselha com uma voz suave e acolhedora. — Isso vai te dar motivação e afastar o sofrimento.

— Você está certa.

Desligamos. Pego o celular e fico olhando para as fotos mais recentes que tirei de Akio. Com as imagens ainda impressas na minha mente, abro o aplicativo de anotações.

Faz dezoito horas
que você se foi, e eu quase
que morri mil vezes.
Será que isso é amor?
Cair? Naufragar? Ruir?

Alguns minutos depois, recebo uma nova mensagem.

Noora
Ainda está bem?

Eu
Não, mas vou ficar.

Noora
Me avise se mudar de ideia sobre a
questão da castração.

Eu
Pode deixar.

Noora
Siga em frente.

Eu
Eu vou seguir em frente pra caralho.

Paramos por aí. Estou de coração partido, mas determinada.

★ ★ ★

Quando pego minha xícara de chá e bebo delicadamente, o sr. Fuchigami franze o cenho, juntando suas sobrancelhas escuras de lagarta. Ele repete minha pergunta:

— Como se conquista o Conselho da Casa Imperial?

É fim de tarde. A luz do sol invade a sala de jantar do palácio. Penso em Amaterasu de novo e peço a ela que ilumine meu caminho. Estou sentada na frente do sr. Fuchigami. Mariko também está aqui, sorrindo para mim enquanto um criado se aproxima e serve mais chá.

Como posso dizer ao sr. Fuchigami que sei que preciso melhorar minha imagem sem dizer que, na verdade, eu o ouvi falando exatamente isso do lado de fora do palácio?

— Quero dar aos meus pais as melhores chances possíveis. Não quero de jeito nenhum ser o motivo que os impedirá de ter um final feliz. — Ajeito a postura, mantendo meus tornozelos cruzados e as mãos cruzadas no colo.

O camarista tamborila os dedos na mesa. Abro um sorriso encorajador, mesmo que pareça que alguém jogou um balde de água em mim, lavando completamente todas as minhas cores. O sr. Fuchigami é fundamental para que meu plano funcione. Ele conhece a máquina imperial por dentro e por fora, e vai me ajudar a lubrificar as engrenagens. Ainda estou aprendendo como os membros da corte aconselham e coordenam tudo; como os príncipes e as princesas devem se comportar; os papéis que todos nós temos que desempenhar.

Ele gira o pires de sua xícara no sentido horário, depois no sentido anti-horário.

— Nesse caso, nós provavelmente devemos discutir sobre os seus planos para o futuro. Ou seja, você precisa ter um plano.

Minha pulsação desacelera, então acelera novamente.

— Concordo. — Faço uma pausa. — É por isso que decidi que gostaria de estudar em uma universidade japonesa. — O brilho de esperança no olhar do sr. Fuchigami não me passa despercebido. Mentalmente recordo quais opções tenho. Eu poderia ir para qualquer lugar do país. — Mas não sei se eu deveria me afastar dos meus pais num momento como este.

Na verdade, estou pensando na minha mãe. Ela precisa de mim. Ou sou eu que preciso dela? Tanto faz. Vou pensar melhor nisso depois.

Mariko pousa sua xícara na mesa com um delicado *clac*.

— Não seria para agora. O ano letivo começa em abril e ainda estamos em setembro. Além disso, se você estudar na Universidade de Tóquio, vai estar perto de casa, a menos de vinte minutos de distância. Poderia até continuar morando no palácio.

O sr. Fuchigami assente, fazendo tremer a pele fina e flácida de suas bochechas.

— Exatamente, não acho que seja sábio começar agora, no meio do ano. Precisamos de tempo para prepará-la.

— De que tipo de preparação eu preciso? — Olho para o prato de *dorayaki*, mas não estou com fome. Minha mãe sempre sabe que tem algo errado quando fico sem apetite.

— As universidades japonesas são absurdamente competitivas. A Universidade de Tóquio, por exemplo, tem uma taxa de aceitação de vinte e sete por cento. Mesmo que estejam ansiosos para que você estude lá, ainda terá que cumprir todos os requisitos de uma inscrição comum. — Ele lista todas as etapas que terei que enfrentar: revisão do histórico escolar do ensino médio, incluindo o certificado de formatura, exames de admissão, documentos que comprovem conquistas realizadas, duas cartas de referência e uma entrevista.

Meu coração despenca. Claro que eu não achava que a universidade seria fácil. Mas tudo isso é só para entrar, e já é muito. É intimidador. Foi alguma surpresa eu ter considerado tirar um ano sabático?

— Meu histórico escolar não é lá essas coisas — admito.

— Pois é — o sr. Fuchigami diz, com uma pontada de reprovação. — Quanto a isso, não temos muito o que fazer, mas se reforçarmos os outros requisitos, como as conquistas, as notas dos exames, a entrevista e tudo o mais, deve ser o suficiente. — Ele abre uma pasta de couro e escreve algo no bloco de notas que está dentro. — Vou providenciar um tutor para você. Alguém que vai ajudá-la a entrar em forma, academicamente falando, e prepará-la para os exames de equivalência. A tutoria também pode ajudá-la com seus estudos de idiomas.

Suspiro.

— Obrigada.

— Agora, você só precisa escolher o que pretende cursar — interrompe Mariko.

No Japão, os estudantes do ensino médio devem escolher uma graduação assim que se formam.

O sr. Fuchigami murmura, concordando. Sua caneta está suspensa, preparada para anotar o rumo do resto da minha vida. Como se fosse assim tão fácil. Diante da minha expressão vazia, ele fala:

— Você já considerou uma graduação em ciências biológicas com habilitação em botânica, de repente? Seria uma boa forma de reconhecer a profissão da sua mãe e está extraordinariamente alinhado com o campo de atuação que as demais princesas escolheram.

Não preciso nem pensar.

— Tá. Ótimo. Vou estudar botânica na Universidade de Tóquio. — Já aprendi um monte de coisas escutando minha mãe, puramente por osmose. E daí que não estou nem um pouco animada?

O sr. Fuchigami sorri, em uma aprovação meio vaga, e escreve no bloco.

— Também precisamos discutir suas relações fora do círculo familiar.

— Está se referindo a Akio? — Sinto uma pontada no estômago. — Ele vai partir em breve e... Eu, hum, bem, não estamos mais namorando.

— O quê? — Mariko quase grita. O sr. Fuchigami a repreende com um olhar feio. — Desculpe — ela murmura. — É só que... vocês lutaram tanto para ficar juntos. Como...

— Está tudo bem. — Evito o assunto e olho para a parede, onde está a antiga máscara de teatro Nô que meu pai disse que lhe causava pesadelos quando ele era criança.

Se começar a falar sobre Akio de novo, vou chorar. Tem uma espécie de cola líquida me impedindo de despedaçar. Afasto a tristeza rastejante e me concentro no meu objetivo: seguir em frente.

O sr. Fuchigami escreve a um quilômetro por minuto.

— Eu ficaria feliz em formar um comitê para encontrar um companheiro adequado para você — diz ele, com os olhos no papel. — Poderíamos começar pelos descendentes da antiga nobreza, alguém com raízes profundas na antiga capital. Parentes de políticos estão fora, é claro, por razões óbvias. A família imperial deve estar acima da política. Talvez reunir uma amostragem para encontrar a combinação ideal.

— Não — digo de supetão. O sr. Fuchigami para de escrever e me olha. — Nada de comitê nem amostragem. — Ele me olha com uma expressão de quem está dolorosamente constipado, o que explicaria bastante coisa. — Nada de encontros ou arranjos. — Posso até estar livre, mas não consigo nem pensar em namorar alguém agora. Meu coração ainda está combalido e machucado. Vou levar um tempo pra superar Akio.

O sr. Fuchigami risca o que acabou de escrever.

— Vamos apenas dizer que Izumi-*sama* está focada nos estudos — Mariko diz.

Faço que sim e sorrio para ela, agradecendo silenciosamente pelo apoio. Ela acena em retorno. Antes, Mariko e o sr. Fuchigami estavam sempre mancomunados, mas agora ela está do meu lado.

— Pode funcionar por um tempo — o sr. Fuchigami diz, ainda claramente decepcionado. — Você também vai ter que escolher um hobby para o seu perfil como membro da realeza. Isto vai fazer diferença nas exigências extracurriculares para a admissão na universidade e vai mostrar à imprensa e ao conselho que você está levando a sério seu papel de princesa.

Balanço a cabeça, tentando pensar em algum hobby que me atraia.

— Eu não sei...

— Tem alguma coisa que você gostava de fazer nos Estados Unidos? — Mariko pergunta.

O sr. Fuchigami e Mariko esperam minha resposta. Dou de ombros.

— Fiz uma eletiva de luta livre durante um ano, mas logo desisti porque fiquei com medo de me tornar fisicamente dominante demais — falo, sem conseguir esconder o sorriso.

Mariko segura a risada, olhando para baixo. As rugas na testa do sr. Fuchigami se aprofundam. Um dia, vou fazê-lo rir. Hoje não é esse dia.

— Voltaremos a esse assunto depois. Agora... — O sr. Fuchigami abaixa a caneta e entrelaça os dedos, fazendo contato visual direto comigo. Já vi meu pai fazendo isso com seus camaristas quando quer ser ouvido. — Independentemente de potenciais pretendentes, existem certos círculos nos quais você deveria estar se inserindo. Mesmo que eu encontre um tutor para os seus objetivos acadêmicos, ainda vai precisar de suporte adicional... de alguém, ou melhor, de *pessoas* — ele enfatiza — que conheçam todos os aspectos da vida imperial; que possam ser suas mentoras e mostrar a você como navegar por isto tudo. Pessoas que lhe sirvam de exemplo e que sejam adoradas pela imprensa. — Fecho os olhos, rezando para que ele não diga o que estou pensando. — Suas primas, Noriko e Akiko, seriam excelentes para essa função.

No momento em que ele termina seu argumento, me pergunto se é possível vomitar meus próprios órgãos. Há um círculo completo no inferno de coisas que eu preferiria fazer do que andar com Akiko e Noriko.

Olho para Mariko, e está tudo nos meus olhos. *Lembra quando elas me humilharam durante aquela sessão de fotos, jogando um bicho-da-seda em mim?* Agora não parece algo tão ruim assim, mas, acredite, foi um evento muito traumático. Especialmente porque eu tinha acabado de chegar da Califórnia e estava me esforçando muito para ser perfeita e correta. *E lembra* — arregalo os olhos para Mariko — *quando elas armaram para mim no casamento do primeiro-ministro e me chamaram de* gaijin? Significa "estrangeiro" em japonês, mas de um jeito muito ofensivo. As duas foram tão cruéis comigo que até pensei que estivessem vendendo fotos de mim com Akio para os tabloides. No final, descobri que foi meu primo Yoshi. Ainda fervo por dentro ao lembrar disso, de como ele fez de tudo para que eu fosse pega em uma posição comprometedora, só para ganhar dinheiro em cima disso. Ele queria se mudar da propriedade imperial. Fui um instrumento para ele conseguir seu objetivo: independência financeira da família. Tive pouca sorte em encontrar aliados na minha família imperial.

O sr. Fuchigami não sabe de nada e apenas tece elogios sobre elas.

— As princesas Akiko e Noriko sempre levam os interesses imperiais no coração. São cordiais e muito atenciosas. Você poderia aprender muito com elas.

Cruzo os braços e o encaro por um momento, me sentindo inferior e infantil por não concordar de imediato.

— Tá.

— Excelente. — Satisfeito, ele fecha a pasta de couro com um floreio contente. — Vou iniciar os preparativos, então.

Ele vai embora e Mariko senta ao meu lado.

— Quanta coisa acabou de acontecer.

— Nem me fale.

— Está mesmo certa de que quer as Gêmeas Iluminadas como suas mentoras? — ela pergunta.

Ela está se referindo às minhas primas. Eu mencionei o apelido que inventei para elas há um tempo. Mariko nunca tinha visto o filme. Assistimos juntas em japonês, o que, de algum jeito, deixou a história mais assustadora ainda. Ela teve que dormir com a luz acesa por um mês. Não tenho certeza se já me perdoou.

— Claro — falo em alto e bom som.

Afinal, eu tenho um propósito. Certo? Certo. É pela minha mãe e pelo meu pai. Por nós. Pela nossa família.

8

Duas semanas mais tarde, abraçada ao meu notebook, subo correndo os degraus da Biblioteca Imperial, um monólito cinza localizado nos arredores das propriedades imperiais. Ainda está fazendo calor por aqui, apesar de ser setembro, o primeiro mês do outono. O ar está úmido e cheira a ozônio. Aparentemente, vai chover mais tarde. A previsão do tempo no Japão parece ser feita por algum tipo de alquimia estranha, porque geralmente está certa. Sinto uma rajada de vento e baixo a cabeça ao passar pelas portas duplas.

Puf.

Bato em uma coisa grande e parada. Ainda segurando o notebook, caio de bunda no chão, amparando a queda com uma das mãos. Folhas de papel saem voando feito confete.

— Ah, meu Deus, me desculpe. — Ajoelho imediatamente e começo a recolher os papéis repletos de letras de música escritas à mão em tinta azul.

O cara com quem trombei se abaixa. Só consigo ver o topo de sua cabeça, uma cascata de fios escuros, recolhendo as folhas.

Nos levantamos juntos, eu segurando os papéis e o notebook, e assentimos para nos desculpar — *mōushiwake gozaimasen.* Então, nos encaramos.

O garoto é um gato. Tem um cabelo bagunçado de pirata e olhos enrugados em um eterno sorriso. Ele é alto, mais do que Akio, e é esbelto, tipo corpo de nadador. Está vestindo uma camiseta dos Ramones, jeans rasgados nos joelhos, uma jaqueta de motoqueiro e óculos de proteção pendurados no pescoço. Dividimos um silêncio desconfortável por um tempo.

Limpo a garganta e entrego as partituras.

— Aqui.

Ele sorri ainda mais, se é que isso é possível, e um par de covinhas marca suas bochechas.

— Sua Alteza. — Ele faz aquela reverência formal de noventa graus, a qual já estou bastante familiarizada a essa altura.

— Por favor, não precisa.

Verifico o saguão discretamente. Somos os únicos aqui. Além das catracas de bronze, altas e pesadas, estantes cheias de livros contornam o lugar. Grandes mesas de madeira, iluminadas por lâmpadas verdes, se aninham entre as prateleiras. Colunas sustentam o teto arqueado. O lugar cheira a mofo, o que parece algo endêmico em instituições tão antigas como esta. O sr. Fuchigami me mandou aqui para conhecer meu novo tutor.

— Você conhece o prédio? — pergunto, ficando na ponta dos pés para espiar o lugar atrás dele. Talvez ele trabalhe aqui. — Preciso encontrar uma pessoa.

— É a primeira vez que venho — ele diz, coçando a cabeça. — Sabe como é essa pessoa? Quem sabe posso te ajudar a encontrá-la.

O sr. Fuchigami não me deu muitas informações, o que é bem atípico da parte dele.

— Seu nome é... — Abaixo meu notebook e olho para o pedaço de papel impresso que meu camarista me entregou. — Nakamura-*sensei*. Ele vai ser meu tutor. Imagino que deva usar um blazer de tweed, reclamar bastante do clima, dormir com seus livros e talvez espirrar por causa da poeira da biblioteca...

— Ah, entendi. — O garoto dá risada e casualmente coloca um lápis atrás da orelha. — Sou eu.

— Como é? — Ainda estou esperando o sósia do sr. Fuchigami surgir de algum canto.

— *Nakamura Eriku to mōshimasu. Hajimemashite. Yoroshiku onegai shimasu.* Eu sou o seu tutor, Eriku Nakamura, muito prazer. — Ele faz uma reverência completa e abre mais um sorriso torto e charmoso. Em seguida, franze o nariz, fingindo espirrar. — *Atchim.*

Eriku e eu sentamos lado a lado em uma das longas mesas do segundo andar, escondidos pelas estantes. A gente poderia muito bem ter escolhido qualquer outro lugar. Ao que parece, a Agência da Casa Imperial reservou a biblioteca toda para nós pelas próximas horas.

Abro o notebook. Aceno para a entrada e digo:

— Me desculpe pelo que falei antes.

— Não se preocupe — Eriku diz. Acho que nunca conheci alguém que sorrisse tanto assim. Até quando ele fala soa como se estivesse sorrindo, seu tom é alegre e leve. Ele exala a energia de um golden retriever. — Você não acreditaria em quantas vezes acham que sou um professor de tweed. O tempo todo.

— Eu só estava esperando alguém mais… — Abro e fecho a mão.

— Velho, enrugado e sábio? — ele sugere.

Franzo o cenho.

— É. Bem… não. Desculpe.

— São águas passadas.

O notebook dele parece o primeiro modelo já inventado. O negócio é pesado feito um tijolo e tem uma tela enorme. Ele liga a máquina, que vai ganhando vida lentamente.

— Meu computador leva um tempinho pra aquecer. Vamos, *ganbatte.* — "Dê o seu melhor", ele encoraja, dando tapinhas na lateral do aparelho como se fosse uma tartaruga a centímetros da linha de chegada.

— Hum, meu camarista, o sr. Fuchigami, não me falou muito sobre você…

Ele tamborila os dedos na mesa, e a imagem de uma daquelas máquinas de movimento perpétuo surge em minha mente. O notebook ainda está iniciando. Uma barra na tela mostra o progresso: vinte por cento completo.

— Bem, você já sabe meu nome, Eriku. Meus pais o escolheram porque acharam que soava meio estadunidense, e eles queriam que eu falasse inglês um dia. O que mais, *o que mais?* — Ele bate o indicador nos lábios. — Eu toco piano. — Ele abre as mãos, como se o gesto explicasse tudo. Aí está. Já é o suficiente. Sem mais perguntas por ora, por favor. Obrigado por vir ao meu *TED Talk*.

Certo.

— O sr. Fuchigami disse que você poderia me ajudar a entrar na Universidade de Tóquio.

— Sim, com certeza. Na verdade, eu estudo lá atualmente. E antes disso me graduei em dois cursos, ciência da computação e literatura inglesa. Ambos nos Estados Unidos, na Universidade Yale. *Go Bulldogs!* — Ele ergue o punho.

Suspiro, surpresa.

— Se importa se eu perguntar quantos anos você tem?

Ele abre um sorriso radiante.

— Fiz dezenove no mês passado.

Eu tenho dezoito anos. Temos quase a mesma idade, mas claramente não estamos no mesmo estágio na vida.

— Você começou a universidade quando tinha… — Franzo o cenho, tentando fazer as contas.

— Treze. — Ele sorri. — Meus pais me mandaram para os Estados Unidos. É impossível pular um ano escolar no Japão. Ninguém pode receber tratamento diferenciado, sabe?

Umedeço meus lábios. Uma vez, minha mãe me fez assistir a uma regravação de um programa antigo sobre um menino que se tornou médico mas ainda morava com os pais. Eriku é tipo esse garoto.

— Você é um gênio.

Ele coça a cabeça.

— Na verdade, não. Pra ser um gênio, é preciso ter um QI de cento e quarenta ou mais. O meu não chega a tanto, ou pelo menos não chegava. Não faço ideia. Da última vez que fiz o teste, eu tinha onze anos. Acho que fiquei com cento e trinta, na época. — Ele dá uma risadinha nervosa.

Seu notebook faz um barulho esquisito, e a tela revela uma imagem de um são-bernardo. É um close do focinho todo enrugado do cachorro, com uma fina linha de baba pendendo de sua mandíbula esquerda.

— Esta é Momo-*chan* — ele diz. "*Momo*" significa "pera" em japonês. — Ela é o amor da minha vida.

Viro meu notebook para ele, mostrando minha tela. É uma imagem de Tamagotchi. Seus dentes estão à mostra e a foto está um pouco escura — luzes piscantes costumam deixá-lo inquieto.

— Tamagotchi, o amor da minha vida.

Compartilhamos um sorriso, com os olhos fixos um no outro por um momento. Ouço gotas batendo suavemente no telhado e nas janelas. A chuva finalmente chegou.

— A gente deveria começar — ele fala, ainda me encarando, ainda sorrindo. Então, desvia o olhar para o computador e abre o navegador. — Pensei que podíamos pegar leve hoje e preencher a sua inscrição. Depois, vamos passar para os reais exames de admissão e começar a estudar.

Respiro fundo e aceno com a cabeça enquanto ele fala. Como cresci nos Estados Unidos, vou ter que fazer o Exame de Admissão em Universidades Japonesas, ou EJU, para estudantes internacionais, no Centro Nacional de Admissão. É uma versão mais badalada do SAT, o exame vestibular estadunidense.

Entramos no site da Universidade de Tóquio, criamos um login para mim e abrimos o formulário de inscrição. Enquanto Eriku digita, olho a foto de Tamagotchi na tela do meu computador. Antes, era uma foto de Akio comigo. Não era de nenhuma ocasião especial ou algo do tipo; só entreguei meu celular para a Reina e pedi que ela registrasse aquele momento. Na foto, estou olhando diretamente para a câmera, e aparento estar tão feliz que fico até um pouco enjoada só de lembrar. Akio está olhando para mim, com uma rara expressão suave. Óbvio que tive que trocar pela foto de Tamagotchi. Duas noites atrás, deletei tudo que me fazia lembrar de Akio, em uma fúria nebulosa. Fotos. Mensagens. Enfiei até o poema que ele escreveu para mim em uma gaveta. Fora de vista, fora da mente. Chega de olhar para trás. De agora em diante, só vou olhar para a frente.

De noite, é a minha vez de escolher o jantar. Sei exatamente o que quero: McDonald's. Batatas fritas e Bai Big Macs são empratados e servidos em preciosas porcelanas incrustradas com crisântemos dourados. Refrigerante de melão e milkshakes de chocolate são despejados em taças de cristal. O palácio inteiro cheira a fritura. Pela janela, o jardim é a imagem da melancolia, com suas poças de lama e a água escorrendo dos galhos, forçando as folhas para baixo.

Ataco a comida enquanto conto a meus pais sobre Eriku.

— Nakamura-*sensei*... — meu pai murmura. Ele está comendo o hambúrguer de garfo e faca. — Ultimamente, tenho ouvido esse nome com frequência, mas não me lembro em que contexto.

Dou uma mordida no meu lanche, limpando o catchup do canto da boca. O que os tabloides diriam se nos vissem agora?

— Ele é um gênio. Talvez tenha aparecido nos jornais ou algo assim. — Provavelmente deve ter inventado alguma máquina que transforma urina em água e depois em massa de bolo quando estava no segundo ano do fundamental.

— Talvez — meu pai diz.

Mamãe belisca suas batatas fritas e me elogia.

— Bem, estou orgulhosa de você, querida. Continuar seus estudos é uma decisão importante. Ainda mais em uma universidade tão prestigiada. — Seu cabelo está brilhante e arrumado, e suas bochechas coradas esbanjam saúde. Ela segura uma taça cheia de coca-cola. Nas duas últimas semanas, minha mãe deu a volta por cima, indo de tristonha a gloriosa, curtindo esse novo desafio. Ela parece mais consigo mesma. — Um brinde à Universidade de Tóquio.

Abano a mão. Ela vai agourar as coisas com essa confiança inabalável em mim.

— Eu ainda não entrei.

Agora é ela que abana a mão.

— Isso é só um detalhe. Você vai entrar. Olha só pra gente. — Ela gesticula para mim e depois para si mesma. — Você vai pra universidade e eu vou tomar chá com a imperatriz amanhã. Nunca poderia imaginar isso...

Franzo o nariz.

— Eu sei, jamais me vi estudando em uma universidade de elite no Japão. — Ou em qualquer lugar, aliás.

— Eu, sim. Ou pelo menos, torci para isso. — Seus olhos cintilam. — Não quis falar nada enquanto você estava pensando no que iria fazer, mas fiquei preocupada nesse meio-tempo.

— Também fiquei preocupado — meu pai diz.

Minhas entranhas ficam geladas.

— Como assim?

— Tudo o que queremos é ver você fazendo algo que te permita atingir todo o seu potencial — ela explica, colocando a mão sobre a do meu pai.

Claro que eles queriam que eu fosse para a universidade. Afinal, os dois se conheceram em Harvard.

Abaixo a batatinha que estava prestes a comer.

— Ah. Nossa, vocês esconderam isso muito bem.

— Nós não queríamos colocar mais pressão em você — meu pai fala. — O sr. Fuchigami me contou que você vai estudar botânica.

Minha mãe fica boquiaberta, alegremente surpresa.

— Botânica?

— Temos outra Hanako — meu pai diz, levando a mão dela aos lábios para beijar seus dedos.

Ele com toda a certeza faria um clone da minha mãe se pudesse. E o enfeitaria com uma pequena pilha de compostagem e orquídeas.

Ela me olha com curiosidade.

— Durante todos esses anos, pensei que quando eu falava sobre plantas te deixava com sono.

Antes que me pressione mais, interrompo-a:

— Então, chá com a imperatriz, hein?

Conversamos um pouco sobre sua agenda, que está quase tão cheia quanto a minha. Ela tem passado a maior parte dos dias no Departamento de Arquivos e Mausoléus, aprendendo etiqueta da corte. Seu entusiasmo me acerta em cheio no peito. Gosto de pensar que sou como minha mãe, agindo com o coração, seguindo em frente diante das adversidades. Aí vamos nós.

Um camarista aparece e pede para dar uma palavrinha com meu pai. Assim que os dois saem, ela dispara:

— Fala sério agora. *Botânica?* — Ela me olha como se soubesse onde eu enterrei todos os cadáveres.

Limpo a boca com um guardanapo de pano bordado com o crisântemo imperial.

— Deve estar no meu sangue.

Ela inclina a cabeça.

— Aham.

— É um bom curso. Sólido. É algo que eu conheço e é adequado para um membro da família imperial.

— Mas é o curso *certo* para você?

Mordo o lábio e olho para o meu prato.

— Claro que sim. Por que não seria?

— Só estou perguntando. — Minha mãe me observa por um momento. — E de resto, como vão as coisas?

É seu jeito não tão sutil de me perguntar sobre Akio, sobre o término. Não levou muito tempo para que ela percebesse meu humor lúgubre e o sumiço de Akio. Eu falei para ela que não estávamos mais juntos, murmurando algo sobre ser uma decisão conjunta e que não era a hora certa para nós. Agora ele está na Escola de Candidatos a Oficiais da Força Aérea de Autodefesa (faz doze dias, na verdade — não que eu esteja contando nem nada). E na primavera eu estarei na universidade. Todo mundo sabe como essas coisas são.

— Está tudo bem — digo, com um tom leve e descontraído. Até parece que eu vou contar todos os detalhes minuciosamente. Não quero que saiba que ela é a verdadeira razão por trás de tudo que estou fazendo. A razão de Akio ter terminado comigo. "Nosso relacionamento compromete o futuro dos seus pais."

— Perder o primeiro amor nunca é fácil — ela comenta.

Além da porta, está a sala de estar. Foi ali que Akio e eu nos tocamos pela primeira vez. Foi logo antes do casamento do primeiro-ministro e do baile no palácio. Eu pedi para ele dançar comigo. Akio ficou relutante, sem conseguir tirar seu manto de guarda-costas, mas consegui atraí-lo para mim. Lembro de suas mãos na minha cintura. De como me girou em um círculo vertiginoso. De como admiti baixinho, desesperada, que eu achava que ele não gostava de mim. E de como ele confessou suavemente que era o oposto. "Eu provavelmente gosto de você até demais", foi o que Akio disse.

De volta ao presente, amasso meu guardanapo e o atiro dentro do prato.

— Não estávamos apaixonados. — Abro um sorriso forçado. — Me conte alguma história, uma de você e do papai na universidade — peço, e minha mãe na mesma hora fica radiante.

— Já te contei de quando Mak *tentou* fazer uma sopa pra mim porque eu estava doente?

Sim. Mas falo que não. Sou uma babona pelas histórias desses dois. Tipo Tamagotchi com as próprias patas.

Ela se inclina para a frente.

— Peguei uma gripe terrível...

9

— Suas primas estão muito animadas para ver você — o sr. Fuchigami diz, enquanto subimos cada vez mais alto no elevador panorâmico.

Estamos na Mitsukoshi, uma loja de departamento fundada em 1673. Assim como muitas coisas no Japão, o edifício de toldos vermelhos resistiu a trezentos anos de história. É o paraíso das compras. Esta noite, a loja fechou mais cedo, mas ainda está totalmente equipada para nos receber. Funcionários vestidos com elegantes ternos azul-marinho se agitam abaixo de nós feito formigas ocupadas.

— Tenho certeza que sim — respondo. Com isso quero dizer: tenho certeza que estão tão animadas quanto uma cobra ao ver um rato. *Hora da janta, hummm.*

Observo o espectro do meu reflexo no vidro do elevador. Lábio de baixo ligeiramente mais grosso que o de cima. Ombros redondos. Franja desfiada. Um vestidinho evasê com flores azuis. Nada de interessante. Olho o átrio ao qual os andares se abrem. O espaço é arejado e leve, suntuosamente projetado em cores suaves. Uma escultura imponente, de quase dez metros, domina o ambiente.

A gerente que está nos acompanhando segue meu olhar.

— É um prazer chegar ao trabalho todos os dias e contemplar um tesouro como esse — ela diz, com o sotaque acentuando sua fala. O *tesouro* é uma escultura de uma Tennyo, uma espécie de ser divino celestial budista. — Levou quase uma década para que Sato-*san* e seus aprendizes o terminassem.

O elevador apita e saímos em um piso de mármore branco polido e prateleiras de roupas com etiquetas de grife exibidas elegantemente acima delas. *Prada. Chloé. Oscar de la Renta.* Ainda é um pouco intimidante estar cercada por tanto luxo.

A gerente da loja segue em frente. O barulho dos seus saltos se junta ao ritmo de sua fala.

— Essa obra foi esculpida em madeira de um cipreste de quinhentos anos e decorada com ouro, platina e joias variadas. Por aqui, por favor. — Passamos por prateleiras impecáveis e vamos até um provador enorme e aberto.

As Gêmeas Iluminadas estão empoleiradas em um sofá estofado cor-de-rosa. Estou mesmo prestes a fazer compras com minhas primas, que saíram direto de um livro do Stephen King? Se a comparação não parecia adequada antes, agora se encaixa perfeitamente. Não consigo parar de imaginar sangue escorrendo dos papéis de parede do cômodo. Os guardas delas — uma dupla que deve passar o tempo livre bebendo Red Bull e derrubando carros para manter a forma — estão presentes. Reina já me garantiu várias vezes que ela "poderia derrubar os dois de uma vez", e eu concordo totalmente, não tenho dúvida nenhuma sobre as habilidades dela. As gêmeas também estão acompanhadas de seu camarista.

Por fim, uma vendedora se aproxima carregando uma bandeja de prata com taças de champanhe. Morangos cobertos de chocolate e bolos variados foram arrumados com precisão numa bandeja em camadas, disposta sobre uma mesa de centro. A gerente apresenta uma vendedora e nos deixa em "ótimas mãos".

O sr. Fuchigami faz uma reverência para as Gêmeas Iluminadas, cumprimentando-as e trocando algumas palavras e gentilezas. Logo, a conversa morre.

— Tenho certeza que vocês três têm muito o que discutir — ele diz.

Na maioria das vezes, as gêmeas e eu evitamos fazer contato visual, mas elas estão sorrindo placidamente para o meu camarista. Entediante e irritantemente perfeitas, elas se acham melhores que todo mundo.

A vendedora nos oferece taças de champanhe, se curvando para servir as gêmeas. Elas acenam com a cabeça, e a mulher envaidece diante da atenção. Essas garotas têm uma espécie de magnetismo que atrai as pessoas para a sua bolha. Já eu estou mais para um burro em um campo lamacento.

— Sim — o camarista das Gêmeas Iluminadas diz, esfregando as mãos. — Vamos deixá-las à vontade.

— Claro — Akiko fala, toda afetada.

— Vamos tomar conta da nossa prima — Noriko promete.

É sempre assim. Akiko lidera e Noriko segue.

Os camaristas fazem uma reverência e se retiram. A vendedora me oferece uma taça com um sorriso enorme. Aceito com um dócil "obrigada" e dou um belo gole. As Gêmeas Iluminadas trocam olhares. Vou até o sofá diante delas e sento, cruzando as pernas com tanta força que acho que vou prender a circulação.

A vendedora nos convida para subir em uma plataforma cercada de espelhos e encosta a mão na de Akiko.

— *Kirei.* — "Que linda", ela comenta. — Sua pele é tão macia.

Akiko afasta a franja da testa e sua boca perfeitamente coberta de brilho labial se abre em um sorriso.

— *Sō desu ka?* — "Você acha?", questiona.

Uau. Que ótimo para ela.

Alguns minutos se passam enquanto a vendedora tira nossas medidas com a fita métrica. Ela anota os números e promete voltar com várias opções de roupas. Estamos aqui hoje porque as Gêmeas Iluminadas supostamente vão me ajudar a escolher um vestido para o banquete que será oferecido a um sultão de visita ao palácio.

— Prima — Akiko praticamente ronrona em um tom polido que leva anos para aperfeiçoar. Voltamos aos sofás, e elas viram para mim, inclinando a cabeça em uníssono, feito um par de ratos-toupeira. — Quanto tempo.

"Infelizmente, nem tanto assim", penso. Poderia ter se passado uma década. Belisco um morango com chocolate. Me sinto insignificante perto delas, como se eu não importasse.

— Pois é, nós não tivemos o prazer da sua companhia por... quanto tempo mesmo? — Noriko vira para a irmã. Ela tem uma pinta debaixo do olho esquerdo. É assim que as diferencio.

Akiko dá batidinhas com o dedo no queixo de um jeito tão gracioso que chega a me enlouquecer.

— Bem, deixa eu ver... nós estávamos correndo nos arredores do palácio, e então Izumi nos acusou de vender suas fotos para os tabloides.

— Sim, exato — Noriko diz, arregalando e depois estreitando os olhos. — Como se fôssemos umas desesperadas. — Ela se inclina para a frente e pega uma amêndoa da bandeja, quebrando-a entre os molares.

Para ser sincera, eu me sinto meio mal por tê-las acusado, sendo que a escolha terrível foi de Yoshi. Só que não tão mal a ponto de pedir desculpas. Ainda mais considerando o fato de que elas são perfeitamente maldosas. Em vez de olhar para elas, saco o celular como se fosse um escudo e verifico minhas mensagens furiosamente, procurando alguma tábua de salvação enquanto esperamos a vendedora. Noora me escreveu.

Noora

Alerta vermelho. Hansani acabou de me informar que está tendo uma aula sobre como tecer cestas com espécies invasoras de plantas.

Hansani é uma futura advogada ambiental. Ela se importa muito mais com o mundo do que consigo mesma.

Eu

Haha. Estou fazendo compras com as minhas primas. Reze por mim. Chamada de vídeo amanhã (se eu sobreviver)?

Quando está de manhã em Tóquio, já é noite em Nova York, então é a melhor hora para nos falarmos. Meu dia está começando, e o dela, terminando.

Noora
**Queria muito, mas vou jantar com
minhas novas colegas de quarto e
depois vou bater um papo com a Glory.
A gente vai comparar algumas
anotações. Acredita que estamos
fazendo duas matérias iguais? Duas!**

Noora e Glory sempre tiveram uma relação de amor e ódio. Mas ultimamente está mais para amor, como se uma bolha de intimidade tivesse sido soprada em volta de seus objetivos universitários em comum: pré-medicina e pré-farmácia.

Ouço o som de rodinhas rolando pelo carpete e olho para cima. A vendedora se aproxima com uma arara cheia de vestidos. Ela nos mostra uma prévia, revelando o que escolheu e o porquê. Um vestido de chiffon vermelho da coleção mais recente de Alexander Wang. Um Stella McCartney em tafetá de seda com saia de tule. Um ombre de Yuasa, um estilista em ascensão responsável por modernizar o quimono. As gêmeas acenam para alguns, e eu as imito, distraída. Noriko pergunta se há outras cores para um determinado vestido. A vendedora faz uma reverência e sai para atender ao pedido da princesa.

Quer saber? Estou perdida. Até agora, era Mariko quem sempre me ajudava com a consultoria de moda. Juntas, nós sempre encontrávamos opções que fossem confortáveis para mim, mas ainda assim "apropriadas". Ela com certeza me impediu de passar vergonha. Mas não ser notada pela imprensa não significa sempre uma coisa boa. Nunca saí em nenhuma lista de destaque dos melhores looks. Na guerra das aparências, as Gêmeas Iluminadas são sempre as vencedoras. E é para as vencedoras que os prêmios vão: matérias positivas e melhores nas revistas, elogios públicos. Elas sempre garantem boas vendas. O Conselho da Casa Imperial certamente aprovaria minhas primas.

Olho para elas. A autoconfiança de Akiko é inebriante. E Noriko é encantadora. Alguns minutos atrás, ela estava ombro a ombro com a vendedora, como se as duas fossem melhores amigas. Repasso minha lista mentalmente — fazer aulas com meu tutor, me inscrever na universidade, deixar Akio no passado —, pensando em tudo o que já fiz e no que sacrifiquei em nome da história de amor dos meus pais. Até decidi estudar *plantas*.

Merda. Merda. Merda. Preciso das Gêmeas Iluminadas. Decidida, pouso minha taça de champanhe com um estalido. É melhor tirar logo isso do caminho.

— Escutem, sei que não estamos nos melhores termos...

Akiko endireita a postura, com os olhos cintilando de interesse.

E Noriko desvia o olhar da arara para me encarar.

Consegui chamar a atenção delas.

— Me digam o que devo vestir na sexta. *Onegaishimasu.* — "Por favor", peço, adotando um tom humilde e gesticulando para mim mesma desajeitadamente. — Nunca participei de um banquete para um sultão na vida. — Para ser sincera, preciso de mais do que um vestido. Mas é melhor dar um passo de cada vez. Roma não foi conquistada em um dia.

E então... elas não falam nada. Me deixam no maior vácuo. De algum lugar ao longe, ouço o ponteiro de um relógio contando os segundos. Akiko inclina a cabeça para mim.

— Aff — digo, frustrada. — Deixa pra lá. Vou escolher sozinha. — Começo a me levantar.

— Calma — Akiko fala, revirando os olhos. — A gente vai te ajudar a escolher um vestido. — Ela levanta e eu me jogo no sofá. Enquanto segue para a arara, ela murmura algo sobre eu ser muito dramática e ouvir Bon Iver demais (não existe ouvir Bon Iver demais). Akiko e Noriko discutem o meu tom de pele e o formato do meu corpo conforme analisam as opções.

Noriko pega um vestido bege lindo com miçangas azul-escuras.

— Sério demais — ela comenta, devolvendo-o à arara. Fico olhando para elas.

Akiko pega outra peça, desta vez cor de sálvia e com babados.

— Este é da estação passada.

Encaro-as por mais um tempo e até esfrego os olhos em determinado ponto, enquanto elas avaliam as opções. Elas fazem que não para alguns vestidos e dão risada de outros.

Então, Noriko pega um vestido na ponta da arara.

— Este — diz, radiante e orgulhosa.

Akiko o observa por um momento, analisando-o. Ela o traz até mim e, quando levanto, coloca o vestido na minha frente. É preto, sem mangas, tem um decote grande em V e cintura marcada. Fios dourados foram bordados delicadamente pelo tecido transparente, criando um padrão celestial.

— Sim — Akiko sussurra, com os olhos brilhando. — É perfeito.

No palácio, Mariko abre o saco do vestido no meu armário, tira-o dali e o pendura em um gancho, dando um passo para trás para conseguir visualizar melhor.

— Hum. Você disse que suas primas te ajudaram a escolher?

Assinto e me recosto na ilha de mármore.

— O que achou?

Não faço ideia se é apropriado. Gostei dele, mas são tantas regras de vestimenta por aqui… Mangas transparentes devem ser usadas somente à noite, decotes são inadequados a qualquer hora do dia. Acessórios prateados são melhores que dourados, porque dourado é comum *demais*.

Ela nota a etiqueta.

— É de Tadashi Shoji. Ele é um estilista famoso e muito respeitado — ela murmura, reflexiva. — Acho que seria positivo se você fosse vista usando uma marca japonesa. — Deixa a seda correr entre seus dedos, ainda considerando todos os ângulos.

— É tão lindo… — Fico olhando-o nostálgica, lembrando de ficar rodopiando com uma velha saia de tafetá na infância.

Quando foi que escolher roupas se tornou uma tarefa tão complicada? Quando foi que comecei a me sentir pressionada a ter uma determinada aparência? Bem, sei que começou antes de eu me tornar princesa. Só que as expectativas são muito mais altas agora.

— No entanto, acho que não é apropriado — ela termina.

Ficamos nos encarando, imóveis.

— Você acha? — pergunto.

— Sinceramente, Izumi-*sama*? Não tenho certeza. Mas não confio nelas. Você confia?

Eu pensei que sim, pelo menos por um breve momento, nesta tarde. Mas agora já não sei mais. Não com Mariko questionando tanto as intenções delas.

— Ah, elas foram tão legais que fiquei um pouco desconfiada, sim — confesso.

— Você tem motivos. É moderno demais, inovador demais. E não tem mangas... — ela fala, fazendo uma careta como se tivesse sido pessoalmente ofendida. Ela o coloca no saco, fechando o zíper energicamente. — Ainda bem que tenho um plano B. — Ela guarda o vestido que minhas primas escolheram no canto mais distante do armário e me mostra o que escolheu: um vestido de noite bordado com jade. Mariko e eu nos olhamos pelo espelho. — Não é tão especial quanto o de Shoji, mas é uma escolha mais segura.

Experimento-o. O tecido é duro e desconfortável, mas me sinto grata por tê-la como minha dama de companhia. É fácil me imaginar numa foto humilhante nos tabloides, afinal, já passei por isso. Foi um erro grave, e seria mais grave ainda agora. O casamento dos meus pais está em jogo.

Pelo espelho, vejo o vestido preto espremido entre os outros trajes, seus fios dourados refletindo a luz e cintilando feito estrelas no céu. É uma pena não poder usá-lo. Mas ele vai ter que ficar ali. Viro as costas, com um sorriso grande e a alma em paz. O vestido jade é definitivamente a escolha mais sensata. Não que eu esteja contando pontos ou algo assim, mas, se estivesse, acho que acabei de passar na frente das Gêmeas Iluminadas.

FOFOCAS DE TÓQUIO

S.A.I. a Princesa Izumi está remendando seu coração partido

29 de setembro de 2022

Um certo alguém tem estado notavelmente ausente das propriedades imperiais. Akio Kobayashi, ex-namorado de S.A.I. a Princesa Izumi, partiu para a Escola de Candidatos a Oficiais da Força Aérea de Autodefesa em Nara. Mesmo assim, as coisas têm estado quietas demais.

"Ele não ligou nem escreveu para ela", um informante palaciano confessou.

Estranho, considerando que os dois andavam grudados há apenas poucas semanas antes de sua partida. A química entre o casal já é bastante conhecida. A edição do *Fofoca* que expôs o caso amoroso, incluindo fotos de um beijo tórrido antes do aniversário do imperador, foi a mais vendida até agora. Depois disso, a princesa se recolheu, procurando manter o relacionamento o mais privado possível e optando por passar as noites nas propriedades imperiais.

Mas toda aquela química pode ter esfriado. "Está claro que o casal chegou a algum tipo de impasse", conta outro informante. "A princesa se recusa a mencionar o nome dele e tirou todas as fotos do jovem de seu quarto."

É provável que os dois tenham terminado. Um funcionário da Mitsukoshi observou a princesa enquanto ela fazia compras na loja principal da franquia. "A princesa estava... ausente. Um pouco distraída. E tinha olheiras, como se não andasse dormindo bem", o empregado afirmou. "As primas dela, S.A.I. as Princesas Akiko e Noriko, se esforçaram bastante para animá-la, até escolheram o vestido mais lindo da loja para ela usar em um evento que acontecerá em breve."

Kobayashi tem se mantido em silêncio. Quando questionado por seus colegas e pela imprensa sobre o romance, o jovem permaneceu mudo. E as únicas fotos em seus aposentos são de seus pais.

Sem dúvida, todos aqueles camaristas sisudos da Agência da Casa Imperial estão sorrindo de orelha a orelha. "Eles querem ver a princesa Izumi com alguém mais adequado, que tenha a idade dela, mas venha de uma família com mais *pedigree*", nosso informante acrescentou.

Enquanto isso, sua mãe, a estadunidense Hanako Tanaka, e seu pai, S.A.I. o Príncipe Herdeiro Toshihito, foram vistos jantando no superexclusivo bar molecular do Mandarin Oriental.

Ao que parece, a pré-votação do Conselho da Casa Imperial não foi o suficiente para derrubar o casal. "O príncipe herdeiro insiste em seguir adiante com os planos do casamento, apesar de o Conselho da Casa Imperial ainda não ter dado sua aprovação", nosso informante disse. "Ele quer marcar a data e começar os preparativos assim que possível. Ele já a perdeu uma vez antes, e não pretende perdê-la de novo."

10

Eriku aperta uma tecla de seu notebook velho e dá um murro no aparelho quando o botão emperra. Pelo menos, consegue trocar de slide.

— Nos últimos anos, a população do Japão tem diminuído muito.

Faço algumas anotações no meu computador sob o título "Eventos atuais do Japão". Estamos de volta à Biblioteca Imperial. É nossa primeira sessão oficial de estudos. Dependendo do curso, o EJU abrange várias áreas temáticas. Eu tenho que estudar japonês como língua estrangeira, ciências (química e biologia), além da matéria "o Japão e o mundo".

De manhã, começamos com história japonesa como introdução a "o Japão e o mundo" — para entender o presente, é preciso olhar para o passado. Em três horas, fomos da primeira ocupação humana registrada do arquipélago japonês, por volta de 30000 a.C., até os tempos atuais. Depois de um breve intervalo, seguimos para política moderna, economia e sociedade. Não sei direito como manter tudo dentro da minha cabeça — linguagens, geografia, história, química, biologia. Com tudo o que tenho aprendido e com todos os eventos de que preciso participar, incluindo o banquete do sultão esta semana, minha mente está a milhão. Esfrego os olhos, em um esforço de trazer meu cérebro de volta para o momento.

Eriku desenha um gráfico em forma de sino de cabeça para baixo.

— O Japão é uma das sociedades que mais envelhece no mundo.

Ele sorri. Não parou de sorrir desde que eu o cumprimentei, algumas horas atrás. Nunca conheci alguém como ele, sempre de bom humor e se divertindo. Hoje está usando uma camiseta do Queen. Ele agita os joelhos, marcando um ritmo que lembra "Another one bites the dust".

— Em 2010, a população do país começou a diminuir. O número de bebês nascidos em 2019 foi trinta por cento menor que em 1989. — Ele sorri para mim, apesar do assunto. — O esperado é que as coisas piorem de maneira exponencial. — Ele passa para um slide que mostra uma sala de aula com bonecos sentados nas carteiras, em vez de alunos. Eles olham vagamente para a frente, esperando eternamente a aula começar, com sorrisos estáticos no rosto.

Chego um pouco para a frente para observar melhor.

— O declínio populacional é mais severo nas áreas rurais. Este é o vilarejo de Nagoro, o Vale das Bonecas. — Outro slide mostra um boneco sentado em uma pedra ao lado de um rio com o chapéu sobre os olhos e os braços cruzados, como se estivesse tirando um cochilo. Uma vara de pescar está plantada no chão ao lado do seu cotovelo. — A maioria dos moradores de lá se mudou para cidades grandes em busca de oportunidades. Uma artista que cresceu no vilarejo voltou e começou a povoá-lo com bonecos. Para cada um que morre ou vai embora, ela acrescenta mais um homúnculo.

Ele passa outros slides com fotos do vilarejo. Um ciclista na beira da estrada conserta um pneu furado. Um casal divide uma xícara de chá apoiado um no outro. Uma mulher vestindo um quimono cuida do jardim. É sinistro e meio que bonito. Fico até sem fôlego. É triste também. As fotos fazem minhas entranhas parecerem areia, escapando aos poucos junto com essas pessoas.

Observo os olhos de feltro, pretos e sem vida, de uma das bonecas.

— Por que a população do Japão está diminuindo tanto?

Eriku bate os dedos na longa mesa, franzindo as sobrancelhas.

— Boa pergunta. Segundo o governo, é culpa dos jovens, que não estão fazendo sexo o suficiente — ele murmura, corando muito e abrindo um sorriso constrangido. — E culpa das mulheres, que estão colocando suas carreiras em primeiro lugar. — Ele faz uma pausa. — Mas a verdade é que há muito menos oportunidades para os jovens, em especial para os homens. Eles simplesmente não conseguem sustentar suas próprias famílias. Há muita insegurança financeira. — Passa a mão pelo cabelo já bagunçado. — Depois da guerra, o Japão tinha uma tradição de oferecer bons empregos com aumentos salariais garantidos. A noção geral era que, se uma pessoa trabalhasse pesado, manteria seu emprego até a aposentadoria, e agora...

— Os salários são mais baixos e há menos benefícios. — Isso é tão familiar.

— Exatamente. — Ele sorri, impressionado comigo, apesar de eu só ter lido a informação do slide na tela do seu notebook. — E existe uma pressão enorme para que os homens sejam os provedores. — Ele segue falando sobre os impactos na sociedade. Com menos gente vivendo no interior do país, certos tipos de arte e artesanato estão desaparecendo.

Rabisco um *waka* na margem do meu caderno.

Quem vai viver aqui
agora que você foi?
Quem vai nutrir o fogo?
Forjar o aço? Tingir o pano?
Quem vai cuidar deste solo?

Ele fecha o notebook com um gesto decidido, alongando os braços em direção ao teto arqueado.

— É isso por hoje. Se eu não voltar para Momo-*chan*, ela vai dormir o dia todo e ficar acordada à noite, assistindo ao canal de filhotes, saltitando sobre a ração e querendo brincar de lutinha, sabe?

— Sei bem.

Se eu não passear com Tamagotchi todas as noites, ele é acometido por um caso súbito e grave de cachorro que fica correndo sem parar logo antes de dormir. É impossível acalmá-lo depois.

Começo a guardar minhas coisas. Fecho o livro, que estava aberto numa página com o retrato de um antigo imperador. A cabeça do meu tata-tata-tata-tataravô está raspada, seus dentes estão escurecidos e ele tem unhas compridas e laqueadas. Parece que esse visual estava na moda naqueles tempos. Depois, pego meu livro de história contemporânea. Eu estou nele. A foto foi tirada alguns meses atrás, durante o aniversário do imperador. A família toda está posando na varanda de vidro. Estou um pouco atrás, bem à direita, quase na sombra. Olho para Akiko e Noriko. Estão com o queixo erguido ostentando sorrisos alegres e confiantes. Não consigo evitar me comparar a elas. Pensar em como conseguem desempenhar seus papéis com tanta graça e facilidade. Será que já se sentiram como eu? Como uma árvore no meio de uma avalanche, prestes a ceder sob todo aquele peso?

Eriku surge na minha frente.

— *Daijōubu desu ka?* — "Você está bem?", ele pergunta.

— Sim, tudo bem. Eu só estava pensando… — Paro de repente. — Sobre… expectativas, e quanta pressão elas criam.

Eriku franze o cenho.

— Sim, e tenho certeza que todos nós, de alguma forma, sentimos que precisamos nos esforçar demais.

Olho para ele.

— Você se sente assim?

Ele coça o queixo e desvia o olhar, refletindo.

— *Hai.* — Então fica em silêncio, e eu espero, até que finalmente diz: — Meu pai… quer que eu me forme em música. Está sempre falando como espera que eu encontre a pessoa certa, me case e vá trabalhar no negócio da família o mais rápido possível.

Assobio baixinho. Quando ele menciona "a pessoa certa", penso em Akio. Estou com saudade. Sinto falta de como eu me sentia com ele: como se pudesse conquistar o mundo com a mesma naturalidade com que movo pedrinhas em um tabuleiro. Nossa, posso vê-lo agora mesmo. Seus lábios se curvando no menor sorriso. Imagino o que está fazendo e com quem está na escola de oficiais. Penso no que diria se soubesse que eu ainda estou dormindo com o seu moletom, como uma esquisitona. Na verdade, eu sei o que diria. Ele me olharia daquele jeito dele e diria

"Rabanete", e só. E eu saberia exatamente o que ele estaria querendo dizer. Respiro fundo, detestando me sentir pequena e carente.

Eriku assente sobriamente.

— Meu pai tem grandes sonhos de que eu seja um pianista prodígio com insights econômicos aguçados e aspirações políticas. Temos um ex-primeiro-ministro na família.

Descruzo os tornozelos e me inclino na direção dele.

— É difícil sentir que toda a sua vida foi determinada pelos outros — comento.

— Exatamente — Eriku concorda, com os olhos semicerrados.

— Eu não me sentia assim quando criança, mas agora sim.

Ele batuca os dedos na mesa e torce os lábios.

— Eu nunca tive uma infância propriamente dita. Assim que meus pais descobriram o que eu podia fazer, me colocaram em todo tipo de atividade extracurricular que encontraram pela frente. Desde então, tem sido...

— Uma loucura sem fim? — arrisco.

Ele assente.

— Quando eu era mais novo, só queriam saber de matemática e acampamento espacial. Por um breve período, quiseram que eu fosse astronauta. Mas coisas ruins acontecem comigo em aeronaves. — Ele dá uma batidinha na barriga, e um sorrisinho triste se insinua em seus lábios. — Não lido bem com pousos e decolagens. De qualquer forma, logo vieram aulas de idiomas, campeonatos de empilhamento de copos, o piano... e diplomas, quando passei a frequentar a escola. — Ele faz uma pausa. — *Gaman*, não é?

Gaman é uma daquelas palavras especiais que não têm tradução. É a arte da perseverança em tempos difíceis. Também é, em parte, um dever. Um sinal de que a criança cresceu. Ficou madura.

— *Hai. Gaman* — concordo, e não consigo evitar abrir um sorriso.

É bom saber que não sou a única que segue por essa estrada incerta.

11

Olho a janela do Rolls-Royce imperial sentindo uma vibração em minhas veias. Apesar de já ter participado de dezenas de eventos como este, ainda fico atônita e um pouco nervosa. Hoje é o banquete de boas-vindas do sultão da Malásia, e o Palácio Akasaka está pura agitação. Antigamente, o palácio, inspirado em Buckingham e em Versalhes, era a residência do príncipe herdeiro, mas foi transformado em casa de hóspedes do Estado em 1960. Hoje, é considerado um tesouro nacional e tem sido usado para eventos notórios, como este.

À nossa frente, veículos de luxo se amontoam na entrada. Há um engarrafamento de Mercedes, Jaguars e Porsches, a maioria ostentando bandeiras de seus países. Empregados de luvas brancas abrem portas de carros e guarda-chuvas para proteger os convidados da noite enevoada.

Passamos pelo majestoso portão branco e dourado, e eu encosto a cabeça no apoio do banco, fechando os olhos por um instante. Estamos quase lá. Fiquei acordada até tarde ontem estudando para o EJU. Acabei pegando no sono enquanto revisava a economia de mercado do Japão e acordei horas depois com a folha do caderno grudada no rosto. Estou exausta, queria estar na cama. Mas o carro avança.

Reina está no banco do passageiro. O carro à frente freia, e a bochecha dela reflete um brilho vermelho. Ela fala algo no microfone de seu fone de ouvido. Meus pais também vêm. Meu pai teve uma audiência privada com o sultão, e minha mãe levou o homem para conhecer o palácio.

O sr. Fuchigami está empoleirado ao meu lado.

— Suas primas estão nesse carro.

Vejo duas cabeças escuras pelo vidro da janela. Fico mexendo nas luvas que trago no colo. Estou usando o vestido de gala bordado com jades em vez do de seda celestial que as Gêmeas Iluminadas tinham escolhido.

— A imprensa estará presente. Mas é só seguir a deixa delas.

Mais adiante na fila, um casal desce de um Tesla. A mulher está de vestido vermelho e um manto de arminho em volta dos ombros. Seus lábios estão pintados da mesma cor do vestido, e diamantes do tamanho de uvas *kyohō* pendem de suas orelhas. Parece uma antiga estrela de cinema. Ela dá o braço ao homem. Ele é bonito e esbelto de um jeito vagamente familiar. Então, uma terceira pessoa mais jovem desce do veículo toda estilosa em um smoking branco.

— Eriku — falo em voz alta, sem acreditar. Quase não o reconheci assim, sem a camiseta de banda e o fone de ouvido. O que ele está fazendo aqui?

— Ah, seu tutor — o sr. Fuchigami murmura. Me recosto no banco e observo Eriku desfilar atrás dos pais pelo tapete vermelho. — Estava torcendo para que o pai o trouxesse. O jovem Nakamura raramente comparece a esses eventos.

Franzo o cenho. Eriku sugeriu que sua família era próspera. Mas quão próspera? Balanço a cabeça. Não tenho tempo para pensar nisso, porque chegou a vez do carro das Gêmeas Iluminadas, o que significa que sou a próxima. Coloco as luvas enquanto isso. Minhas primas estão usando vestidos de seda Dupion — um cor-de-rosa, e o outro amarelo. Seus sorrisos são radiantes, destinados aos jornais. Elas seguram as saias para subir os degraus, param no meio do caminho e viram, ajeitando os vestidos atrás de si e acenando para a imprensa e para a multidão fora dos portões. As fotos vão ficar ótimas, já posso até imaginar. Gotas de chuva caem ao redor delas sem molhá-las, e seus sorrisos encantadores cintilam.

Então é minha vez, e a coreografia é a mesma. Reina abre a porta para mim. Desço do carro com o queixo erguido e o olhar focado nos relevos e nas estátuas no topo do telhado — armaduras de samurai, tambores e fênix entre carruagens, violinos e leões. Faço o mesmo que as Gêmeas Iluminadas. Paro no meio do caminho e viro. Só que vou um pouco para trás, vacilante, e meu calcanhar fica preso no degrau. Reina, ao meu lado, me estabiliza. *Clique. Flash.* As câmeras me pegam com a boca aberta de susto e as mãos se preparando para a queda. Sinto o sangue subindo pelo meu pescoço no mesmo instante.

— Izumi-*sama, daijōubu desu ka?* — "Você está bem?", Reina pergunta, com uma expressão neutra e profissional.

— Sim, *sumimasen* — digo, tão constrangida que poderia morrer ali mesmo.

Como será que esse tropeço literal vai sair nos jornais? O que o Conselho da Casa Imperial vai achar? Será que alguém consegue perceber que estou tentando com todas as minhas forças?

Reina desaparece no fundo. Faço uma pequena pausa, obrigando meus nervos a se acalmarem antes de seguir para o salão de pré-recepção. Cortinas de veludo vermelho cobrem as paredes, e o teto é como vislumbrar o paraíso — um céu pintado com nuvens de fumaça saindo dos incensários. Já está abafado e lotado ali dentro, o barulho de conversa é opressor. E ainda estou me recuperando da quase queda na entrada.

Procuro alguém servindo água, e minhas primas se aproximam de maneira sorrateira, me assustando, como uma aranha descendo do teto bem na sua cara. Akiko inclina a cabeça e fala, me olhando dos pés à cabeça:

— Você não está usando o vestido que escolhemos.

Desvio o olhar. Um homem com credencial de imprensa nos vê e começa a se mover entre a multidão.

— Estava com muitos fios soltos — digo por fim.

— Ah. — Noriko franze as sobrancelhas. Ela quase, *quase* parece magoada. — Pensei que tinha prestado atenção. Que pena. Eu não vi...

Akiko endireita a postura e se move para bloquear a irmã.

— Sim, que pena. Não seria legal se você tropeçasse nos fios e caísse. Que vergonha.

Fecho os olhos por um instante, me perguntando como viajar no tempo para bem longe daqui. O repórter está logo à nossa frente quando torno a abri-los. Ele faz uma grande reverência e usa os honoríficos apropriados. Minhas primas dão uma desculpa para sair, acenando para uma pessoa inexistente debaixo de um dos gigantescos lustres de cristal. Então elas se vão, e fico presa ali.

— Sua Alteza, a senhorita tem algum comentário a fazer sobre o futuro do relacionamento dos seus pais? Os boatos dizem que os dois estão noivos, mas podem ter que enfrentar obstáculos para conseguir a aprovação do Conselho da Casa Imperial. — Ele abre um caderninho e fica esperando a postos com sua caneta.

Reflito sobre a pergunta. Abro um sorriso neutro e respondo:

— Não tenho comentários. Minha única esperança é que meus pais sejam autorizados a seguir o coração deles.

Ele agradece e se afasta. Vou me espremendo entre a multidão, procurando meus pais. Um visconde londrino me para. Seu nome é Philip ou George, ou alguma coisa assim, e ele é apaixonado por criação de ovinos. Finalmente, consigo encontrar meus pais perto de uma mesinha de bar.

— Zoom Zoom — minha mãe diz. — Até que enfim.

Entrego a ela um copo de água.

— Pensei que você talvez estivesse precisando disto. — O jantar só será servido daqui a uma hora. Até lá, hidratação é o mais importante.

— Obrigada. — Ela bebe a água com avidez.

Seu vestido é creme, justo, com pregas na cintura e mangas compridas. A cor marfim é suave contra sua pele, e suas bochechas têm um rubor natural. Ela está elegante. Linda. Como uma imperatriz. Este é seu primeiro evento oficial. Ela será observada, assim como eu. Tudo para adivinhar como ela fica nos braços do meu pai, cumprindo o papel de princesa herdeira. Este é o seu teste.

— É um evento e tanto — ela diz, terminando de beber a água.

— Você está se saindo muito bem — meu pai a elogia.

Quando é que ele não está fazendo isso? Ele está totalmente focado nela, e seus olhos castanho-escuros reluzem feito cristais. Ela ilumina seu mundo.

— Descobri que me vestir como uma estrela de cinema é uma tarefa bastante árdua — ela diz, suspirando. Então, encara meu pai e sussurra: — As coisas que faço por amor...

Desvio os olhos deles e vejo Eriku, encurralado pelo pai. Seus ombros estão ligeiramente curvados, a cabeça baixa. Ele parece um cachorrinho recebendo uma bronca.

— Izumi? — meu pai pergunta com as sobrancelhas franzidas. — Tem alguma coisa errada?

Aceno para eles.

— É meu tutor, Eriku Nakamura.

— Nossa, ele parece um pouco triste — minha mãe comenta.

— Nakamura... — meu pai repete. — Ah! *Wakatta*. Agora lembrei por que reconheci o nome de algum lugar. O pai de Eriku é um magnata dos transportes. Hanzo Nakamura. No ano passado, ele comprou uma empresa de exploração de petróleo offshore para minimizar suas despesas com combustível. Desde então, as propriedades de sua família rivalizam com as imperiais. Eles têm bolsos fundos e raízes ainda mais profundas no Japão, são descendentes de um poderoso *daimyo*.

— Uau — minha mãe diz, ecoando o que estou pensando.

— Eriku-*kun* é filho único, se bem me lembro — meu pai continua. — E você disse que é seu tutor?

Assinto, olhando para os dois Nakamura. O pai dele claramente o está recriminando. Sinto um nó na garganta. Até que ele finalmente termina, e Eriku se esgueira para longe.

— Eu, hum, vou só dar um oi — digo para meus pais, e saio apressada atrás de Eriku.

Encontro-o em um dos corredores, encostado na parede, entre duas colunas.

— *Konbanwa* — falo baixinho enquanto me aproximo.

— Ah, oi — ele fala, começando uma reverência.

— Não, por favor. — Ele para no meio e volta a se apoiar na parede, como um estranho impassível. — Que gostoso aqui — comento.

Minha voz ressoa pelo corredor silencioso e fresco.

— É, senti uma necessidade súbita e desesperada de tomar um ar fresco, ou algo parecido com isso.

Me coloco ao seu lado, com as mãos nas costas.

— Não sabia que você vinha.

Ele olha para os sapatos pretos e brilhantes. Da última vez que o vi, ele usava um Converse com cadarços de arco-íris.

— Meu pai me obrigou. Ameaçou enviar Momo-*chan* para a minha tia se eu não viesse.

— Difícil.

Sua boca se contorce — é como se ele quisesse sorrir, mas não consegue. Seu corpo não deixa. Tudo é pesado demais.

— Isso acontece bastante. Lembro de querer tanto um cachorrinho quando era pequeno. Quando fiquei entre o um por cento dos QIs mais altos da minha idade, ele a comprou para mim de um criador australiano. E tem a usado contra mim desde então.

— Muito difícil. — Sinto uma pontada de empatia por Eriku e raiva de seu pai.

Por que o sr. Nakamura não consegue enxergar o filho que tem? Ver o quanto ele é brilhante?

Ele dá um soquinho na parede de calcário.

— Não quero falar sobre isso.

— Quer que eu te deixe sozinho? — Minha postura fica tensa.

— Na verdade, não.

Volto a me recostar.

— Então... como está Momo-*chan*?

Uma covinha se forma em sua bochecha.

— Ela tirou um cochilo de dez horas hoje.

— Ela é das minhas — digo com sinceridade. Trocamos um sorriso e caímos no silêncio, ouvindo vozes no corredor. Elas seguem para o salão. Olho para o teto. — Sabe, já visitei este palácio antes, mas acho que não conhecia esta parte.

As paredes são cobertas de espelhos, e nossos reflexos se estendem ao infinito. O piso é preto e branco.

Ele afrouxa a gravata.

— A renovação da arquitetura neobarroca depois da guerra custou mais de dez bilhões de ienes. A construção levou mais de cinco anos para ser concluída... — Ele para de falar de repente, sem ânimo para fatos históricos hoje.

Dou um cutucão com o ombro.

— Você não precisa bancar o tutor agora. Está de folga.

— Eu daria toda a minha herança para estar na Biblioteca Imperial agora, em vez de nesta festa.

— Isto aqui também não é exatamente a minha ideia de diversão. Em Mount Shasta, eu costumava passar os sábados à noite com as minhas amigas. A gente se enrolava em cobertores de lã e se deitava no jardim dos fundos para observar o céu.

O universo era vasto e amplo, e ficávamos esperando ver estrelas cadentes para fazer pedidos. Eu sempre desejava conhecer meu pai. Pensei que seria algo tão simples. Em Tóquio não dá para ver muitas estrelas, elas são ofuscadas pela poluição e pela iluminação. Será que algum dia vou voltar a fazer isso com Noora, Hansani, Glory? Queria lembrar da última vez.

— Que legal — Eriku diz.

Suspiro.

— Era muito legal. — Eu me sentia intocável. Tudo parece tão distante agora.

— De vez em quando, queria ainda estar estudando nos Estados Unidos. — Seu cabelo cobre o rosto, e ele o coloca para trás. — Nunca consigo deixá-lo feliz. — Ah, ele está falando do pai de novo. Faz um gesto impotente e continua, atormentado: — Tipo, estou dobrando minha carga horária só para terminar o curso mais cedo, mas isso não é o suficiente. Ele queria que eu fosse seu tutor pessoal.

Franzo o cenho.

— Foi seu pai que pediu para você ser meu tutor?

Seus lábios se contorcem.

— Foi estranho. Quando entrei na universidade, queria trabalhar na biblioteca, mas ele não concordou. Estava abaixo da minha posição.

Ele insistiu para que eu fosse seu tutor, arranjou tudo. Claro que eu topei, porque não se nega coisas para o sr. Nakamura nem para a família imperial...

Paro de prestar atenção nele. Imagens surgem na minha mente. Lembro da reunião com o sr. Fuchigami depois que ouvi a conversa dos camaristas e do término com Akio. *Eu ficaria feliz em formar um comitê para encontrar um companheiro adequado para você. Poderíamos começar pelos descendentes da antiga nobreza, alguém com raízes profundas na antiga capital.* Foi o que ele disse logo antes de eu rejeitar a ideia. Lembro da sua expressão satisfeita quando chegamos ao evento e vimos Eriku. E lembro das palavras do meu pai, alguns minutos atrás: *Nakamura... as propriedades de sua família rivalizam com as imperiais... são descendentes de um poderoso* daimyo.

— Eriku — digo, pegando em seu braço. — Isso é uma armação.

— *Nani?* — "O quê?"

Gesticulo para nós.

— Seu pai quer que você se case algum dia com a pessoa *certa*. E meu camarista, o sr. Fuchigami, falou a mesma coisa para mim. Seu pai e a Agência da Casa Imperial arranjaram tudo isso.

— Ahhh! — ele fala, arregalando os olhos. — Faz total sentido. Um *omiai* secreto.

Balanço a cabeça.

— Desculpe, mas o que é *omiai*?

— Casamento arranjado.

— Nossa. — Sinto uma fúria escaldante emergir, e minhas bochechas ficam vermelhas. Estou furiosa com o sr. Fuchigami. É mais uma escolha sendo arrancada das minhas mãos. — Não consigo nem pensar nisso.

— É, nem eu — Eriku diz. — Você é ótima e tudo, mas...

— Você também. Eu só não estou... — paro de falar, envergonhada.

— Interessada...

— Nem um pouco — termino.

Gargalhamos, e o eco das nossas risadas se dissipa, nos deixando em um silêncio cavernoso.

Mas as engrenagens da minha mente estão a todo vapor. Coloco a ponta do pé no piso preto e branco, pensando no que havia acontecido mais cedo, quando quase caí na escada. Os jornais adorariam que eu tivesse alguém que não fosse uma guarda para me amparar. Imagino Eriku ali, segurando meu cotovelo enquanto eu subo os degraus, com aquele sorriso no rosto. Me sinto cúmplice só de imaginar. O sr. Fuchigami se infiltrou na minha cabeça. Então penso em Akio. Na dor que senti quando ele virou as costas para mim. Em como eu gostaria de mostrar a ele e ao mundo que não estou arrasada. Ele me machucou tanto. Abro a boca. Fecho-a. Abro-a de novo e falo, hesitante:

— E se... tipo, o que seu pai faria se você namorasse *mesmo* uma princesa?

— Ah, cara, acho que ele explodiria de tanta felicidade — ele brinca, se voltando para mim e vendo que não estou rindo. — Está falando sério? — O canto de sua boca se curva, como se ele quisesse sorrir, mas sem ter certeza de que deveria, sob o risco de fazer papel de bobo.

Assinto e engulo em seco.

— Poderia ser bom para nós dois.

Não consigo acreditar que estou sugerindo isso, que estou prestes a fazer um acordo sinistro nesta alcova sombria. Percebi que estou me esforçando tanto para fazer o casamento dos meus pais dar certo, mas está claro que desconsiderei a única coisa que poderia alçá-los ao topo. É como o sr. Fuchigami disse: o parceiro certo poderia ser a peça que faltava na minha transformação em princesa perfeita. Odeio quando ele tem razão.

Não falamos nada por um tempo. A oferta fica pairando no ar como uma promessa atraente.

Ele vira para mim, com os ombros ainda apoiados na parede.

— A imprensa ficaria maluca se nos visse juntos.

— É meio que a ideia — digo.

Ele me observa com curiosidade e atenção. Como se estivesse tentando me entender. Me pergunto se devo contar sobre o noivado de meus pais — ou seja, sobre o verdadeiro motivo de eu estar prestando o EJU — e explicar por que preciso da ajuda dele para isso. *Não, é cedo demais.* Não estou pronta para me abrir tanto assim, para revelar que algumas das mentiras que os jornais espalham sobre a minha mãe e sobre mim ainda me machucam; que tenho medo de que ela perca sua segunda chance de ser feliz; que quero que meus pais casem; que sonho em segredo com essa família.

— Queria que a imprensa focasse alguma coisa além do meu tropeço ou das minhas parcas conquistas acadêmicas. Você seria uma ótima distração. Uma distração positiva.

Ele sorri, mostrando as covinhas. E ergue o queixo para mim. De um jeito um pouco arrogante. Mas também brincalhão.

— Você quer que eu seja seu acompanhante?

— Quero. — Finjo fazer uma reverência. — Eriku Nakamura, você me daria a honra de ser meu namorado de mentira?

O luar se infiltra pelas janelas superiores e o corredor reluz uma cor prateada. Eriku balança o corpo. Meu coração acelera quando ele me encara, contraindo os lábios. Ele passa a mão no cabelo, sacode a cabeça e fala:

— Não acredito que vou dizer isto, que estou considerando isto. Mas... — Ele faz uma reverência. — Sua Alteza, a honra é toda minha.

12

Na manhã seguinte, estou parada no ar gelado, esperando nos degraus do palácio, quando um Bentley elegante se aproxima.

Do meu lado, é possível escutar Reina bufar.

— Esse carro só vai começar a ser comercializado no ano que vem.

Franzo as sobrancelhas.

— Como você sabe disso?

Ela dá de ombros.

— Gosto de carros.

O veículo estaciona e a porta abre. Eriku desce. Ele não está mais de smoking branco, mas de jeans rasgados e uma camiseta do Led Zeppelin. No entanto, em vez da jaqueta de couro surrada de sempre, está de... blazer de tweed?

Encantada, aceno com a mão e vou depressa até lá.

— Oi — ele diz, sorrindo daquele jeito característico e com uma reverência, se inclinando para a porta aberta do carro.

O cheiro que vem de dentro — notas de madeira e couro refinado — se mistura com o ar úmido da manhã.

— Oi. Gostei do blazer. Bem pensado.

Lembro que pouco tempo atrás, eu agarrei as lapelas de Akio e o puxei para perto de mim. *Veio aqui fazer o que não deve?* Afasto a lembrança. Chega. Concentre-se no que está diante de você. Siga em frente.

— Vesti só pra você — ele diz, orgulhoso, passando a mão pelo tecido áspero. — Tive que pegar emprestado do meu pai.

Bem, isso não é muito atraente.

— Nada de moto hoje? — Aponto a cabeça para o carro.

— Não. Ontem à noite recebi um dossiê bastante detalhado que descrevia, entre outras coisas, os meios de transporte aceitáveis, ou seja, nada com duas rodas.

Quando falei que Eriku vinha me buscar para um encontro, Reina enlouqueceu. "Preciso de pelo menos vinte e quatro horas para planejar e organizar os detalhes de segurança. Setenta e duas, se quiser sair da propriedade imperial." O sr. Fuchigami interveio. "Tenho certeza de que podemos arranjar alguma coisa", ele disse. Meu camarista nunca foi tão flexível com Akio. Ele pareceu tão satisfeito que tenho que admitir que senti uma pontada de orgulho. Como se eu finalmente estivesse fazendo alguma coisa certa.

— Aposto que você não sabia que eu vinha com uma papelada de brinde — digo, com um suspiro.

— Era esperado. Se bem que... — Ele assume um tom mais sério. — Tive que assinar um segundo acordo de confidencialidade, além do que já tinha assinado para ser seu tutor. Este era muito mais longo. Quarenta e duas páginas. Sem direito a indenização por morte.

— Calma, isso é sério?

Ele se inclina para mim com uma expressão brincalhona.

— *Honto ni*. Diz que eu não posso responsabilizar a família imperial em caso de desmembramento acidental. Quero dizer, há um motivo para isso estar descrito. — Ele faz uma pausa para enfatizar a gravidade da situação, então sussurra em voz alta, provocando: — É que já aconteceu antes. — Ele se enfia no carro e reaparece com um punhado de flores sortidas. — Aqui, pra você.

Levo as flores ao nariz e sinto seu aroma. Ontem, alinhamos todos os detalhes, fazendo uma lista do que entraria ou não no nosso esquema. O primeiro ponto é que ninguém pode saber disso. Nem Reina. Nem Mariko. Muito menos o sr. Fuchigami. A Agência da Casa Imperial tem controle sobre tudo, mas alguma coisa pode escapar. Nem nossos pais — o que é estranho, porque estou acostumada a contar tudo para minha mãe.

— As flores são um agradecimento — Eriku diz, então baixa a voz:
— Você deveria ter visto meu pai quando descobriu que a gente ia ter um encontro. Ele normalmente é tão animado quanto um repolho. Mas deu um aumento para toda a equipe e prometeu levar *pessoalmente* Momo-*chan* para passear.

Eriku dá a volta no carro e abre a porta para mim. Entro no Bentley e ele dá a partida. O motor ronca. No portão, surgem automóveis imperiais, que se posicionam na frente e atrás de nós. Segunda regra do namoro falso: é preciso transformá-lo em um espetáculo.

Eriku liga o rádio. A música, suave e melosa, combina com a ocasião.

— Boa escolha — digo.

A boca de Eriku se curva em um sorriso. Ele coloca a mão no peito, bem em cima do coração.

— Ah, queria que fosse assim tão simples. Mas, infelizmente, é a música que me escolhe.

Sorrio. Acomodo as flores no colo e passo o dedo pela folha serrilhada.

— Então, aonde estamos indo?

Eriku entra na rodovia com a mão no volante, e a outra na marcha.

— Sabe que eu pensei bastante sobre isso? Foi difícil encontrar um lugar onde a gente tivesse o máximo de exposição mas ainda conseguisse se divertir. Onde a gente pudesse enganar o público mas também tivesse um pouco de controle sobre a multidão.

Passamos por um outdoor com um castelo e uma princesa de vestido azul-gelo. Me remexo no assento. Sem. Chance.

— Estamos indo pra Disney de Tóquio?

Ele sorri.

— A vida é uma canção, princesa. Vamos criar um pouco de música nesse nosso namoro de mentira.

Um concierge exclusivo de terno preto nos recebe na entrada e nos acompanha pelo parque. As ruas foram fechadas. Multidões se aglomeram sobre as barreiras, tirando fotos — os cliques das câmeras parecem um monte de insetos zumbindo ao nosso redor, enquanto as pessoas se aglomeram para nos ver tomar café da manhã na Great American Waffle Co.

Eriku está praticamente vibrando de animação quando levanta o prato de plástico com um waffle de Mickey Mouse do tamanho da nossa cabeça para fazer um brinde.

— Que a gente tenha um ótimo começo de dia.

— O melhor! — digo, antes de atacar a comida.

O waffle é servido com uma bola de sorvete, purê de manga e mousse. Isso é que é café da manhã dos campeões.

Antes de terminar o primeiro, Eriku já está pedindo o segundo.

— Meus pais me mantêm em uma dieta muito restrita desde sempre. Alimento para o cérebro, dizem. Nos Estados Unidos, eu comia tudo o que queria. Morro de saudade da comida de estádio. Não importava o jogo, eu só queria saber da comida. — Sinto a fala dele na minha alma. Ele come com o maior prazer. Depois de engolir, diz: — Pensei que a gente deveria usar apelidos fofos.

Lambo a calda que está escorrendo pelo canto da minha boca.

— Ah, é?

Ele assente vigorosamente enquanto bebe.

— Todo casal tem apelidos.

Akio me chamava de Rabanete. Fico remexendo o chantili no prato até ele derreter.

— Não sei...

Eriku se recosta e dá batidinhas na barriga magra.

— Eu pesquisei alguns: amor, amorzinho, mô, mozão, benzinho... Uma vez, vi um programa nos Estados Unidos em que a mulher chamava o namorado de *papai*. — Ele estremece, como se tivesse levado um susto. — Não parece certo, mas se quiser tentar...

Abano a mão para silenciá-lo.

— Nada de apelidos, acho. Vamos ficar com Eriku e Izumi por ora.

— Ah, ok. Eu tinha uma lista com mais umas quarenta opções. Mas Eriku e Izumi está ótimo. — Ele suspira, decepcionado, mas fica animado quando lhe ofereço o resto do meu waffle.

A multidão nos segue pelo parque enquanto brincamos no Penny Arcade e no Piratas do Caribe. Eriku insiste em experimentar todos os tipos de comida disponíveis. Entre a Splash Mountain e a Big Thunder Mountain, comemos *ukiwaman*, um pãozinho fofo recheado de camarão servido em uma adorável embalagem do Pato Donald. Também comemos arroz com curry e bebemos chá com leite, frutas vermelhas, chantili e nozes na hora do almoço. Eriku também repete esse.

Quando estamos subindo para a Swiss Family Treehouse, sua pele está pálida, parecendo cera, e um pouco verde.

— Você está bem? — pergunto quando chegamos ao topo.

A atração foi fechada para nós. Guardas imperiais e funcionários do parque cercam o perímetro. Estamos sozinhos e finalmente podemos relaxar um pouco.

Eriku passa a mão na barriga. Gotas de suor surgem em sua testa.

— Acho que exagerei.

— No curry ou no segundo chá com leite?

— Por favor, não fale de comida. — Seu rosto fica pálido. — *Warui da yo*. Por que me fez comer tanto?

— *Watashi ja nai yo. Eu* não fiz nada.

— Olhe só pra gente, é nossa primeira discussão. — Ele abre um sorriso torto e depois solta um gemido.

— Espera um pouco. — Eu atravesso com ele a corda de isolamento e entro em uma das áreas reservadas. — Por favor, não vomita em mim.

— Ah, meu Deus, não fale de vômito.

Eu o ajudo a sentar em uma mesa da cozinha rústica do cenário.

— Inspira, expira. Devagar e sempre — sugiro. Uma brisa fresca sobe do fosso. Ele fica ali respirando por uns minutos, e logo seu rosto ganha cor. — Está melhor agora?

— Sim. — Ele sorri de leve, desajeitado.

— Quer que eu traga água ou algo assim?

— Não. Vamos ficar aqui um tempinho. — Ele apoia os cotovelos na mesa e mexe no cabelo com seus dedos longos. — Aff, olha só pra mim. Não consigo nem ter um encontro de mentira decente.

— Não seja tão duro consigo mesmo. Fazia muito tempo… que eu não me divertia assim — digo, baixinho, surpreendendo a mim mesma.

Tento lembrar da última vez que senti uma felicidade tão tranquila… No jardim com Akio, antes de ele partir meu coração, eu andava sempre cautelosa, com medo de ser descoberta pela imprensa. Desde que me tornei princesa, todas as experiências vieram acompanhadas do peso das expectativas e das preocupações de como eu seria vista. Isto aqui é fácil. Quase natural. Afasto o pensamento. Estar com Akio também era fácil e natural. *Isto* é uma mentira. Até as árvores na minha frente são artificiais. Assim como o parque, Eriku e eu somos fabricados. Somos só algo que as pessoas querem ver: bonitos e perfeitos. Um sonho.

— É mesmo? — Ele olha para mim, e vejo vulnerabilidade escapando de sua expressão.

Apesar do rumo que minha mente seguiu, existe *sim* certa autenticidade neste momento. Os jornais de amanhã definitivamente vão estampar fotos nossas. Há altas chances de Akio ver. Uma pontada de culpa perfura minha barriga. Ele vai notar que estou sorrindo para Eriku. Que estou caminhando com leveza. Será que sou uma babaca por no fundo torcer para que ele veja? Ainda estou tão brava. Olho para as minhas pernas.

— É bom não sentir tanta pressão. Sentir que estou fazendo algo certo só por estar aqui me divertindo com você.

— Concordo. — Ele se endireita. — Tem mais um detalhe que eu queria acrescentar ao nosso esquema.

— Ah, é?

Ele fica bem sério.

— Agora que você já teve um gostinho de como é namorar comigo… com todas as camisetas de banda amassadas, a comilança exagerada e o quase vômito, imagino que seja difícil *não* se sentir atraída. — Tento conter meu sorriso, assim como ele. — Portanto, você precisa me prometer que não vai se apaixonar por mim.

Sorrio.

— Isso acontece muito com você?

Ele se aproxima de mim, como se fosse me contar um segredo.

— Você quer saber se princesas da família imperial costumam me pedir em namoro de mentira para depois sucumbirem aos meus encantos e se apaixonarem completa e irreversivelmente? Acontece com bastante frequência.

— Acho que meu coração está seguro. — Ou seja, guardado na gaveta desde Akio.

Ele assente.

— Certo, então... — Ele me encara por baixo da franja, parecendo um filhotinho esperançoso. — Mozão?

Caio na gargalhada.

— Não. Sem chance.

FOFOCAS DE TÓQUIO

S.A.I. a Princesa Izumi passeia com seu novo amor

25 de outubro de 2022

Quando questionada sobre o noivado de seus pais e a recente hesitação do Conselho da Casa Imperial em aprová-lo, S.A.I. a Princesa Izumi disse que esperava que eles fossem "autorizados a seguir o coração deles".

Os fãs da família imperial se recusaram a acreditar. "Ela não liga nem um pouco para a família imperial", afirmou a blogueira Junko Inogashira. "Só se importa com seus interesses pessoais."

No entanto, a princesa Izumi parece ter se recuperado de seu tropeção de maneira espetacular. Os visitantes da Disney de Tóquio foram presenteados com a aparição da princesa em um encontro com o herdeiro dos transportes, Eriku Nakamura. "Os dois pareciam muito próximos", disse um frequentador do parque. "Estavam em sintonia, bem próximos, sorrindo e provando a comida um do outro. Muito fofos."

"Torço por esse casal", Junko Inogashira comentou. "Esse é o tipo de pessoa que a princesa deveria namorar."

Aí está, Tóquio. Se alguém estiver contando o placar dos pretendentes da princesa Izumi, estamos assim: Akio Kobayashi — 0, Eriku Nakamura — 1.

13

Duas noites depois, estou em um segundo encontro com Eriku no Florilége, um dos cinco melhores restaurantes da Ásia, situado no bairro de Aoyama. O chef começou a carreira em um restaurante com três estrelas Michelin e saiu de lá para abrir este. A atmosfera é meio teatral, com a cozinha no meio do salão e em volta um balcão de dezesseis lugares. Também há grandes vasos de plantas com ervas silvestres para serem colhidas e usadas nos preparos.

Mas... olho em volta.

— Onde está todo mundo? — pergunto.

Reina está parada na porta, enquanto o chef e seus assistentes trabalham em silêncio, fatiando vegetais em movimentos sincronizados. Fora eles, o lugar está vazio. Eriku e eu somos os únicos clientes.

— Reservei o restaurante todo. — Eriku arrisca um sorriso. — Se eu não fizesse isso, meu pai faria. Sei que concordamos em ter encontros públicos, mas ele insistiu... Desculpe.

Desdobro o guardanapo branco impecável e o coloco no colo.

— Tudo bem. Na verdade, até que isso é legal. — Esfrego a orelha. — Acho que perdi um pouco da audição hoje com toda aquela gritaria da multidão.

Mais cedo, saímos para um passeio bastante público no parque Yoyogi. Fecho os olhos, lembrando do caos. Mãos vinham em nossa direção através da muralha de guardas imperiais. Algumas ostentavam com exemplares do *Fofocas de Tóquio*, que estampou uma foto de Eriku comigo na primeira página. A manchete era sobre o nosso dia na Disney. Me pergunto como é a circulação do jornal em Nara. Será que Akio viu?

Bebo minha água, tentando esquecer que meu coração partido ainda não está batendo do jeito certo.

— Seu pai faz isso com todas as garotas que você namora?

Eriku contrai os lábios e balança a cabeça.

— Não. O sr. Nakamura nunca aprovou as garotas que namorei. Na verdade, meus pais desaprovam qualquer tipo de distração... sejam amigos, garotas ou qualquer outra coisa.

O chef coloca dois pratos perfeitamente arrumados de ervilhas-tortas diante de nós. Ele faz uma reverência e explica o menu, uma fusão da culinária japonesa com a francesa. Depois de dar uma olhada em nossos pratinhos com uma quantidade irrisória de comida, Eriku e eu trocamos um sorriso cúmplice. Tivemos toda uma discussão sobre o tamanho das porções das comidas japonesas e estadunidenses — as estadunidenses têm quase o dobro, e às vezes até o triplo do tamanho. Fala sério, o Black Bear Diner usa travessas no lugar de pratos.

Juntamos as mãos e dizemos "*Itadakimasu!*". Comemos o mais devagar possível, saboreando as ervilhas. Um *amuse-bouche* de azeitona chega em seguida, e depois uma mistura de abalone, brotos de bambu, *petit pois* (ervilhas pequenas) e queijo Gruyère servido com ragu de fígado de abalone.

— Todos dizem que eu e meu pai somos parecidos. A gente pode até se parecer mesmo, mas não temos o mesmo coração — Eriku diz, terminando de comer sua ervilha.

Seus modos são perfeitos. Ele senta em balcões de restaurante e come comidas caras com a mesma facilidade e confiança que meu pai irradia. Este é seu mundo.

Fico brincando com o guardanapo.

— Você já o desafiou? Tipo, não que eu esteja dizendo que você deveria ou tinha que fazer isso, mas você já disse como se sente?

Eriku fecha a mão e lambe a boca.

— Não. Tenho muito medo. Mesmo que eu não sinta afeição por ele na maior parte do tempo, ainda tem uma criancinha aqui dentro que quer que ele *goste* de mim. Às vezes, fico tão sedento por aprovação que seria capaz até de beber lama. Outras vezes, eu só penso: "Foda-se, vou fazer o que eu quiser". Só que nem sei o que quero. Esse é o problema de ter sempre alguém me dizendo o que fazer. Não sei quem eu sou sem eles. — Eriku faz uma pausa, e continua: — Agora, estou no limbo. Meu pai está esperando que eu me forme e inicie minha carreira empresarial com ele, mas eu só queria um pouco de espaço para parar e pensar, entender o que eu realmente... — Ele para de falar quando outro prato é servido: foie gras com merengues de avelã. — Não sei por que aguento meu pai. Talvez eu seja apenas um otário solitário e inseguro — ele fala, soltando uma risada seca.

Lembro do sorriso que ele deu na Disney quando estava enjoado. Eriku é alguém que dá risada mesmo diante do sofrimento.

— Sinto que nunca estarei à altura das minhas primas — desembucho.

Eriku me contou tanta coisa. Também quero lhe contar algo. Para mostrar que ele não está sozinho. Que não é o único que se sente perdido. Sem importância. Inferior.

Seus olhos cintilam.

— As princesas Akiko e Noriko?

— Sim, as gêmeas. — Fico pensando se devo dizer mais. Mas então lembro que ele assinou um acordo de confidencialidade. Então posso falar com ele como se fosse meu terapeuta, e tenho muita coisa para tirar do peito. — É ruim porque desde que cheguei, elas não têm sido exatamente gentis. — Lembro de tudo o que fizeram, do bicho-da-seda que colocaram no meu vestido para destruir uma sessão de fotos cara, até me chamar de *gaijin* e, mais recentemente, tentar me sabotar escolhendo um vestido inadequado para eu usar no banquete.

Ele assente, terminando de comer sua galinha-d'angola com espinafre ao molho de vinho tinto e gergelim.

— Considere como essas garotas foram criadas. Eu não estudei com elas, mas sei como Gakushūin e as cortes imperiais funcionam. É um mundo cruel. Elas já nasceram com facas nas mãos.

— É só que… não faz sentido — falo um pouco alto demais, balançando a cabeça. O chef e seus assistentes olham para mim, e fico quieta, me aproximando mais de Eriku. — A mãe delas foi maltratada pela imprensa. E pela família imperial também. O marido dela, meu tio, a ignora quase que totalmente. Mas Akiko e Noriko amam a mãe e ficam malucas por causa dela. Era de esperar que elas fossem mais… sei lá, que pegassem mais leve.

Eriku discorda.

— Pelo contrário. Talvez elas vejam como tratam a mãe. Como a imprensa distorce os fatos. Como o pai delas se recusa a encarar os problemas. Isso seria capaz de fazer qualquer um ficar desconfiado e cauteloso com pessoas novas.

É verdade. Elas são tão perversas quanto o Império Romano.

— Você está fazendo com que eu me sinta mal por elas.

— Pense nos exemplos que elas tiveram. Elas sobressaíram sendo o oposto dos pais, pessoas que consideram fracas e ambivalentes.

Esfrego a testa.

— É muita coisa para processar.

Ele abre seu maior e mais radiante sorriso.

— Gostaria de conhecê-las algum dia. Elas parecem tão maldosas. Imagino que te façam se sentir viva.

— Credo.

Eriku dá risada, constrangido.

— Você tem razão. Provavelmente só estou tentando recriar a relação problemática que tenho com meu pai.

Enquanto comemos a sobremesa — morango cristalizado com chocolate amargo e mousse de maracujá —, falo sobre minhas amigas e a vida nos Estados Unidos. Eriku fica particularmente interessado no estilo de vida do nosso vizinho, Jones, em como ele parece estar à parte da sociedade, seguindo o seu próprio ritmo. Literalmente. Jones adora um batuque.

— Ele vive fora do sistema? — ele pergunta.

Limpo o canto da boca, manchando o guardanapo branquíssimo com chocolate.

— Acho que sim. Ele não recebe correspondência. Nem tem celular. Acho que também não tem sobrenome. Sua casa é toda movida a energia solar e completamente autossustentável.

Terminamos o jantar, nos despedimos do chef, e Reina nos encontra na porta.

— Tem uma multidão ali fora, incluindo a imprensa. Sigam direto para o carro — ela nos orienta.

Assinto, enfim me acostumando a seguir ordens. Posso ouvir a conversa animada da plateia através da porta.

Eriku me oferece a mão.

— Vamos lhes dar o que vieram ver?

Ele me espera pacientemente. A última vez que dei a mão para alguém foi para Akio. Depois de um tempo, entrelaço os dedos nos dele, que me segura com firmeza… e é reconfortante. Diferente de Akio, mas não desagradável.

Câmeras disparam enquanto corremos na direção do Bentley, com um bando de guardas imperiais. O som da multidão é um zumbido de eletricidade. Meu braço fica arrepiado. Eriku destrava o carro depressa e Reina abre a porta para mim. Entro logo, com Eriku em seguida.

Enquanto arrancamos com o carro, ele olha para trás.

— Isto com certeza vai sair no jornal de amanhã.

Sorrimos um para o outro. Missão cumprida.

14

Estou em um pedestal de veludo enquanto uma costureira toda vestida de preto desliza um quimono pesado e frio sobre os meus ombros e minhas roupas íntimas. Minha mãe está do meu lado — outra costureira também vestindo um quimono nela.

Nós duas respiramos fundo ao olhar para o espelho de três painéis. Passo a mão pelo tecido e corro o dedo pela estampa intrincada. As folhas de bordo foram pintadas à mão, delineadas em dourado e prateado em um fundo cor de pêssego. O quimono da minha mãe é laranja-claro, com um degradê que imita o pôr do sol, e tem grous próximos à bainha. Esses são quimonos *yūzen*, parte de uma arte em extinção no Japão. Os mestres estão lutando para levar a tradição adiante, mas não há alunos para ensinar. De repente, lembro de Eriku me mostrando as fotos do vilarejo de Nagoro. Penso naqueles bonecos congelados no tempo povoando uma paisagem deserta.

— Você chegou tarde ontem — minha mãe comenta, afastando o cabelo do rosto.

Como morei com ela durante os últimos dezoito anos, sei reconhecer quando ela quer perguntar alguma coisa.

— Aham — é tudo o que digo.

Observo as costureiras revirando os baús abertos, escolhendo *obis*.

Eriku e eu fomos ver um filme em um cinema de luxo de última geração em Tóquio, que oferece vários efeitos especiais. Os assentos tremiam. Jatos de ar explodiram em sincronia com as cenas de ação. Eriku comeu como se fosse seu último dia na Terra — Fanta de melão, pipoca e dois cachorros-quentes. Nosso plano estava indo de vento em popa.

— Com quem você saiu mesmo? — Ela inclina a cabeça como se não soubesse.

Como se não tivesse atendido à porta quando Eriku perguntou por mim.

— Eriku.

Ela assente, pensativa, e comenta:

— Entendi. E ele trouxe algodão-doce pra você.

Eriku gosta de me presentear. Algodão-doce. Piões Beigoma. Origami Kusudama. Viro para ela.

— Quer me perguntar alguma coisa?

Ela endireita o corpo.

— Não, claro que não. Isso é assunto seu, não quero me intrometer — ela fala de forma energética. Então acrescenta: — É só que vocês estão se vendo *bastante*. Com a tutoria durante o dia, e as noites... As coisas parecem estar indo rápido, só isso.

— Mãe, relaxa.

Será que perdemos o controle? Estamos exagerando? É fácil mentir para o público; para a minha mãe, nem tanto. Não guardamos segredo, apesar de ela ter escondido de mim que meu pai era o príncipe herdeiro do Japão durante a minha vida inteira. Mas, assim como ela, estou fazendo o que considero o melhor. Para nós duas.

Afasto todas as sensações ruins e agourentas. Depois que meus pais estiverem felizes e casados e que Eriku e eu terminarmos de forma amigável e pública, vou contar tudo.

— Temos muitas coisas em comum. Estamos curtindo andar juntos.

Ela murmura, concordando.

— Dá pra perceber. Vocês dois são bem parecidos.

— Você acha? — pergunto, surpresa.

Ela respira fundo e faz que sim.

— Pelo que você me contou, vocês têm a mesma personalidade. O mesmo espírito. — Além de Zoom Zoom, ela costumava me chamar de Docinho. E Eriku é tipo um rolinho de canela. Então a comparação até que é compreensível.

As costureiras voltam com os *obis*, segurando os tecidos contra os quimonos. Ficamos em silêncio enquanto elas discutem as opções. Em seguida, elas voltam para os baús para guardar as peças rejeitadas.

— Você gosta mesmo dele? — ela pergunta, baixinho.

— Mãe.

Eu gosto dele. Mas não desse jeito. É impossível não ficar feliz ao lado de Eriku. Ele é como a manhã de Natal, um dia na praia, a primeira vez que vi Tamagotchi. Alegria, alegria e mais alegria. Um sorriso diante de verdades difíceis.

Ela se inclina e me provoca:

— Acho que você gosta dele. — Ela abre um sorriso confuso.

Alguns segundos se passam sem que ela desmanche o sorriso absurdo. Franzo o nariz.

— Para de me olhar assim.

Ela dá de ombros e vira as costas para o espelho.

— Não consigo. Eu te criei. Tenho uma predisposição biológica de achar tudo o que você faz encantador e fascinante. — Fazemos contato visual pelo espelho. Eu contorço os lábios e arregalo os olhos. Pareço um cavalo assustado e horrível, mas ela suspira, com uma expressão sonhadora. — Está vendo? Isto só me faz te amar ainda mais.

— Você precisa sossegar o facho — digo, seca feito o deserto.

Ela coloca a mão no peito, e as mangas do quimono pendem de seus cotovelos.

— O que posso dizer? Eu sou um lixo pra você. Basicamente um lixo.

Não há como pará-la quando ela fica assim, toda alegre e boba e exagerada. E quer saber a verdade? Essa é a minha versão favorita dela. Eu meio que vivo por isso, mas ela nunca pode saber — é melhor não encorajar.

Olho para o teto.

— Ah, meu Deus. Onde você aprendeu isso?

— Ouvi você falando com a Noora. — Ela franze as sobrancelhas. — Não estou usando do jeito certo? Seu pai e eu tivemos toda uma discussão sobre o assunto. Ele argumentou firmemente que era algo ofensivo. Mas quando você fala com a Noora, parece tão positivo. Lixo — ela arrisca mais uma vez. — Sou um lixo pra você.

Resmungo e balanço a cabeça.

— Para com isso — digo. — Não parece certo... quando você diz... só é meio triste. Foi mal.

— Bem, isto meio que me magoou, mas te perdoo na hora. — Ela dá de ombros. — Enfim, que bom que você está se divertindo com Eriku. Fico feliz de te ver sorrindo tanto.

As costureiras se voltam para nós, agitadas. Decido desviar a conversa.

— Me conta como vão as coisas. O que está aprendendo no Departamento de Arquivos e Mausoléus?

Ela coloca o cabelo atrás da orelha e me olha com uma expressão ainda brincalhona.

— Sabia que a família imperial compra algas marinhas com o mesmo fornecedor há mais de trezentos anos?

— Não acredito — digo.

Uma das costureiras dá uma batidinha no meu *tabi*. Eu levanto o pé, e ela calça uma sandália *zōri* em mim. Então, dá uma batidinha no meu outro pé, e repetimos o procedimento. Meus movimentos são duros, como os de uma marionete. Me sinto uma boneca.

— E sabe aquelas tigelas de sopa douradas e pretas que usamos ontem à noite? — ela pergunta baixinho. — Pintadas com crisântemos? Um conjunto de cinco é vendido por mais de três mil dólares. Três. Mil. Dólares.

Conversamos sobre tudo o que ela descobriu enquanto as costureiras trabalham. O quimono é preso na cintura e amarrado com um *datejime*. Nossas golas são impecavelmente arrumadas e bem passadas. Tudo precisa estar perfeito. As costureiras se afastam por um momento.

— Então está indo tudo bem? Com a imperatriz e com... o papai?

— Está tudo bem. Ótimo, na verdade. A imperatriz tem sido supera-colhedora e simpática. E seu pai diz que adora como estou encarando o desafio. E ele... Bem, acho que você não precisa saber o que ele fez...

Olho para qualquer outro lugar que não o seu rosto.

— Sim — concordo. — E é melhor você nunca mais falar nesse assunto.

Mas, por dentro, sinto um quentinho no coração. Estou pronta para fazer o que tiver que ser feito para manter essa sensação, esta família — a *minha* família — intacta e seguindo em frente.

Minha mãe age de um jeito casual e dá uma piscadinha.

— Enfim, está tudo de boa na lagoa.

— Mais uma coisa para você nunca mais falar.

Ficamos em silêncio enquanto as costureiras terminam. Com seus dedos ágeis, elas amarram o *obi* em nossas cinturas, apertando-o com firmeza e prendendo-o nas costas com um laço rígido e elaborado. Elas dão um passo para trás e gesticulam para o espelho.

— *Dōzo*. — "Fiquem à vontade", elas nos encorajam a nos olhar-mos no espelho.

Obedecemos.

— Uau — minha mãe fala.

— *Sugoi* — digo.

Ela vira um pouco a cabeça para ver a parte de trás.

— Nada mal para duas garotas de Mount Shasta.

Eu não podia concordar mais. Estamos de cabelos soltos agora, mas vamos prendê-los na festa anual no jardim da imperatriz daqui a algumas semanas. Mais de dois mil convites foram enviados. Entre os convidados tem de tudo: astronautas, atletas olímpicos, roteiristas e governadores. O primeiro-ministro e todos os membros do Conselho da Casa Imperial estarão presentes. Minha mãe vai como minha convidada de honra. É a sua oportunidade de causar uma boa impressão.

Me movo, sentindo o peso do quimono, a seda gelada na pele, um milênio de tradição. Minha mãe também se admira no espelho. Esta-mos lindas. Ficamos boquiabertas e sorrimos juntas.

15

O tempo esfria. Eu dobro meus objetivos. Eriku e eu passamos o dia todo estudando na Biblioteca Imperial, indo de política, economia e sociologia a ciências. Praticamos japonês. Hoje ele teve a brilhante ideia de me ensinar química em japonês — dois coelhos com uma cajadada só. Ele espera que eu responda a suas perguntas. E eu tenho que dizer "*Wakaranai*". Não sei. Minha mente está uma bagunça. Uma completa bagunça neste lugar imenso.

Eriku me olha com carinho.

— Talvez química *e* japonês juntos tenham sido um exagero.

Coloco a mão no rosto e resmungo.

— Olha — ele fala baixinho, esperando que eu o encare. — Essas provas padronizadas são bastante previsíveis. Eu mesmo já fiz o suficiente para saber o que vai ser cobrado e o que não vai. Você só precisa saber os conceitos mais importantes. É fácil.

Faço cara feia.

— Acho que você errou em confiar em mim.

— *Ganbatte*. Aqui. — Ele pega um pacote de balas *yuzu* do bolso e abre, me oferecendo uma. Fico olhando para o doce fluorescente. Ele afasta a embalagem fazendo barulho. — Isso é muito estranho? Carregar balinhas no bolso? Meu pai odeia.

— Não, não é isso. — Seguro seu pulso, então solto. Sou transportada para uma lembrança: caminhar ao lado de Akio comendo um doce clandestino. — Tenho certeza que é proibido comer aqui dentro… mas obrigada. — Arranco o pacote da mão de Eriku e coloco uma bala na boca. — *Umai!* Agora sei de onde você tira tanta energia. — Estou abastecida de açúcar e amor.

Passo o resto da tarde comendo balas *yuzu*, e no final da tutoria estou sabendo tudo sobre os prós e os contras das ligações iônicas, metálicas e covalentes.

Depois disso, ele começa a trazer um doce diferente a cada dia.

— Vai te ajudar a memorizar as coisas — ele afirma. — Cheiros e sabores criam caminhos neurológicos especializados. — Ele abre um livro. — Hoje vamos de Tokyo Banana e força intermolecular.

E assim seguimos. Meito Cola Mochi Candy com transformações químicas. Hokkaido Melon e Kit Kats sabor queijo mascarpone com química inorgânica. Finalizamos com marshmallows sabor café Eiwa e química orgânica.

Depois, passamos para biologia. Certo dia, invadimos a cozinha do palácio e fizemos bolos de células animais. Nos intervalos entre ecossistemas e biomas, mostro a ele um vídeo de uma marmota atravessando um rio nas costas de um golden retriever. Então recebo uma mensagem engraçada das meninas.

Noora
Aff, fui à biblioteca hoje, mas quase não consegui entrar. Foi...

Glory
Não ouse continuar.

Hansani
Fala. Fala. Fala.

Noora
Livramento!

Glory
Você é péssima.

De noite e nos fins de semana, nos jogamos nos eventos públicos. Eriku usa um terno Brunello Cucinelli feito sob medida e me acompanha até a sexagésima sétima exposição de Arte Industrial Tradicional Japonesa, onde conhecemos o filho de um xeique do Golfo Pérsico, que está investindo pesado em Bitcoin. Comparecemos ao Campeonato Mundial de Basquete em Cadeira de Rodas. Bebemos cerveja no camarote particular da família de Eriku enquanto torcemos pelos Yomiuri Giants. Assistimos a uma apresentação do Vienna Boys' Choir. E, nos bastidores do show, atrás de uma cortina escura, Eriku tira a jaqueta e coloca uma flor entre os dentes.

— Quer dançar? — ele pergunta, me oferecendo a mão.

— Pensei que você nunca fosse perguntar. — Dou a mão para ele.

Ele me gira até eu ficar tonta, e depois me apoio na parede. Ele se atira ao meu lado com a respiração pesada.

— Não me entenda mal, mas você é uma péssima dançarina. A pior que já vi. Tipo uma galinha decapitada. — Explodo em um ataque de riso quando ele tenta examinar minhas panturrilhas.

Duas semanas e meia mais tarde, na véspera da festa no jardim da imperatriz, estou fazendo o EJU. O auditório está lotado de estudantes internacionais cheios de esperança. O lugar cheira a papel e gente. O inspetor anuncia quando podemos começar, e o som de folhas sendo viradas ressoa como um mau presságio. Quase arranco fora meus lábios durante a prova.

Eriku me espera no prédio ao lado.

— E aí? — ele pergunta quando atravesso as portas duplas com um bando de guardas imperiais.

Minha cabeça está rodopiando.

— Sei lá. Acho que fui bem em língua, biologia e atualidades, mas talvez eu tenha espontaneamente esquecido tudo nas perguntas de química.

— Sabe do que precisamos? — Eriku pergunta.

Olho para ele e arrisco:

— Encontrar uma ilhazinha onde o correio não chega pra que eu possa viver o resto dos meus dias sem saber que não passei?

— Nada tão específico. Será que eu deveria me preocupar? — ele pergunta, dando batidinhas nos lábios e afastando a ideia. — Na verdade, não temos tempo pra isso. Tenho duas surpresas pra você.

Eriku me leva a um café bem barroco, meio subterrâneo. Pedras gigantes dividem o espaço, e luminárias brilhantes que poderiam estar no *Titanic* iluminam o lugar cavernoso. Pedimos sorvetes e xícaras de chá, servidos em pratos pintados com a paisagem de Budapeste.

— Esta é a surpresa? — pergunto, um pouco confusa.

O café está vazio, graças aos guardas imperiais e ao cartão de crédito de Eriku, mas há janelas no porão. Paparazzi se deitam de bruços para tirar fotos nossas.

Eriku batuca os dedos na mesa — *ratatatá*.

— Espera um pouco.

A garçonete aparece com casquinhas de waffle cheias de sorvete de baunilha coberto com...

— Isto é ouro? — pergunto.

Ele assente.

— Mandei trazer especialmente de Kanazawa. Primeira surpresa completa — ele diz.

A garçonete se demora um pouco, voltando toda a sua atenção para Eriku. Ela se ajeita, passando a mão pelo cabelo sedoso, e pergunta se ele precisa de mais alguma coisa. *Qualquer* coisa. A princípio, fico confusa. Será que ela está flertando com ele? Ela *está* flertando com ele. Eriku agradece com seu sorriso radiante de sempre.

Enquanto ela se afasta, eu o observo. Suas covinhas. Seu cabelo bagunçado. Seu jeitão inquieto de rock star. Tem alguma coisa que faz a gente querer guardá-lo; é como pegar uma borboleta rara. Eriku esfrega as mãos, e vejo os músculos de seus braços se mexendo.

— Quando é que vou aprender? Eu deveria ter pedido dois — ele fala todo dramático, suspirando.

Me inclino para ele e aponto a cabeça para a garçonete.

— Acho que ela está a fim de você.

Eriku mergulha a colher no sorvete e a enfia na boca.

— Rá.

— Estou falando sério. — Olho mais uma vez para a garçonete, mas ela vira o rosto quando fazemos contato visual. Finjo admirar um velho órgão elétrico Yamaha sob uma máscara de Tutancâmon e depois me volto para Eriku.

Ele leva as mãos ao peito.

— *Watashi no kokoro wa anata no mono desu.* — "Meu coração pertence a você", ele fala alto para que a garota ouça, e juro, *juro* que ela solta um suspiro melancólico. Ele sorri, brincalhão, e retoma a comilança. — Me fala mais sobre a prova.

Faço uma careta, então começo a dizer que acho que fui mal. O que eu vou fazer se não passar? Provavelmente, chorar. O sorvete já virou uma gosma grossa no fundo do prato quando Eriku recebe uma mensagem. Ele olha o celular.

— A segunda surpresa está pronta. Vamos.

Ele levanta, e eu faço o mesmo. O ar dentro do café muda. Os guardas estão a postos, e câmeras disparam do lado de fora das janelas. As últimas manchetes que saíram até que não foram tão ruins: "Princesa Izumi e herdeiro do magnata dos transportes, Eriku Nakamura, arrasam em Tóquio", "Imperatriz é bajulada pela amada estadunidense do príncipe herdeiro".

— Eriku. Você se importa se encerrarmos por aqui? Não estou muito no clima… — Paro de falar, gesticulando para os paparazzi meio entorpecida.

Ele fica me observando, imóvel.

— Não vai ter câmeras aonde estamos indo. — Ele toca meu pulso e seus olhos se iluminam de um jeito levemente irritante. — Vai ser tudo só pra você.

O que me faz fechar a boca. Eriku sobe a escada. No meio do caminho, ele vira para mim e sorri, brincalhão e ousado — me desafiando.

— Você vem?

Engulo em seco, curiosa. Certo, eu vou. Comprimo os lábios, aceno com a cabeça e o acompanho porta afora.

Estou deitada de costas com Eriku ao meu lado sobre um cobertor áspero de lã Pendleton (exclusivo e enviado direto da sede da empresa). Meus olhos estão focados no céu noturno, seguindo uma estrela cadente. Como o centro de Tóquio é muito iluminado à noite, Eriku me trouxe ao Planetário Cosmo, em Shibuya. Ao nosso lado está montada uma mesa com chocolate quente e docinhos. O lugar é todo nosso. Reina está na porta, de costas, seu terno preto se misturando à escuridão. E como não há ninguém aqui, não se trata de um encontro de mentira nem de uma sessão de tutoria — isto tudo é realmente só para mim. "Stairway to Heaven" do Led Zeppelin está tocando nas caixas de som — essa parte é para Eriku.

— Você fazia muito isso? — ele pergunta, confuso e fascinado.

— Muito. Ficava deitada no quintal com as minhas amigas, vendo quantas estrelas cadentes ou constelações a gente encontrava.

Não consigo acreditar que ele organizou tudo isto. Ainda estou processando. Como Eriku é legal, como nos damos bem. Como faz tempo que não penso em Akio. Os cantos da minha boca se voltam para baixo. O que significa isso? Será que já o superei?

— Hum — Eriku diz.

Ele aponta para cima, passando os dedos pela Via Láctea.

— Talvez seja coisa de cidade pequena — comento.

Então passo a falar sobre todas as coisas que gosto de fazer a cada estação do ano em Mount Shasta. Pendurar plaquinhas nas árvores que dizem "Pode me abraçar" no outono. Esquiar no inverno. Correr na floresta no verão, descalça e pelada quando eu era bem, bem pequena. Selvagem e livre.

— Pelada? — ele engole em seco, e dá para ver o pomo de adão subindo e descendo.

Fico vermelha e ignoro a pergunta. Ficamos em silêncio por um tempo.

Eriku vira de lado, apoiando a cabeça na mão. Ele olha para baixo.

— Me conta mais sobre Mount Shasta.

Imito seus movimentos e me aproximo um pouco. Penso no que ainda não lhe contei.

— Mount Shasta é ótimo. Se bem que, quando eu morava lá, nem sempre achava isso. Ser uma das únicas asiáticas da cidade tinha suas desvantagens. Eu me sentia uma estrangeira.

Ele pisca.

— E você se sente bem aqui no Japão?

— Às vezes sim, às vezes não.

É difícil afastar a sensação de ser sempre uma turista na minha própria vida. "Por ter crescido nos Estados Unidos, a princesa Izumi nunca vai ser japonesa de verdade", escreveu há pouco tempo uma biógrafa imperial. Em Mount Shasta, era a mesma coisa. *Izumi nunca vai ser estadunidense de verdade.*

Quer saber? De vez em quando, até me pergunto se eu deveria mesmo *ser* a princesa do Japão. Se estou reivindicando algo que não me pertence. Talvez eu nunca vá ser japonesa o bastante. Minha garganta arranha e fecho os dedos. *Não.* É meu direito. Posso até ter sido criada nos Estados Unidos, mas meu pai é o príncipe herdeiro, e os valores japoneses estão profundamente arraigados em mim. Entranhados no meu sangue. As pessoas podem pensar o que quiserem. Que não sou suficiente. Podem falar de mim à vontade enquanto eu fico calada, mergulhando em tudo isso, arrancando minhas raízes, saciando minha sede.

Ele está esperando que eu continue. Mas não sei direito explicar. Nem sei se quero me abrir tanto.

— Parece que… parece que estou sempre fazendo alguma coisa errada. Quando cheguei aqui, cometi um monte de gafes. Até ofendi o primeiro-ministro no casamento dele.

Eriku sorri.

— Eu provavelmente teria pagado para ver isso.

— É um daqueles momentos que, se pudesse viajar no tempo, eu voltaria pra consertar. — Deixaria o tempo se espalhar à minha volta e o remendaria, transformando-o em algo novo, algo melhor. Engulo em seco. — É meio que por isso que estou fazendo tudo isto. — Gesticulo para nós. — Este namoro falso. Não quero só tirar um pouco da pressão de cima de mim. Também quero convencer o Conselho da Casa Imperial a aprovar o casamento dos meus pais. Você com certeza viu os jornais. Os boatos são verdadeiros. O Conselho fez uma pré--votação uns meses atrás e não concordou com o casamento do meu pai com a minha mãe. E eu sou parte do motivo. — Há tantas regras. Não vista isso. Não vista aquilo. Não namore esse cara. Namore esse outro. Preciso me importar sem mostrar que me importo. Não seja triste. Não seja exageradamente feliz. Sorria mais. Sorria menos... Me apoio na parede com as mãos na barriga. Dois pares de estrelas cadentes cortam o céu. Balanço a cabeça, melancólica. — É coisa demais.

— Sinto muito — ele só fala isso.

Mas percebo em sua voz que ele realmente entende. Que ele também não queria que fosse assim. A sinceridade dele me comove. E me faz perceber que ele é mais do que meu namorado de mentira: é meu amigo.

Inspiro, sentindo minha barriga encher, e então expiro. Solto tudo, fingindo que estou em Mount Shasta. Segura e feliz e livre. Até que sou arrastada de volta ao presente, ao garoto sentado ao meu lado que não consegue parar de batucar os dedos no chão, que aponta para as constelações como um maestro, que sorri mesmo quando está sofrendo e que tem um coração que é pelo menos duas vezes maior que o da maioria dos humanos.

— Você é gente boa, Eriku — admito, baixinho.

— Você também — ele fala, na escuridão.

16

No dia seguinte, espero para cumprimentar a imperatriz e o imperador. O tempo está fresco, e o céu, azul — é um dia de outono perfeito, e o aroma de folhas secas e terra molhada perfuma o ar. Meu quimono é quentinho o suficiente, e minhas mangas se agitam com a brisa. Meu cabelo foi escovado e preso em um coque trançado, e uma franja cacheada emoldura meu rosto.

Meu pai se aproxima de minha mãe e sussurra alguma coisa, arrancando um sorriso antes de ela ser levada para a festa no jardim — ela não vai participar das formalidades. Camaristas aparecem e nos organizam em uma fila. Quase toda a família imperial está presente. Minhas primas estão paradas de quimono turquesa ao lado do pai, meu tio Nabuhito. A mãe delas, minha tia Midori, não veio.

O imperador e a imperatriz aparecem, e faço uma reverência completa quando passam por mim. Meu avô está beirando os noventa anos, o que se vê em cada centímetro de seu corpo — seus ombros estão curvados para a frente e seus passos são arrastados, como se fossem um esforço supremo. Minha avó, no entanto, parece imortal, apesar de ruguinhas alegres marcarem seus olhos e sua boca. Seu cabelo é branco feito neve, com algumas mechas grisalhas, captando a luz conforme ela caminha com um semblante régio, assentindo para a família que ela construiu. Levanto e uso os honoríficos corretos, e ela me abençoa com um sorriso caloroso.

Depois que cada um de nós presta sua homenagem, é hora de seguirmos para a festa. Os convidados já chegaram, e vamos cumprimentá-

-los juntos, com o imperador e a imperatriz na frente. Esperamos em um morrinho por um tempo, acenando para a multidão enquanto eles fazem reverências. Logo, finalizo minhas obrigações. Vislumbro Eriku e sigo em sua direção.

— *Konnichiwa* — digo, dando passos desajeitados com o quimono. A festa no jardim está animada, assim como eu.

Eriku sorri e faz uma reverência.

— Olá. — Barracas brancas estão espalhadas pelo gramado e, do outro lado, os pais de Eriku conversam com um astronauta.

Aponto para o homem.

— Você fica triste ao ver o que poderia ter sido?

— Sim, muito, muito triste. — Eriku faz um biquinho. — Por favor, me tire daqui para que eu possa chorar em paz. — Ele gesticula para a trilha e pergunta: — Quer dar uma volta?

Faço que sim. Passeamos pelo jardim. Tenho que me esforçar para não me desequilibrar com as sandálias de plataforma, especialmente nesse terreno irregular. Cisnes deslizam pelo lago. A orquestra imperial está tocando. Por toda parte, ouvem-se as conversas alegres dos dois mil convidados que aproveitam o cenário. Logo, chegamos ao limite da festa — uma seção fechada para os visitantes. Perto há uma velha casa de chá com o telhado quase desmoronando.

Estamos debaixo de um pinheiro bem cuidado, e o barulho da festa é engolido pelo som da natureza — dos insetos, do vento nas árvores, do sino de um templo tocando ao longe. Eriku arranca uma agulha de um galho e a corta em pedaços, deixando-a cair como confete a seus pés.

— Seu pai deixou o astronauta — digo, observando de longe o sr. Nakamura se aproximar de um duque inglês de fraque. — *Ooh* — falo, alongando a vogal. — Acho que o duque tem um monóculo de verdade preso ao colete. É isso mesmo!

Viro para Eriku. Ele está encostado no pinheiro, me olhando com uma doçura penetrante. Seu olhar é carinhoso e reconfortante, como se uma mão gentil abrigasse minhas bochechas. Encaro-o por um longo segundo. A mecha de cabelo caindo sobre sua testa como uma onda negra.

As covinhas. A forma como ele inclina a cabeça, como se estivesse esperando eu responder a uma pergunta. Ah, nossa. De repente, começo a vê-lo de um jeito totalmente diferente. Sinto um frio na barriga.

Pisco e abro a boca, sem saber o que dizer. Mas preciso dizer algo.

— Eu... — começo com a voz rouca.

— Sua Alteza. — Reina se materializa do nada, caminhando depressa. — Tivemos um probleminha de segurança. Você precisa vir comigo.

Os olhos de Eriku cintilam quando Reina me leva consigo.

— *Sumimasen* — murmuro.

Eriku fica para trás, me observando enquanto vou embora, deixando várias coisas não ditas entre nós.

Alguns minutos mais tarde, a família inteira está confinada em uma saleta sem janela do palácio imperial. O ar está rançoso e úmido. Provavelmente o ambiente é climatizado, por conta dos artefatos guardados aqui.

Guardas imperiais nos cercam, com as mãos cuidadosamente cruzadas para a frente. Eu me enfiei em um canto perto de um vaso velho com padronagem de escama de peixe. Meus pais estão com o imperador e a imperatriz. Minha mãe lança um olhar preocupado para mim, me analisando dos pés à cabeça, claramente para saber se estou bem. Quando termina a verificação, satisfeita, ela fala com a imperatriz.

O grão-camarista conversa com um guarda imperial. Todos nós ficamos imóveis, aguardando instruções.

— Só mais uns minutos — ele pede. — Está tudo bem. Um turista decidiu nadar em um dos fossos. Ele já foi removido, mas estamos tendo dificuldade para encontrar suas... roupas. — As bochechas dele ficam coradas.

A imperatriz ri, cobrindo a boca com a mão, e o clima na mesma hora fica mais leve. Encosto na parede, pensando naquele momento no jardim — naqueles minutos tensos entre mim e Eriku. Aff, meu coração está saindo pela garganta. Tenho certeza de que interpretei mal o brilho em seus olhos.

Positivo. Na verdade, não vou nem pensar mais nisso. Mas então minha mente o traz de volta, e seu sorriso me aquece inteira.

Minha angústia é interrompida pelas Gêmeas Iluminadas. Com as cabeças unidas, elas sorriem como um par de gatos, olhando o celular.

— Ele não demorou muito pra superar — Akiko fala alto o suficiente para que eu ouça. — Olha só pra essa garota. Ela é tão sem graça. Se alguém me substituísse por ela, eu ficaria ofendida.

— Profundamente ofendida — Noriko acrescenta.

Quem é que não consegue não se meter nos assuntos dos outros? Euzinha. Me aproximo delas e peço para me mostrarem o celular. Na tela, vejo o site do *Fofocas de Tóquio*. Meu coração para quando percebo quem está na foto granulada. Reconheço sua postura ereta e confiante. *Akio*.

Ele não está sozinho. Há uma mulher ali. Eles estão na cidade. Atravessando uma rua à noite. Akio está puxando a garota pela mão.

Subitamente, meus olhos se enchem de lágrimas.

— Deixa eu ver isso. — Agarro o celular.

— Não. *Yada.* — Akiko resiste.

As minhas sandálias me fazem oscilar, tropeço no quimono apertado e perco o equilíbrio. A caminho do chão, percebo tarde demais que o vaso está na minha linha de destruição. Akiko e Noriko abrem a boca, surpresas. O resto da família imperial vira para nós diante da comoção. Acerto a coluna que sustenta o vaso, e ele tomba. Um guarda imperial avança para pegá-lo, mas suas mãos permanecem vazias, a centímetros de distância. O vaso se estilhaça.

Não posso acreditar que isso está acontecendo. Fecho os olhos com força, sem querer assistir à minha queda.

Caio no chão com um estrondo.

Izumi caiu. Repito, Izumi caiu. Levo um tempo para levantar a cabeça. Todos fazem um silêncio capaz de parar meu coração, e os destroços do vaso jazem bem na minha frente, se projetando do chão feito cumes de montanhas mordidos.

As Gêmeas Iluminadas olham para os cacos, depois para mim e dizem:

— Izumi se superou.

17

Estou esperando do lado de fora do escritório da imperatriz com as Gêmeas Iluminadas. "Volte para a festa, *eu* vou lidar com isso", ela disse para o imperador antes de nos conduzir com nossos pais ao seu escritório, que exala o aroma de tuberosa. Ela convidou minha mãe, meu pai e meu tio para entrar, e nos pediu que aguardássemos. Em seguida, fechou a porta na nossa cara. Ou melhor, um empregado fez isso, mas a mensagem ficou clara. O inverno está mesmo chegando.

— Isto é tudo culpa sua — Akiko sussurra para mim.

— Por que é que você tem que ser tão desastrada? — Noriko acrescenta.

Aperto a palma da mão nos olhos até ver pontos brancos. Não entendo. Por que as gêmeas não podem me aceitar? Agora que paro para pensar, elas são o grande motivo de eu me sentir uma forasteira. Uma impostora.

— Vocês não se cansam de ser cruéis? Primeiro, me chamaram de *gaijin*. — Uma nova onda de humilhação me atinge ao lembrar de como elas cuspiram essa palavra para mim no casamento do primeiro-ministro. — Depois, tentaram me enganar com aquele vestido.

Noriko estreita os olhos.

— Que vestido?

— O que vocês escolheram para o banquete de boas-vindas do sultão da Malásia — sibilo, encarando-as. — Querem saber de uma coisa? Esqueçam. Eu perdoo vocês. Vocês são incapazes de não serem horríveis, pois foram criadas assim. Vocês são um produto do seu meio. — Acho que não é uma boa ideia sacudir o ninho de vespas, mas não me importo.

Noriko balança a cabeça.

— Aquele vestido...

Recosto na cadeira e cruzo os braços, amassando ainda mais o quimono.

— Vocês duas são como os tabloides que fazem bullying com a mãe de vocês, e nem sequer percebem.

Uma delas bufa. Não sei dizer quem, se Akiko ou Noriko. Mas sei que estou pouco me lixando neste momento.

A porta abre. Um empregado faz uma reverência e estica o braço, nos convidando a entrar.

— *Dōzo*. Sua Majestade está aguardando vocês.

Três cadeiras foram colocadas diante da escrivaninha da imperatriz. Nossos pais e camaristas também estão ali. Paramos na frente das cadeiras, as gêmeas e eu, e fazemos uma grande reverência, pedindo desculpas. *Taihen mōshiwake gozaimasen. Oyurushi kudasai.* "Sinto muito. Por favor, me perdoe."

A imperatriz nos indica nosso lugar com um único olhar afiado.

— Sentem-se.

Afundamos em nossos assentos. Minha mandíbula está cerrada de raiva residual, e agora, medo. Atrás da escrivaninha, há algumas espadas *katana* e fotografias — uma delas da jovem imperatriz em trajes completos de esgrima. Ela era um excelente espadachim, mas parou de treinar depois que casou — sua obrigação passou a ser o país e a família imperial. Ela considera uma honra ter deixado essas partes de si mesma para trás. Concentro-me no metal brilhante de uma das espadas.

Um empregado bate na porta, e uma das damas de companhia da imperatriz o deixa entrar. Ele traz uma bandeja prateada com os cacos do vaso, deposita na escrivaninha, faz uma reverência e sai. Por um momento agonizante, a imperatriz fica olhando as peças, analisando-as com um suspiro.

Então, faz um gesto mostrando os cacos.

— Este vaso está com a família imperial há duzentos anos. É porcelana da família rosa e foi um presente da China. — Ela pega um pedaço. — Aqui está a marca do imperador Qianlong. O vaso não é apenas uma bela obra de arte, representa também a duradoura relação que o Japão mantém com a China. É uma raridade excepcional tanto em proveniência quanto em preço. Só existe mais um como ele no mundo. — A imperatriz faz uma pausa e acena para o grão-camarista.

— Sim, que foi vendido em Sotheby no ano passado por dois milhões de euros — ele diz.

— Dois milhões de euros — ela repete, com um olhar fulminante. — E agora o vaso está quebrado porque vocês não conseguiram se comportar. Princesas da família imperial brigando… — ela zomba. — Eu vi tudo. — Ela encara as Gêmeas Iluminadas. — Vi vocês provocando sua prima com o celular. — E me encara. — Vi você agarrando suas primas feito um bebê. — Ela balança a cabeça como se essa situação fosse insuportável. Fico olhando para os cacos do vaso, relembrando minha queda humilhante. — Seus camaristas me disseram que não estavam cientes de nenhuma desavença entre vocês. Apesar de ser função deles conhecer os temperamentos e os padrões meteorológicos de seus ataques.

O sr. Fuchigami e o camarista das gêmeas abaixam as cabeças. O jogo da vergonha da imperatriz é intenso. Ela comprime os lábios para eles, depois volta a atenção para nós.

— Vocês sabem que são membros de uma vasta linhagem imperial e que, consequentemente, a representam? Que qualquer coisa que façam ou digam e suas atitudes afetam essa linhagem? E que, portanto, vocês devem se manter acima de divergências insignificantes e briguinhas infantis? — Ela abana a mão. — Eu simplesmente não posso admitir isso.

Trinco os dentes. Já fiz muitas coisas que deixaram minha mãe furiosa. Teve uma vez que ela passou o dia inteiro preparando carne assada e eu me recusei a comer porque tinha decidido virar vegetariana por um tempo. Outra vez, aos cinco anos, me escondi na biblioteca da cidade porque achei que seria divertido — só que ela não achou nada engraçado. Teve a vez que comi o último rolinho primavera e ela reclamou. "Você deveria ter me perguntado se eu queria." Me fiz de desentendida, deixei o rolinho mordido cair no prato e o ofereci para ela. "Pode comer", falei. O período entre os meus treze e catorze anos foi meio sombrio — eu era malcriada, teimosa e rabugenta, vivia alternando entre raiva, alegria e lágrimas de tristeza. Enfim, em todas essas vezes, pensei que ela abriria as portas do inferno e liberaria algum tipo de maldição demoníaca sobre mim. Mas nunca fiz uma merda tão grande quanto esta. Nem a ofensa ao primeiro-ministro foi tão catastrófica.

Dois milhões de euros.

A imperatriz chama o grão-camarista com um gesto. Ele tem uma pasta de couro nas mãos.

— Sua Majestade e eu encontramos uma solução. Acreditamos que será bom vocês três passarem um tempo fora da propriedade imperial com uma mentora. — Espio as Gêmeas Iluminadas, que estão estreitando os olhos, desconfiadas. — Vocês já conhecem o Ise Jingū.

Claro que conheço. Ise Jingū está localizado no coração de uma floresta sagrada na prefeitura de Mie. É o mais importante santuário xintoísta do Japão, dedicado à deusa Amaterasu. Ele tem mais de dois mil anos, e a cada vinte, os edifícios e a ponte são reconstruídos em um ritual que celebra a morte, o renascimento e a impermanência de todas as coisas.

— Sua prima de terceiro grau, a princesa Fumiko, é a principal sacerdotisa de lá, e ela será uma excelente mentora. Essa não vai ser só uma rica experiência cultural, mas também vai… — o grão-camarista para de falar.

— Vocês terão tempo suficiente para refletir sobre seu comportamento — a imperatriz completa. Ela cerra o punho nodoso. — Deixe-me ser clara. Nada de briguinhas. Nada de provocações. Nada de disputas. — Ela faz uma pausa. — É isso ou vocês vão trabalhar no hospital imperial. Sua tia-avó está convalescendo por causa de sua condição intestinal, tenho certeza de que gostaria de ter um pouco de companhia. — Ela olha para mim.

Aperto os lábios e fico muda diante do peso de seu escrutínio. Meu pai coloca a mão no meu ombro, num gesto reconfortante, e minha mãe, no outro.

— Tenho certeza de que Izumi gostaria de pedir desculpas sinceras e agradece a oportunidade de passar um tempo com a prima Fumiko — ele diz em um tom neutro e aperta meu ombro.

— *Hai*. Desculpe-me, estou muito grata pelo presente de passar um tempo com minha prima Fumiko — acrescento.

As gêmeas também pedem desculpas de novo.

— Excelente. — A imperatriz fica de pé, assim como nós. Ela para entre nossos pais: meu pai, minha mãe e tio Nobuhito. — Deixei vocês, meus filhos, livres demais — ela diz. Antigamente, meu pai e o irmão eram duas pestes. Já ouvi várias histórias de que eles fugiam do palácio para ir a festas juntos. — Hanako-*san*, decidi que você virá comigo para a prefeitura de Ibaraki para ter uma ideia da amplitude do trabalho que a família imperial realiza.

— Oh — minha mãe diz. Em seguida, abre um sorriso radiante. — Será uma honra maravilhosa.

— Ótimo — minha avó fala. — Você vai gostar.

E vai embora, arrastando o quimono.

Mariko está me esperando no quarto. Ela tira o quimono do meu corpo enquanto eu lhe conto sobre a foto horrível de Akio, o vaso quebrado e o retiro em Ise Jingū.

— Você disse princesa Fumiko? — Mariko pergunta, com o quimono no braço.

— Ela dedica a vida à família imperial e ao xintoísmo — explico, tirando os grampos do cabelo.

Mariko franze o cenho e dá tapinhas na minha mão.

— Deixa comigo. Não sei nada sobre ela. Desculpe. — Ela faz uma pausa. — Não posso ir com você?

Faço que não, e Mariko puxa meu cabelo.

— Ai, vamos ser só as Gêmeas Iluminadas e eu. Cinco dias de pura conexão.

— Vou fazer as malas, então. — Ela termina de ajeitar meu cabelo e se enfia no closet.

Me apoio no batente e a observo. Ela pega uma mala com monograma em uma prateleira, a apoia na ilha e abre. Então, começa a separar as roupas, dobrando com cuidado as peças antes de guardá-las.

— Izumi-*sama*? — ela fala ao notar meu humor.

Agora que a poeira baixou, fico pensando em Akio.

— Acho que eu secretamente esperava que ele mudasse de cidade, mas não que me superasse, sabe?

Ela franze as sobrancelhas e contorna a ilha para ficar na minha frente.

— Como posso ajudar?

Desvio o olhar, umedecendo os lábios.

— Não sei. — Lágrimas quentes se acumulam em meus olhos.

— Estou aqui, se quiser conversar. Ou desabafar. Ou os dois.

Fungo e olho para o monte em forma de coração debaixo da minha colcha. Não há nada que ela possa fazer. Ninguém pode fazer nada por mim. Mudo de assunto.

— Você leva Tamagotchi para passear enquanto eu estiver fora?

— Não — ela fala, voltando para a ilha.

— Ah, ele precisa que alguém passe aquela pomadinha especial três vezes por dia. Você tem que tomar cuidado, senão vai se sujar. Aconteceu comigo outro dia.

— De novo: não — ela murmura, pegando minha calça jeans na gaveta.

— Que tal deixá-lo dormir com você? Não se assuste se ele lamber os seus pés. Ele curte.

Mariko fecha os olhos como se estivesse pedindo paciência ao Senhor.

— Perdi o apetite.

Meu celular apita.

Eriku

Daijōbu desu ka? Está tudo bem?

Respondo: *Daijōbu desu.* Tudo. E deixo por isso mesmo.

FOFOCAS DE TÓQUIO

Luta de princesas

11 de novembro de 2022

Os convidados da festa anual no jardim da imperatriz ficaram chocados quando toda a família imperial foi escoltada para fora da propriedade pelos seguranças. Um turista estadunidense achou que seria divertido nadar pelado no fosso imperial (ver foto). O imperador voltou para a festa, mas a maior parte da família, não. S.A.I. as Princesas Izumi, Noriko, Akiko, seus pais e Sua Majestade a Imperatriz estiveram notavelmente ausentes.

O que será que aconteceu durante o sumiço deles?

"As três princesas acabaram tendo algum tipo de discussão", um informante palaciano contou ao *Fofocas*. "A imperatriz se reuniu com elas e com seus pais no escritório, visivelmente descontente." Neste momento, toda a propriedade imperial está no maior alvoroço enquanto as princesas se preparam para partir em uma viagem misteriosa *sozinhas*. O destino ainda é desconhecido.

"É confidencial", nosso informante disse. "Ninguém sabe para onde elas estão indo, exceto poucas pessoas. Mas está claro que estão sendo mandadas para longe."
A imperatriz anda muito preocupada com a longevidade da instituição imperial. Embora supostamente apoie o casamento de seu filho mais velho e herdeiro com uma plebeia estadunidense, ela exige que *todos* sigam certos códigos de conduta. O incidente com certeza prejudica os pais da princesa Izumi, que buscam a aprovação do Conselho da Casa Imperial para realizar seu casamento.

"Eles estão prestando bastante atenção em tudo", nosso informante afirmou. Diante do comportamento da princesa, as chances de conseguirem uma aprovação oficial se reduziram a uma margem ainda mais estreita. *Nozomi wa usui na* — será que podemos dizer que as chances são quase ínfimas?

18

Neblina cobre as janelas do trem. Limpo a condensação. A zona rural japonesa é um borrão verde e cinzento. Sento o mais longe possível das Gêmeas Iluminadas, o que significa que estamos em lados opostos do nosso vagão particular. Reina e os guardas imperiais das minhas primas estão entre nós, nos assentos de veludo roxo, lendo. Ainda temos que fazer uma baldeação em Nagoya e aguentar mais umas duas horas até chegarmos ao santuário.

Não é a primeira vez que viajo em um trem como este, cortando o interior do país. Esse é o modus operandi da família imperial para lidar com escândalos em potencial: se fugir, a fofoca não vai conseguir te pegar.

Fui mandada para Kyoto depois que ofendi o primeiro-ministro no seu casamento e depois que as Gêmeas Iluminadas me chamaram de *gaijin*. Mas tudo acabou bem. Aprendi muito durante meu tempo na primeira capital do Japão. Consegui até roubar um beijo de Akio. Enfim, é verdade aquilo que falam sobre a história se repetir.

Recebo uma mensagem.

Noora
Muito empolgada pra te visitar daqui
a algumas semanas! Pergunta: vou
precisar de um codinome? Se sim,
queria usar Jerome McBeaverfish.
Ahhh. Tão animada!

Noora

Parece que não falo com você há anos.
Me liga. Me liga. ME LIGA.

Eu

Não posso. Tô no trem.

Não é permitido falar ao telefone em viagens de trem. Olho para as minhas primas. O ar do vagão está tenso com uma pitada de culpa. Nada nunca acontece por causa delas. Escrevo outra mensagem.

Eu

Além disso, estou na presença de inimigas.

Noora

Como assim? Você está bem? MDS.

Eu

São as Gêmeas Iluminadas. Longa história. Mas estou indo pra longe pra me redimir, e minhas primas estão comigo. O objetivo é nos conectarmos.

Noora

Eita. Parece um chute no estômago. Me liga quando puder?

Eu

Beleza.

Fecho as mensagens, belisco o lábio e abro o navegador. Não preciso digitar o endereço, porque já o salvei nos favoritos. Abro a matéria do *Fofocas* e desço a tela. Sempre olho primeiro as imagens. Procuro as três fotos escuras e granuladas, tiradas à noite por uma teleobjetiva, uma em seguida da outra. Akio está atravessando a rua com uma mulher, ambos de cabeça baixa. Ele está um passo à frente dela. Os dois vestem uniforme: calça azul-marinho e camisa azul-clara de manga curta com dragonas nos ombros. Na segunda foto, ele está esticando o braço. Na última, estão de mãos dadas, e Akio a puxa pela rua movimentada. Avalio a mulher. Sua bochecha é ressaltada por um sorriso. Conheço essa expressão num rosto feminino: forte interesse e excitação borbulhante. *O que vai acontecer esta noite? Será que vai terminar com um beijo?*

Meu estômago se contorce. Quero ficar em posição fetal e chorar. Traduzi o texto com cuidado. Não consegui muitas informações. De qualquer jeito, imagens falam mais que mil palavras, não é? Elas me disseram que essa mulher é sua companheira de turma e me sugeriram que eles estão juntos há algum tempo. Seguro o celular com mais força. Será minha culpa? Será que Akio viu as fotos e as matérias sobre Eriku e arranjou alguém para seguir em frente? Queria poder falar com ele, queria contar sobre o meu namoro de mentira. *Eu nunca poderia te superar tão cedo assim. Eu estava com raiva e magoada. Magoada demais. Mas jamais me recuperaria tão rápido. Meu relacionamento com Eriku é só de fachada.* Só que...

É isso mesmo?

Balanço a cabeça, afastando a ideia. Olho mais uma vez para a mulher misteriosa. Aposto que ela e Akio têm zilhões de coisas em comum. O sabor de ferrugem do meu coração partido preenche minha boca. Um filme passa na minha mente: Akio olhando para Tamagotchi. Akio sentado na minha frente, com um tabuleiro de *Go* entre nós. Akio nos portões do palácio, me esperando. "Planejei esperar o tempo que fosse necessário para ver a princesa", ele falou depois que pediu demissão da guarda.

Já tínhamos nos separado antes. Enfrentado tempestades juntos. Mas sempre guardamos um espaço para o outro em nosso coração. Nos últimos meses, acabei me acostumando à dor da saudade de Akio — um latejar insistente e onipresente. Só que vê-lo com outra pessoa trouxe um sofrimento mais profundo, agudo e doloroso.

Meus olhos estão quentes e molhados de lágrimas. Observo as Gêmeas Iluminadas na minha visão periférica. Com uma espécie de sexto sentido, Akiko levanta a cabeça do celular e me encara como se estivesse escolhendo o melhor jeito de me esquartejar. Enxugo as lágrimas. *Não* vou deixá-las me ver chorando. Me faço de durona e tal. Não vou falar com elas. Não vou me envolver. Prometo solenemente.

Os freios gemem e silvam quando o trem para. As portas abrem. Reina e os outros guardas saem. Desembarcamos, e me surpreendo ao não ver a multidão de sempre. Algumas pessoas notam o vagão e se aproximam. Uma delas tira uma foto.

Uma mulher vestida com um sofisticado terno cinza e sobretudo de caxemira vem nos cumprimentar.

— *Konbanwa.* Sou a princesa Fumiko, sacerdotisa-chefe de Ise Jingū.

Eu esperava que a sacerdotisa-chefe fosse mais velha, como a imperatriz, imortal e elegante. Mas ela tem mais ou menos a idade da minha mãe, cabelos escuros e brilhantes em um corte modesto e uma pele cremosa de marfim. Usa um colar de pérolas no pescoço delicado. Certo, então beleza.

Enquanto nossa bagagem é descarregada, trocamos cortesias e reverências.

— *Hajimemashite.* — As Gêmeas Brilhantes dobram o tronco em um arco perfeito.

Imito-as depressa.

— *Yoroshiku onegaishimasu.*

— Bem-vindas a Ise — ela diz, notando meu nariz rosado e meus olhos vermelhos. — Agora, sigam-me.

Ela vira, e nós vamos atrás. Reina e os guardas imperiais se posicionam ao nosso redor — dois na frente, alguns ao nosso lado e os outros atrás, acompanhando o carrinho com as nossas bagagens e o carregador. Do lado de fora da estação, carros escuros com identificação imperial nos esperam no meio-fio. A bagagem é colocada em um veículo separado. Entro no carro e sento ao lado de Fumiko, de frente para as Gêmeas Iluminadas.

A viagem é curta, cerca de quinze minutos. Ise Jingū é na verdade um complexo de cento e vinte e cinco santuários xintoístas divididos em duas áreas principais: Naikū, o santuário interno, e Gekū, o santuário externo. Em suma, o templo é tão grande quanto o centro de Paris.

— Vocês podem se acomodar esta tarde, e começaremos suas obrigações amanhã — a princesa Fumiko anuncia.

A noite está caindo. A escuridão recobre a pequena cidade de Ujitachi-chō. Só consigo distinguir a arquitetura simples — edifícios com telhas curvas e contornados por varandas. É fácil sentir que fomos transportadas para o passado. Este é o lar espiritual da nação. É aqui que Amaterasu é cultuada. E é aqui que o espelho sagrado do imperador — uma peça de regalia imperial e um dos Três Tesouros Sagrados — é guardado. Segundo a lenda, Amaterasu se escondeu em uma caverna depois que seu irmão, Susanoo, jogou um cavalo esfolado em seu tear. Sem a deusa do Sol, o mundo mergulhou na escuridão e a fome se instalou — as colheitas murcharam e morreram. O espelho foi usado para atrair Amaterasu. A vida foi restaurada. O povo festejou.

Sou arrancada dos meus pensamentos quando a estrada suave vira cascalho. Chegamos. A casa de hóspedes tem telhados de quatro e de duas águas. Das janelas, vaza luz quente e amarelada. A floresta escura contorna a propriedade como uma fita de veludo verde. Desço do veículo e respiro fundo. O ar é fresco, exuberante e limpo. Tudo está tranquilo. Não vejo o habitual aglomerado de funcionários imperiais esperando para nos receber na porta. É estranho.

A princesa Fumiko abre a porta da frente e nós entramos e paramos no *genkan* para trocar nossos sapatos por pantufas. Mais uma vez, o silêncio me parece incomum. Sinto falta do barulho dos empregados correndo com seus afazeres por aí. Do ruído de panelas e frigideiras na cozinha enquanto o jantar é preparado. É tudo muito esquisito mesmo. E um pouco sinistro também.

Reina e os guardas imperiais se dispersam pela propriedade. Fumiko se volta para nós com um sorriso simpático.

— É uma grande honra que a imperatriz tenha tido tanto interesse em cuidar de sua estadia. Ela mesma escolheu suas acomodações. Por favor, sigam-me.

Suas pantufas ressoam no chão de madeira enquanto ela nos conduz por um corredor. Então, ela abre uma porta e anuncia:

— Seus aposentos.

Espio o interior e arregalo os olhos diante do vazio. O quarto é todo coberto por tatames e a única coisa que tem dentro é uma luminária pendendo do teto por um fio. Fumiko tira as pantufas, atravessa o cômodo e abre a porta do armário.

— A roupa de cama — ela diz, apontando para três futons dobrados, edredons e travesseiros. — Roupas também serão providenciadas. — Nos cabides, há algumas calças e blusas brancas. — Por gentileza, estejam prontas às cinco e meia da manhã.

Ela sai do quarto. E nos mostra de modo apressado o restante da casa — outra sala de tatame com uma mesa baixa e cadeiras, um banheiro compartilhado e a cozinha. Ela pega uma cesta no balcão e diz:

— Seus celulares, por favor. — Akiko, Noriko e eu levamos as mãos ao peito, agarradas aos nossos aparelhos. — Por favor — ela repete, sacudindo a cesta para nós. — A imperatriz quer que vocês se concentrem em seus deveres e em suas relações familiares. E ela acredita que será melhor se não tiverem distrações.

Com a mesma relutância com que Tamagotchi enfrenta a hora do banho, largo o celular na cesta. Akiko e Noriko resistem um pouco mais antes de renunciarem aos aparelhos. Então ficamos paradas ali, em estado de choque. Não sei bem o que estava esperando, mas com certeza não era isso.

— Obrigada — Fumiko diz, com um sorriso compenetrado. Ela abre um armário na cozinha e guarda a cesta. Em seguida, torce a mão, trava a fechadura e enfia a chave no bolso. Fico observando seus movimentos. — Bem, então boa noite. Lembrem-se, cinco e meia amanhã. — E vira para ir embora.

— *Chotto matte, kudasai* — Noriko fala em um tom desesperado. Fumiko para e vira para nós.

— Sim?

— *Sumimasen*. E o... e o jantar? Estou com fome — ela diz, vacilante.

— *Sō desu ne. Onaka suita no!* — "Concordo. Eu também estou com fome", Akiko choraminga.

— Claro, claro. *Sumimasen*. — Fumiko volta para a cozinha, abre um armário e pega uma panela. Então vai até a geladeira e escolhe alguns vegetais, dispondo-os no balcão. — Sugiro começarem com algo simples. Talvez legumes cozidos em *dashi*. Mas fiquem à vontade para serem tão criativas quanto quiserem.

Akiko fica boquiaberta.

— Você quer que a gente cozinhe?

— Nós mesmas? — Noriko pergunta, nervosa.

— Vocês são jovens inteligentes e capazes. Sei que vão dar um jeito. Agora, com licença. Também preciso acordar cedo para cumprir os meus deveres.

Nós a observamos sair e fechar a porta. Caímos em um silêncio opressor. Akiko e Noriko se jogam em cadeiras.

— Não se preocupe — Akiko sussurra para a irmã, com uma pitada de fragilidade na voz. Ela faz carinho na mão de Noriko de uma forma alarmantemente humana. — A gente vai dar um jeito. — Ela então levanta e vai até os armários para vasculhá-los. Momentos depois, aparece com um pacote de *noodles*. — Vou fazer uma sopa — anuncia, orgulhosa.

Cruzo os braços e recosto na parede, achando tudo meio que fascinante — assim como quando vi no zoológico um urso tentando entender como deitar em uma rede. Fico observando Akiko colocar a panela no fogão e girar um botão vermelho até o fim. No mesmo instante, a cozinha é preenchida pelo cheiro de gás. Akiko franze a testa, claramente se perguntando o que fez de errado. Ela coloca a mão sobre a boca do fogão.

— Era pra estar quente.

Noriko sorri, encorajando-a, e diz:

— *Ganbatte.*

— Ah, meu Deus. — Giro o botão de volta e corro pela cozinha, abrindo as janelas. — Está tentando matar todo mundo? — Fico perto da janela para respirar ar fresco. Akiko me encara sem entender nada. — Senta. Vou fazer algo pra gente.

Ela afunda na cadeira. Ambas ficam caladas enquanto faço meu próprio inventário da cozinha. Pego um pedaço de pão, manteiga, queijo e uma frigideira. Acendo o fogão. Enquanto a panela esquenta, passo manteiga no pão e coloco o queijo por cima. A frigideira chia com a manteiga... e de repente sou invadida por uma lembrança de minha mãe e eu na nossa cozinha em Mount Shasta. "Posso ajudar?", perguntei, arrastando um banquinho do banheiro até o balcão de fórmica. Eu tinha cinco anos. "Claro", ela disse, me mostrando como passar manteiga no pão. Dez minutos depois, disponho os pratos diante de Noriko e Akiko.

— O que é isso? — Akiko pega o sanduíche e o cheira, perplexa.

— Queijo quente — digo, com a boca cheia.

Ela dá uma mordida e diz:

— Até que dá pra comer.

Depois de provar, Noriko fala:

— Está gostoso.

Tá. Finjo que não escutei e não notei como elas estão devorando seus sanduíches. Elas conversam como se eu não estivesse presente. Lamentam ter perdido seus programas favoritos esta noite. Queriam poder ir a algum *onsen*, ou seja, as águas termais do bairro. E reclamam das roupas que vamos ter que usar — péssimas.

Quando termino de comer, espalmo as mãos na mesa para levantar.

— Vamos fazer um acordo — digo, me perguntando por que é que estou fazendo isso, o que foi que fiz na vida passada para merecer as Gêmeas Iluminadas como parentes e que tipo de retribuição cármica é esta.

Akiko fica nervosa.

— Que tipo de acordo? — ela pergunta, com um brilho desconfiado nos olhos.

Limpo meu prato e o deixo na pia. Eriku comentou que era difícil para elas confiarem nos outros. Estou intrigada. Me apoio na bancada.

— Posso cozinhar, se vocês lavarem a louça.

Akiko e Noriko respiram fundo e se comunicam com o olhar. Estou prestes a jogar as mãos para o alto e falar para deixarem para lá quando elas se decidem.

— Combinado — Akiko fala. — Só que... — Ela faz uma pausa, franzindo as sobrancelhas como se estivesse odiando ter que falar o restante. Também franzo o cenho, à espera. — Você vai ter que nos mostrar como é que se lava louça.

19

Nossa bagagem ainda está no carro, então a descarregamos e a trazemos para dentro. Akiko reclama de ter quebrado uma unha. Tomamos banho e nos preparamos para dormir. As Gêmeas Iluminadas montam suas camas o mais longe possível de mim. Sem me perguntar se estou pronta, apagam a luz. Sigo tateando na escuridão até o meu futom. Procuro meu celular para colocar o despertador. Mas logo percebo que não estou com ele. Como vamos acordar? Abro a boca para perguntar para as gêmeas, mas elas já estão dormindo, com a respiração pesada e regular.

Viro de lado e me encolho. Meus pensamentos estão agitados e meu coração está dolorido. Ver a foto de Akio com outra garota abriu a ferida que eu pensava estar sarando. Tentei me afundar nos estudos, no noivado dos meus pais e até em Eriku. Mas tudo veio à tona agora. O sofrimento. A dor. E muito mais. É difícil admitir, mas fico me questionando se Akio estava *mesmo* certo. Será que nosso relacionamento era complicado demais? Será que ele tinha razão? Fui ingênua ao pensar que a gente poderia fazer dar certo? Será que nossa relação foi construída sobre bases muito frágeis, que simplesmente não poderiam durar? Será que Akio encontrou alguém mais adequado, alguém com quem ele possa dividir seu cotidiano? Aposto que ela também é pilota. Será que ele está feliz agora? E *eu*, será que estou mais feliz?

Com Eriku, às vezes meio que sinto que sim. Tenho muito mais coisas em comum com ele. Tudo é fácil e divertido. Parece que estou em um cabo de guerra com Akio e Eriku. E de que lado estou? De nenhum — estou bem no meio. Chafurdando em um poço de lama emocional. Nos últimos segundos antes de cair no sono, penso em levantar para procurar um relógio na cozinha, mas então apago.

Acordo com Akiko remexendo o armário e vestindo sua blusa. O futom de Noriko já está dobrado e guardado.

— Que horas são? — pergunto.

— Quase cinco e meia — ela diz. — Seu ronco me deixou acordada a noite toda, foi horrível. Você faz um som meio que molhado, ofegante, como se estivesse se afogando. Lá pelas quatro eu só desisti e acordei de vez. — Ela sai do quarto.

Visto as roupas simples de Fumiko, faço minhas coisas no banheiro e então desço o corredor. Noriko está sentada na mesa da cozinha enquanto Akiko faz uma trança em seus cabelos e a enfeita com uma fita vermelha. Elas não percebem minha presença. Fico parada com a mão no batente.

— Precisamos recuperar nossos celulares — Noriko fala baixinho, olhando para o chão e girando os polegares. — Acha que ela está comendo? Trocando de roupa de manhã?

Akiko aperta o ombro da irmã e depois volta a trançar com dedos ágeis.

— Mamãe vai ficar bem.

Noriko morde o lábio.

— Não sei, Aki-*chan*. Ela está acostumada a falar com a gente todos os dias. Quem vai cuidar dela?

Sinto meu coração se abrir para as duas. A preocupação delas se infiltra em mim e me enche de compaixão. Parece errado bisbilhotar a conversa. Entro na cozinha abrindo os braços.

— *Ohayo*! O que tem de bom pro café da manhã?

Akiko franze o cenho. Abro um sorriso amarelo antes de vasculhar os armários, procurando algo para a gente comer. Ligo a panela de arroz. Tiro a frigideira do escorredor. Pego uns ovos na geladeira.

— Posso ajudar? — Noriko pergunta, terminando a trança.

— Hum, claro — digo, mantendo um tom casual. Passo para ela uma faca e uma tábua junto com alguns vegetais, organizando tudo perto da grelha de peixes. — Vou fazer omeletes. Pode picar os pimentões e as cebolas? — Pela forma como ela segura a faca, fica claro que nunca fez isso antes. Gentilmente, eu a tiro das suas mãos. Talvez seja melhor lhe dar algo sem ponta. — Esquece. Por que não bate os ovos? — Quebro um ovo em uma tigela e a ofereço para ela, depois de mostrar como fazer.

Quando termino de preparar tudo, já está amanhecendo. Akiko e Noriko estão encolhidas em suas cadeiras feito um par de gatinhas se aquecendo ao sol. Ao contrário do que fizeram ao ver o queijo quente da noite passada, elas atacam sem cerimônia as omeletes e o arroz. Comemos sem falar nada, e o único som é o tilintar dos *ohashi* contra as tigelas.

A viagem até o templo é rápida e suave. Noriko cutuca as unhas, preocupada. A certa altura, Akiko murmura para a irmã:

— Para. *Yamete*. Vai ficar tudo bem. — Fico olhando para a janela, fingindo não ouvir.

Fumiko nos cumprimenta no santuário. Seu sorriso fácil me parece falso. O cascalho branco estala sob nossos pés enquanto caminhamos em silêncio até um imponente portão *torii* marrom, a fronteira entre o mundo humano e o mundo espiritual. Paramos para fazer uma reverência, então entramos pelo lado esquerdo (o centro é reservado para os espíritos, já que eles devem passar por ali). Em seguida, paramos de novo no *temizuya* para limpar nossas mãos e bocas. E, por fim, entramos no santuário. Degraus de pedra nos conduzem a uma construção simples de madeira. Diante do altar, fazemos duas reverências, batemos palmas duas vezes, rezamos e fazemos mais uma reverência para agradecer aos deuses.

É difícil não ser arrebatada. Dominada. Os degraus que atravessamos são os mesmos que cada membro da família real atravessou há mais de mil anos. O lugar é soturno e pacífico, e sinto um nó na garganta por fazer parte desse ritual. Olho para as gêmeas. Seus olhos estão brilhando. Será que elas também sentem? Como estamos conectadas à terra e uns aos outros?

— Por aqui — Fumiko diz depois de um tempo.

Ela nos leva mais para dentro da propriedade, para um local de acesso limitado.

Nossos deveres acontecerão atrás das altas cercas de madeira, onde ninguém pode nos ver, explica Fumiko. Cada sopro do vento traz consigo o som de sinos tilintantes. Um sacerdote xintoísta está nos esperando. Vestido todo de branco, ele segura três vassouras de palha, faz uma reverência e entrega uma para cada.

— Agora, vocês vão varrer — Fumiko nos instrui.

Olho em volta, avaliando a área. O terreno é enorme. Trilhas de cascalho branco se estendem pela floresta como um labirinto sem fim.

— Por quanto tempo? — arrisco perguntar.

Fumiko inclina a cabeça para mim.

— Até terminarem.

Noriko levanta a cabeça para o céu e estremece — faz frio na morada da deusa do Sol.

— E se chover?

— Vocês vão se molhar — Fumiko diz.

Começamos a trabalhar, e ela fica nos observando por um tempo. Pisa em algumas folhas e sinaliza para que nós as limpemos. Quando ela vai embora, as Gêmeas Iluminadas e eu passamos a nos ignorar. Não percebo nenhum comentário maldoso nem olhar atravessado. Depois de uma hora, Akiko e Noriko param e passam por baixo de uma corda para recostar em um cipreste. Eu também paro. Não dá para ver o rio daqui, mas é possível sentir a água no ar. Levanto a cabeça, deixando que o frescor cubra minhas bochechas.

O sacerdote surge do nada, batendo as mãos de um jeito que lembra um chicote estalando. Com um sorriso generoso, ele gesticula para que continuemos a trabalhar.

Depois que trazem o nosso almoço — um simples *bentô* —, ele nos leva para o outro lado da propriedade. O dia passa em um longo e agonizante silêncio. Fumiko aparece para nos liberar, inspecionando se cada centímetro da área está bem varrido.

De volta à casa, Akiko examina as mãos de Noriko. Suas palmas estão vermelhas e enrugadas. No banheiro, encontro pomada e curativo.

— Aqui — digo, entregando as coisas para Akiko.

Ela se inclina para Noriko enquanto começo os preparativos para o jantar. Vou fazer um *stir-fry* rápido na frigideira.

— Você não vai precisar? — Akiko pergunta, antes de deixar de lado a pomada e o curativo.

— Não, minhas mãos não estão machucadas. — Olho para Noriko, enquanto pico os vegetais. — Vocês seguraram a vassoura com força demais.

— A gente deveria ouvi-la — Akiko diz com ares de sabedoria. — Ela está mais acostumada com trabalho braçal.

Por algum motivo, seu comentário não me provoca a mesma raiva que antes.

— *Sō desu* — digo, seca. Jogo os vegetais na frigideira, que chia e preenche o ar com o aroma de cebola refogada. — Tenho mãos de trabalhadora.

— Foi assim que você foi criada? — Noriko pergunta.

Ah, meu Deus, ela está me fazendo uma pergunta sincera!

— Não. — Mexo os vegetais. — Não cresci trabalhando. Mas minha mãe me ensinou a varrer e a cozinhar. — Sirvo o arroz em tigelas e coloco o *stir-fry* ao lado.

No meio do jantar, Noriko pergunta:

— O que você quis dizer quando falou que somos incapazes de não ser horríveis, porque fomos criadas assim? Que somos um produto do nosso meio?

Perplexa, fico pensando enquanto mastigo e engulo a comida. Lembro vagamente de ter dito isso. Tudo está meio que borrado por uma névoa lamentável de raiva. Sei que aquela não era minha melhor versão.

— Ah, hum. Eu não deveria ter falado aquilo. Eu... *Gomen nasai.* — Acabei de pedir desculpas para as Gêmeas Iluminadas. Aguardo um momento, sentindo o súbito calafrio do inferno congelante.

— Você está certa. Não deveria ter falado aquilo — Akiko diz. Ela faz uma pausa profunda e descontente. — Mas você acha mesmo isso, não é?

Respiro fundo, paralisada pelos olhares ferozes das gêmeas.

— Eu... acho, sim. Não consigo nem imaginar como é crescer sob os holofotes como vocês. Mas não foi justo jogar esse tipo de coisa na cara de vocês. Acho que é algo que vocês nem percebem, na verdade.

Chego à conclusão de que elas são vítimas das circunstâncias. Mesmo assim não justifica o que fizeram. Às vezes, não é possível mudar as coisas, mas é possível compreendê-las.

— Tem razão — Noriko diz com naturalidade.

A poeira da conversa baixa ao nosso redor. Não ouço nada do lado de fora, exceto alguns insetos noturnos. As gêmeas se voltam para a comida e ficam conversando, me excluindo de novo.

De noite, saio do quarto sorrateiramente e vou até a cozinha. Sinto a madeira gelada nos meus pés descalços enquanto me aproximo do armário onde estão nossos celulares com um grampo de cabelo na mão. Abaixo e espio a fechadura.

— O que está fazendo?

Dou um pulo. Levo a mão ao peito e viro. Akiko está perto da pia.

— Você me assustou. — Lanço a ela meu melhor olhar perplexo. — Pensei que fosse Fumiko.

Dou as costas para ela, enfio o grampo na fechadura e começo a mexer. As travas cedem e fazem um clique decisivo. *Rá.* Arrasei. Se Mariko me visse agora, arrombando fechaduras, morreria. Uma princesa jamais faria isso.

Resgato nossos aparelhos; o de Akiko é o de capinha brilhante, e o de Noriko, de couro em relevo. Vou até ela com a mão estendida.

— Aqui — digo, oferecendo os dois celulares.

Ela me estuda por um momento.

— Por que está fazendo isso?

Dou de ombros, tentando disfarçar. *Porque vocês estão tristes e preocupadas com a sua mãe, e eu gostaria que, se fosse o contrário, alguém fizesse isso por mim.*

— Desculpe pelas merdas que falei fora do escritório da imperatriz. Akiko pisca e pega os celulares, arranhando as unhas na minha palma.

— *Oyasumi.* — "Boa noite", digo, e viro.

Já estou na metade do corredor quando ouço a voz de Akiko.

— Você estava enganada quanto ao vestido para o banquete de boas-vindas do sultão. Não era uma armadilha. Noriko estava empolgada para ver você nele. Ela tinha ficado orgulhosa da escolha. Daí quando você foi com outro e inventou aquela desculpa sobre os fios... — Ela faz uma pausa. — Eu te mostrei as fotos de Akio de propósito. — Ela ergue o nariz. — Eu... Eu não gosto quando as pessoas magoam Noriko.

— Sei. — Inspiro a nova realidade. De repente, todas as minhas interações com as gêmeas são ressignificadas. Será que eu também fui a vilã nessa história? Será que as julguei mal? Sim, às vezes, sim. — Bem, então me desculpa por isso também. Eu não queria deixar Noriko chateada. Vou pedir desculpas para ela de manhã.

A gente fica se encarando.

— Tá.

— Tá, então. — Ambas levantamos bandeiras brancas. E quase não consigo acreditar nisso. — Bem... hum, bom falar com você. Boa noite.

Vou embora, fugindo para a sala principal com o celular. Uma vez sozinha, fico imóvel, processando o que aconteceu. Não falamos muito, mas acredito que uma trégua tenha sido declarada ali no corredor. As surpresas nunca acabam. Soltando o fôlego, sento na mesinha baixa e desbloqueio o celular. Preciso contar a novidade para alguém.

Mas... meus pensamentos se desviam para a matéria do *Fofocas*. Para Akio. Como se estivesse possuída, abro o site. As fotos são as mesmas, claro. Fecho o navegador e apago o histórico de busca. Então percorro meus contatos até chegar ao nome dele. Meu dedo fica pairando sobre a tela, quero ligar para ele. *O que estou fazendo?*

Respirando fundo, aperto. Um poço se abre no meu estômago quando escuto a linha. Fico contando os toques. Um. Dois. Três. Caixa postal. O poço sobe até a minha garganta quando ouço a voz grave e melódica de Akio pedindo para deixar uma mensagem. Engulo em seco. Algumas lágrimas caem. Desligo logo antes do bipe. Fico sentada ali por um tempo, sentindo o corpo pesado.

Por que pensei que ele fosse estar esperando minha ligação? Definhando em Nara? Burra, que garota burra eu sou. Chega de esperar por ele. *Isso mesmo*, meu coração concorda. Chega de pensar em Akio, no que poderia ter acontecido. *Isso, isso!*, meu coração concorda mais ainda. Chega de esperar uma reconciliação. Talvez seja melhor assim. Akio está onde e com quem deveria estar. Eu também mereço isso.

Abro as mensagens e escrevo:

Eu

Oi.

Ele responde quase na mesma hora. Limpo o nariz com a manga da blusa.

Eriku

Está viva.

Eu

Desculpe o sumiço.

Eriku

Vou ter que avisar as autoridades?

Eu

Não. Estou exatamente onde deveria estar... acho.

Eriku

E onde é isso?

Recosto na cadeira baixa e cruzo as pernas.

Eu

Estou varrendo templos com minhas arqui-inimigas. Pera… agora talvez sejamos *frenemies*, não tenho certeza.

Eriku

É alguma metáfora ou algo assim?

Eriku

Posso te ligar?

Eu

Beleza.

Eriku

Ligando.

Meu celular toca, e respondo baixinho:

— *Moshi moshi.* — Minha voz está um pouco rouca. Se Eriku perceber, vou dizer que só estou cansada. Que foi um dia longo.

— Então — ele diz, sonolento e sorridente. — Templos, arqui--inimigas, parece que tem uma história aí.

Bocejo.

— É muito longa. Quanto tempo você tem?

— Para você? — ele pergunta, baixando a voz. — A noite toda.

Levo um tempo para contar tudo o que aconteceu desde a última vez que nos vimos, na festa no jardim. Quando termino, digo:

— É isso. Aqui estou eu.

— Aí está você — ele devolve, carinhosamente.

— E você? Como estão as coisas?

— Bem. Bem demais. Faz dias que meu pai não comenta nada sobre eu assumir o negócio da família. Tudo o que ele quer é que eu continue fazendo o que estou fazendo. Ele até disse que eu poderia seguir na universidade, já que você vai estar lá na primavera. O que não seria tão ruim, sabe? Posso até imaginar a gente zanzando pelo campus — ele fala com uma voz baixa e rouca, que me envolve feito um abraço. — A comida do refeitório é bem subestimada.

Abro um sorriso. Também posso imaginar a gente no campus. Só que...

— Eu não passei.

— *Ainda* — Eriku fala energicamente. — De qualquer forma, o peso das exigências do meu pai enfim aliviou.

— Que ótimo — digo, com o coração exultante por ele.

— Eu sei — ele fala, e solta um suspiro profundo. — Tudo está indo tão bem que fico até apreensivo.

Conversamos mais um pouco. Quando vou para a cama, pego no sono com facilidade.

Os próximos cinco dias e noites se misturam em um emaranhado de vassouras, árvores sendo plantadas e cercas sendo pintadas. Faço questão de pedir desculpas a Noriko pelo vestido. Somos civilizadas. Cordiais. Até cooperamos. Akiko pica vegetais. Noriko põe a mesa. Eu cozinho. Trabalhamos como uma máquina silenciosa e bem lubrificada.

No nosso último dia, Fumiko se despede de nós no templo.

— Vou informar a imperatriz que vocês se comportaram bem.

Um sacerdote se aproxima com nossos uniformes dobrados com cuidado.

— Um presente — Fumiko diz enquanto ele os distribui. — Para lembrá-las da sua estadia aqui.

Na estação de trem, Akiko joga as roupas brancas no lixo. Noriko dá um sorrisinho e, dando de ombros, a imita. Elas esperam que eu faça o mesmo. Mas eu abraço as roupas. Provavelmente nunca mais vou usá-las. Pelo menos, acho que não. No entanto, fico um pouco sentimental. É uma lembrança desse período estranho e transformador. Foi ali que deixei Akio para trás. E onde encontrei... algo.

— Está tudo bem? — Reina pergunta enquanto guardamos as bagagens. Eu a vi durante a semana, mas não nos falamos.

— Acho que sim — digo, entrando no vagão.

Akiko se move para retirar uma mala do assento na frente dela e da irmã. Ela levanta a sobrancelha para mim, em uma indagação silenciosa. *Você vem?* Aceno a cabeça e me acomodo na poltrona perto delas.

20

O sr. Fuchigami e Mariko me recebem no palácio.

— Acredito que sua estadia tenha sido produtiva — ele diz, me cumprimentando no *genkan*. Tiro os sapatos e enfio os pés em um par de pantufas.

— Foi sim — concordo. Pela primeira vez em meio ano, não estou nem um pouco brava com as gêmeas. Veja só que milagre. — Meu pai está em casa?

Mariko balança a cabeça.

— O príncipe herdeiro tinha um compromisso com o grão-duque de Luxemburgo.

Minha mãe está na cidade com a imperatriz. Trocamos algumas mensagens. "Cheguei", escrevi do carro. "Que bom, estou a caminho de uma exposição de fotos de pássaros. Me liga mais tarde?", ela respondeu. Eu prometi que ligaria.

Vamos até a sala da família.

— Sua Alteza — o sr. Fuchigami diz. — Sua correspondência. — Seus olhos cintilam quando ele faz uma reverência e me oferece um punhado de cartas em uma bandeja de prata com um abridor de platina.

Me aproximo dele. No topo, há uma carta cujo remetente é "Exame de Admissão em Universidades Japonesas". É a minha pontuação no EJU.

O envelope parece fino e leve nas minhas mãos, mas pode muito bem pesar mil quilos. Engulo em seco e fico olhando para Mariko com os olhos arregalados; a expressão dela oscila entre empolgação e nervosismo.

— Abre — ela me encoraja.

Respiro fundo e viro de costas para o sr. Fuchigami e Mariko, me afastando um pouco. Vou até a janela. Vejo um jardineiro de chapéu safari cáqui agachado no chão, verificando um irrigador.

Contorcendo os lábios, abro o envelope e puxo duas folhas de papel. Passo os olhos pela introdução e sigo para a segunda página, que contém as notas. Elas estão divididas por assunto. Japonês como língua estrangeira: trezentos e sessenta, de quatrocentos e cinquenta. Japão e o mundo: cento e sessenta, de duzentos. Biologia: oitenta e cinco, de cem. Química: oitenta e um, de cem. Levo um tempo para somar tudo.

— *Gōkaku shita.* — "Passei", digo, baixinho, virando para encarar o sr. Fuchigami e Mariko. — Eu passei — repito mais alto, saltitando. — Eu passei. Eu passei. Eu passei! — Puxo Mariko para um abraço apertado. Primeiro ela fica rígida nos meus braços, depois me abraça de volta, constrangida.

— *Omedetô gozaimasu.* — "Parabéns", ela sussurra quando a solto. O sr. Fuchigami faz uma reverência com um raro sorriso no rosto.

— Sim, parabéns.

Sorrio para eles com a carta no peito, apreciando este momento.

— Deixe-me ver — Mariko diz, pegando os papéis para dar uma olhada.

O sr. Fuchigami limpa a garganta.

— Izumi-*sama* — ele sussurra. Mariko está a alguns metros de distância, e não parece nos ouvir. — Gostaria de me desculpar por não estar ciente da discórdia entre você e suas primas. Se eu soubesse… nunca teria sugerido que você passasse um tempo com elas. Não quero causar conflitos.

Inclino a cabeça para ele, e o calor que sinto dentro de mim se expande. Primeiro, passei no EJU, e agora o sr. Fuchigami está admitindo que se importa comigo.

— Sabe, está tudo bem. Quero dizer, não estava, mas agora que tive a chance de conhecer Akiko e Noriko melhor, não acho que elas sejam tão ruins assim. — Sorrio. — Não somos melhores amigas nem nada disso, mas está tudo bem. Não vamos mais quebrar vasos.

O sr. Fuchigami se balança nos calcanhares.

— Excelente.

— Quase esquecemos. — Mariko dá um passo à frente. — Tem uma outra carta que acho que você vai querer ver.

— Ah, é? — pergunto, franzindo a testa.

Mariko me oferece a bandeja de prata de novo com uma carta da Universidade de Tóquio. Reviro o envelope, que é tão fino quanto o do EJU. Sei de observar Noora, Glory e Hansani abrindo suas cartas de aceitação que elas costumam vir em envelopes pardos grossos. O pavor se espalha pelo meu estômago. Posiciono o polegar no canto e rasgo o papel, me jogando no sofá.

Para: Sua Alteza Imperial a Princesa Izumi

A Universidade de Tóquio requisita sua presença para uma entrevista...

A carta segue informando que a entrevista pode ser presencial ou por telefone e oferecendo datas. Meu coração bate tão alto que eu mal consigo ouvir minha própria voz quando digo:

— Fui convidada para uma entrevista.

Quando viro, Mariko e o sr. Fuchigami estão sorrindo para mim. Nunca experimentei nada assim antes. Deve ser como os escaladores se sentem ao chegar no topo de uma montanha — ao olhar para baixo, é possível lembrar de cada passinho. Eu consegui. Este momento é meu.

A primeira pessoa para quem ligo é Eriku. Ele concorda em me encontrar na Biblioteca Imperial. Está chovendo, mas não ligo. Saio correndo do carro e subo a escada, agitando as cartas para ele enquanto deslizo pelo piso de mármore vermelho. Ele está me esperando do outro lado das catracas de bronze, as quais eu atravesso gritando:

— Eriku! Eu passei e fui convidada pra uma entrevista na Universidade de Tóquio! — solto num fôlego só, sorrindo tanto que meu rosto até dói.

Ele sorri, abre os braços e me jogo neles com naturalidade. Ele me abraça apertado. Sinto sua bochecha no meu cabelo e seu hálito no meu ouvido quando ele fala:

— Parabéns.

Olho para ele e dou um passo para trás, surpresa com a demonstração de afeto. Nossos olhares se cruzam e um calor se espalha pelas minhas veias feito melaço.

— Hum, o-obrigada — gaguejo.

O sorriso de Eriku fica mais doce.

— Você se esforçou muito. *Yoku ganbarimashita.* — "Você conseguiu."

Pisco, paralisada e sentindo diversas sensações correndo pelo meu corpo, tentando formular uma resposta. Os olhos de Eriku são límpidos feito cristal e têm um tom sépia. São sinceros, e de alguma forma vulneráveis. As cartas fazem barulho na minha mão e o momento passa.

Eriku limpa a garganta e pega as cartas. Ele cora de leve enquanto verifica as notas e a carta da universidade.

— A entrevista vai ser daqui a algumas semanas. — Ele me encara. — É melhor a gente começar logo, se quiser se preparar.

— A gente? — pergunto, esperançosa.

— Claro — ele responde, com um sorrisinho no canto da boca. — Sei exatamente o que eles vão te perguntar. Fui entrevistado por universidades seis vezes.

— Tem certeza? Você só tinha que me preparar para o EJU.

— Tenho certeza — ele diz, assentindo, decidido. — Quero te ajudar. É o que fazemos por alguém que... quero dizer, é o que fazemos pelos amigos, não é?

Eu o observo com atenção. O sangue sobe para as minhas bochechas.

— Sim... sim, é exatamente o que fazemos pelos amigos.

$\star\ \star\ \star$

— Certo, vamos ouvir seu melhor *jikoshōkai*! — Eriku fala um pouco entusiasmado demais.

Ele está sentado na cadeira. Alegre e pronto. Mudamos algumas coisas e escolhemos estudar em casa, no palácio, e não na biblioteca. Tamagotchi mordisca uma pantufa debaixo da mesa. É o terceiro dia de ensaio para a entrevista. Vou ter que responder a perguntas pessoais e acadêmicas. Mas, antes de tudo, preciso fazer um *jikoshōkai* — uma apresentação sobre mim.

Levanto o mais devagar possível. Estou tendo flashbacks repentinos de quando cheguei a Tóquio e tive que fazer um *jikoshōkai*. Fiquei tagarelando sobre mim e meu cachorro fedido, e em seguida me deu um branco terrível e humilhante. De volta ao presente, engulo em seco e limpo a garganta.

— *Watashi wa Izumi Tanaka desu. Amerika kara kimashita. Ringo ga suki desu.*

Comento algo sobre Tamagotchi e Mount Shasta, sobre quanto amo o Japão e maçãs. Ao terminar, fecho a boca e fico encarando Eriku, desolada. Pela primeira vez, ele não está sorrindo. Foi tão ruim assim?

— Certo — ele diz, acenando a cabeça e refletindo. — Vamos aprimorar isso. Primeiro, lembre-se de ler a atmosfera, *kūki wo yomu*. O entrevistador da universidade provavelmente não está interessado no seu amor por maçãs. — Eriku me ensina a maneira mais sutil e educada de me apresentar, com *to mōshimasu* em vez do costumeiro *desu*. E que eu devo sempre dizer meu sobrenome primeiro, depois meu nome de batismo.

— Entendi — digo, apesar de estar me perguntando se algum dia vou conseguir falar essa língua direito.

— Vamos trabalhar nas perguntas. — Eriku pega um papel de anotações na mesa. — Qual é a sua maior fraqueza?

Mordo o lábio e fico revirando a pergunta na cabeça.

— Acho... que sou perfeccionista? — Não é verdade. Minhas maiores fraquezas são os estudos, Tamagotchi e minha mãe. Mas acho que não devo responder isso. Diante da careta de Eriku, falo: — Resposta errada?

Ele saca um pacote de M&M's da bolsa, abre e espalha os doces na mesa laqueada e brilhante. Coloca um dedo em uma bolinha verde e a desliza na minha direção. Pego-a e a coloco na língua, deixando que a casquinha e o chocolate derretam no calor da minha boca. Eriku se reclina para a frente, me observando por alguns segundos. Boto a língua para fora e lambo os lábios.

Ele tosse, balança a cabeça e desvia o olhar.

— A resposta correta é: "Eu me concentro demais nos detalhes", ou "Eu tenho problemas para pedir ajuda". — Atrás dele, o relógio de animais do zodíaco bate meio-dia. Ele desliza outro M&M para mim. — Se disser "sou perfeccionista", isso não responde a verdadeira questão que há por trás da pergunta. O entrevistador está procurando entender como você trabalha com os outros e como vai superar seus defeitos.

— Ok. — Faço uma anotação. Então escrevo em letras maiúsculas: SOU PERFECCIONISTA, e risco as palavras.

Aff.

Levanto a cabeça ao ouvir um cachorro latir. Tamagotchi surge debaixo da mesa e começa uma correria frenética de um lado para o outro.

— Desculpe — Eriku diz. — Trouxe Momo-*chan* comigo hoje. Prometi a ela que a levaria ao parque de cachorros mais tarde. Pensei que ela ficaria bem no carro por uma hora ou duas, já que está tão frio. Mas aparentemente ela precisa de mim. — Momo-*chan* late de novo, emitindo um som que vem do fundo da garganta. — E ela também está com fome.

— Você entendeu tudo isso só com os latidos? — Organizo minhas anotações em uma pilha.

— Sou fluente em Momo-*go* — ele diz. "Go" significa língua.

Na porta, Tamagotchi está ficando maluco, agita as patas e solta um latido agudo.

Levanto e vou com Eriku até o *genkan*. Ele está usando um conjunto de moletom hoje. Calça os sapatos e olha para cima, abrindo um sorriso grande e radiante para mim, com a potência de dez mil watts. Abro e fecho as mãos. Ele se aproxima, enquanto Tamagotchi corre ao nosso redor feito um minitornado.

— Izumi — ele diz, sério, a apenas alguns centímetros de distância, me lançando um olhar ardente. — Queria sugerir uma coisa... — Ele umedece os lábios. — Mas, por favor, me diga se for cedo demais para isso.

Engulo em seco.

— Beleza.

Ele hesita e passa a mão pelo cabelo, que fica todo espetado.

— Acho que está na hora de darmos um passo na nossa relação... Olho em volta. Estamos sozinhos.

— Você acha? — Meus olhos se fixam nos dele, cautelosos.

Ele acena, sério, e se inclina para pegar minhas mãos, segurando-as com firmeza. É uma coisa tão simples. A gente se tocar. Não tem nada de mais. Só que meu coração se revira feito uma chinchila dando cambalhotas em serragem nova.

— Eu acho — ele solta de uma vez. — Acho que está na hora... Bem, chegou a hora de nossos cachorros se conhecerem.

Eriku abre um sorriso tão livre e contagiante que preciso desviar o olhar.

É assim que fui parar fora do palácio, segurando a coleira de Tamagotchi com força enquanto Eriku pega Momo-*chan* no carro. A janela de trás está aberta, e um são-bernardo enorme aparece. Baba escorre das suas bochechas, formando uma poça no cascalho. Tamagotchi rosna, puxando a coleira. Cão psicopata. Pensando bem, esta provavelmente não é a melhor ideia do mundo.

Reina se aproxima.

— Ele deveria ser punido por deixar esse cachorro babar no carro.

— Reina! — digo, chocada.

Eriku abre a porta. Momo-*chan* pula do carro e dispara. Ah, meu Deus, ela é tão fofa que eu poderia morrer. Tamagotchi se solta da coleira e sai correndo na direção dela. Fecho os olhos. Eu deveria ter chamado o veterinário imperial. Mas então... percebo que está tudo quieto. Abro um olho, depois o outro, preparada para ver uma carnificina. Tamagotchi está de barriga pra cima, e Momo-*chan* o cheira. Então coloca a língua para fora e começa a lambê-lo. *Lambê-lo*. Tamagotchi estremece, tendo convulsões de puro êxtase.

— Bem, agora acho que já vi de tudo — Reina diz, se afastando. Eriku sorri.

— Acho que eles gostaram um do outro.

Gostar é eufemismo. Momo-*chan* colapsa no chão, e Tamagotchi se encolhe ao seu lado.

— Acabei de me inscrever mental e emocionalmente no fã-clube de Momo-*chan* — digo, caminhando até eles.

Momo-*chan* vira de lado. Tamagotchi se ajeita entre as patas dela, com as costas curvadas contra sua barriga. Tantos desejos conquistados em apenas um momento mágico... Sempre pensei que eu fosse uma mulher de um cachorro só, mas Tamagotchi *e* Momo-*chan*... pode me inscrever *já* nesse fã-clube.

— Pensei que você tinha dito que seu cachorro era selvagem. — Eriku se recosta no carro, girando a chave no dedo.

— Ele é. Hoje de manhã, comeu um prato inteiro de *dorayaki*. Nem sei como ele pegou, já que estava no balcão da cozinha. — Tamagotchi desafia a gravidade. O que, na minha cabeça, o torna ainda mais especial. Ele é um supercachorro.

Eriku dá risada, se ajoelhando para fazer carinho na barriga dele. Estremeço, esperando que meu cachorro fedido vá arrancar seu dedo fora. Mas ele se espreguiça, e só consigo ver o branco de seus olhos. Eriku pega um cobertor no carro e o estende no chão. Sento para fazer carinho nas orelhas de Momo-*chan*, que são macias como manteiga.

— Momo-*chan* é a linguagem do amor de Tamagotchi — murmuro.

— Linguagem do amor? — Ele senta ao meu lado. Nossos joelhos se tocam, e eu não me afasto.

— É como as pessoas gostam de dar e receber amor. Tem gente que curte presentes, carinho, serviço, palavras de afirmação, esse tipo de coisa.

— Entendi. Qual é a sua? — Ele ergue a sobrancelha para mim.

— A minha o quê? — A cabeça gigante de Momo-*chan* está no meu colo. E é meio como se todos os meus sonhos tivessem virado realidade. Eu poderia morrer agora, deitada com esses cachorrinhos.

— A sua linguagem do amor — ele fala.

— Ah, não sei. — Franzo a testa. — Todas, acho. — Abro um sorriso tímido.

Ele fica pensando por um tempo, fazendo carinho no focinho de Tamagotchi.

— Pra mim também.

21

De noite, fico olhando a janela, vendo o sol do inverno desaparecer devagar atrás do horizonte formado pelas árvores. Estou confortável, vestindo legging e moletom e com as anotações de dicas para a entrevista espalhadas ao meu redor na cama.

Ouço uma batida no vidro e tomo um susto ao notar as gêmeas me espiando pela janela.

— Jesus! — digo, levando a mão ao peito. Levanto e abro a porta.

Elas estão de vestidinho com decote em forma de coração e saia de babado.

— Vamos sair — Akiko anuncia, entrando no quarto. Ela enfia o nariz no meu armário e acende a luz. — É pior do que pensei — diz, desaparecendo no canto. Cabides são remexidos. Roupas são atiradas na ilha de mármore. — Você não tem caxemira suficiente!

— Queremos que você venha com a gente — Noriko declara, olhando para a foto da GGA. A que estamos todas de jeans. Ela franze o nariz como se tivesse cheirado algo ruim.

Akiko volta com uma peça prateada que peguei emprestada de Noora faz dois anos para um Ano-Novo. Ela a joga para mim.

— Vai ser divertido. Vamos sair, sério — ela diz.

— Ah, numa quarta? — falo, boquiaberta.

Um sorrisinho surge no canto da boca de Akiko. Tenho que admitir que ela pode ser charmosa e persuasiva quando quer.

— Diga que sim — ela insiste.

— Tenho quase certeza que não é assim que consentimento funciona. — Faço uma pausa, sentindo o tecido macio. Estou derretendo mais uma vez. É oficial. Comecei a cair no feitiço delas. Além disso, preciso de uma folga. — Mas beleza.

Antes de sair, mando uma mensagem curta para Eriku.

Eu

Vou sair com minhas primas.
Talvez precise de um resgate.

Ele responde na mesma hora.

Eriku

Estou passeando com Momo-*chan*. Me
manda o endereço. Encontro vocês lá.

Nós três subimos uma escada suspensa, presa no teto, toda escura. Corpos se agitam na pista de dança lá embaixo. Chegamos a uma varanda fechada por uma corda de veludo, que um segurança corpulento abre para nos deixa passar.

Akiko passa a mão em uma parede de vidro.

— Este vidro é especial — ela grita tentando cobrir um remix dançante de The Weeknd.

— Podemos ver lá fora, mas quem está lá fora não consegue ver aqui dentro — Noriko diz.

— Celulares e câmeras são proibidos aqui. É só pra membros, os Ohno são os donos. — Ela olha para mim e, diante da minha expressão neutra, acrescenta: — São descendentes do clã Fujiwara. Da família Kuge, da antiga nobreza.

Aceno a cabeça. Depois da Segunda Guerra, o sistema de classes do Japão foi abolido. Com exceção da corte interna, imperial, a nobreza foi toda dissolvida. No entanto, apesar de as famílias não possuírem mais títulos, elas ainda mantêm status e influência — são consideradas a corte externa.

Sentamos em uma mesa enfeitada com candelabros. Cortinas de veludo vermelho pesadas cobrem as paredes de madeira que lembram caixões, com arandelas brilhando entre elas. Ao que parece, acabamos em um bar de vampiros. Um garçom nos traz menus enfeitados com folhas de azevinho em relevo.

— *Temos* que pedir a lagosta. Ela é preparada pelo restaurante Michelin do lado, são trazidas da Nova Escócia — Akiko diz, franzindo o cenho. — Pensando bem, vamos pedir duas.

— Elas são pequenas — Noriko comenta.

Coloco o cardápio na mesa. Os pratos não vêm com os preços, o que não significa que as coisas sejam de graça, mas sim que tudo é tão bizarramente caro que as únicas pessoas que poderiam pedir qualquer coisa aqui são do tipo que não precisa se preocupar em olhar os preços.

— Não sei se estou com fome.

Noriko pede uma garrafa de Boërl & Kroff para começar, e o garçom vai embora. Fico sentada ali meio constrangida. Meu vestido é curto, e não sei se devo cruzar as pernas ou não.

Logo o garçom volta com a garrafa de champanhe em um balde prateado. Ele a abre com um floreio e serve em taças geladas. Dou um gole, e ah, meu Deus, que delícia. Doce e picante e borbulhante. Peço um copo de água. Da última vez que saí, estava com Yoshi. Bebi demais e fui parar em uma lixeira — é uma história longa. Mas foi um daqueles momentos em que você pensa que, sim, *é* possível vomitar seus próprios órgãos. Desde então, dediquei minha vida a nunca mais passar por isso de novo. Para cada gole de álcool, um gole de água.

— Tive uma ideia! — Akiko diz. — Vamos jogar. Vamos virar um *shot* pra cada mentira que os tabloides disseram sobre nós.

Ela nem espera nossa resposta e chama o garçom para pedir uma garrafa de vodca e caviar, além da edição mais recente do *Fofocas de Tóquio*. A bebida é servida. A comida chega. Noriko usa uma colherzinha para depositar o caviar e o crème fraîche na torrada.

Akiko abre o jornal e lê a primeira manchete em voz alta:

— "O caso da sra. Tanaka com o vizinho que usa saia"...

Cuspo a água que estava bebendo.

— O quê? — Arranco o jornal de Akiko.

Há uma foto da minha mãe, tirada do crachá de funcionários da Faculdade de Siskiyous, e uma foto granulada de Jones em casa.

— É um sarongue! — digo. — Mentira deslavada. — Minha mãe e Jones nunca tiveram um romance. Viro uma dose e um gole de água.

Passo o jornal para Noriko, que continua:

— "A princesa Midori não comparecerá a nenhum evento público na próxima semana, pois vai participar de um seminário com a Cruz Vermelha Feminina em Hokkaido." — As gêmeas viram suas doses.

Diante do meu olhar inquisitivo, Noriko explica:

— A Agência da Casa Imperial inventa esses "seminários" e "retiros" — ela diz, fazendo aspas com as mãos. — Na verdade, ela se recusa a sair do palácio.

— Sua mãe está bem? — pergunto. Talvez por conta da luz diminuta, da nossa proximidade, me sinto mais corajosa. Ousada. Provavelmente não deveria ter perguntado isso.

Akiko dá de ombros.

— Depende de quem responder. A Agência da Casa Imperial vai dizer que ela está ótima.

— Mas ela não está — insisto.

Na minha cabeça, vejo a imagem da cozinha de Ise. De Akiko trançando gentilmente o cabelo de Noriko. De Noriko torcendo as mãos de preocupação. *Acha que ela está comendo? Trocando de roupa de manhã?*

— Quando éramos crianças, costumávamos esperar na porta do quarto dela — Noriko vira para a irmã. — Lembra? Ela nos deixava entrar e a gente ficava juntinha na cama o dia todo, assistindo a filmes antigos. Ela gosta da Audrey Hepburn — Noriko fala para mim.

— Ela diz que poderia ter se tornado a Audrey Hepburn japonesa, se tivesse continuado a atuar — Akiko acrescenta, mordiscando seu caviar. — É por isso que comprei esses brincos. — Ela aponta para a própria orelha, de onde pendem dois pesados diamantes vintage de três quilates. — Eram dela.

A vodca se revira no meu estômago. De repente, fico agressivamente triste pelas gêmeas.

— Está *chorando*? — Akiko grita.

Limpo o nariz.

— Não. Claro que não.

Noriko revira os olhos, como quem diz "O que é que vamos fazer com você?".

A noite vai passando, e a vibe alegre volta. Viramos doses de vodca e bebemos por todas as mentiras que os tabloides publicaram sobre nós: tenho uma tatuagem na bunda, Noriko fez uma cirurgia secreta no nariz, Akiko ainda chupa o dedo.

Me debruço na mesa e sorrio de forma lânguida para elas. Minha barriga está cheia. Estou bêbada de caviar.

— Eu chamava vocês de Gêmeas Iluminadas — confesso com prazer. — Aquelas do Stephen King. Sabe, as gêmeas assustadoras do corredor. "Venha brincar com a gente" — imito com uma voz sombria.

Akiko e Noriko sorriem uma para a outra, fazendo aquela coisa esquisita de se comunicarem só com o olhar.

— Adoramos — Akiko diz.

— Sério?

Sobrou um pouquinho de caviar. Eu coloco na torrada. É melhor não desperdiçar nada. Estão vendo como sou consciente? Minha mãe ficaria orgulhosa.

— Ah, sim — Noriko concorda.

— É meio "É o vento ou somos nós respirando no seu cangote?" — Akiko dá uma risadinha.

Noriko se inclina para a frente e quase encosta o nariz no meu. Está com bafo de vodca.

— Significa que somos poderosas.

De repente, Akiko sorri para alguém que paira acima do meu ombro.

— Olhem só quem acabou de chegar.

Viro e vejo Eriku parado atrás da corda. Aceno, entusiasmada, e levanto para cumprimentá-lo. Assim que ele passa pelo segurança, sinto um ímpeto de abraçá-lo, mas paro de repente, baixando os braços e assentindo.

— Oi — digo, tímida.

Ele toca meu pulso tão rapidamente que quase penso ter imaginado.

— Oi. Belo vestido. — Seus olhos percorrem meu corpo, parando na barra da saia.

— Minhas primas que escolheram — digo. — Me sinto pelada.

Eriku sorri para mim de forma lânguida. Seus olhos estão tão escuros... deve ser a luz difusa.

— *Konbanwa* — Akiko fala atrás de mim.

— *Konbanwa* — Eriku responde, fazendo uma reverência. — *Nakamura Eriku to mōshimasu.*

— Ah, sabemos quem é você — Noriko diz. — O herdeiro Nakamura.

Eriku cerra os punhos.

Akiko estreita os olhos.

— Está namorando nossa prima? — ela pergunta.

— Hum, não. Quer dizer, sim — Eriku fala.

As gêmeas o avaliam por um momento longo e desconfortável.

— Quer beber algo? — Agarro seu pulso e o arrasto para a mesa.

Sentamos. Akiko e Noriko de um lado, Eriku e eu de outro.

Enquanto elas ajeitam os vestidos, Eriku se inclina para mim e sussurra:

— Você e as gêmeas, hein?

Sinto seu hálito no meu pescoço e meu braço se arrepia.

— É. — Fico brincando com a taça vazia. — Esta é uma daquelas situações em que, agora que as alimentei, preciso ficar com elas.

— Elas meio que parecem querer me devorar. Não de um jeito bom.

Elas estão *mesmo* olhando para Eriku como um par de gatinhas sociopatas, com um sorriso esquisito.

— É, não sei muito bem qual é a delas. Talvez seja bom não fazer nenhum movimento súbito. — Sorrio.

Um garçom entrega uma cerveja IPA Aooni para Eriku, e ele dá um longo gole. Me pergunto se está pensando na cláusula de morte e desmembramento do contrato de confidencialidade que assinou.

Akiko pega o *Fofocas* de novo e abre na seção "Sociedade", explicando o jogo para ele, então arrasta uma unha longa pintada de rosa pelo texto.

— Ah, aqui tem algo sobre você, Eriku. Ou melhor, sobre a sua família. A matéria diz que seu pai está considerando uma fusão com a Sasaki Transportation.

Eriku desvia o rosto e coça a nuca.

— Expansão é o nome do meio do meu pai.

— "Isso pode fazer com que a receita dos Nakamura aumente de cerca de dez bilhões de ienes por ano para cinquenta bilhões" — Akiko lê, espiando-o por cima da página.

Eriku agita as pernas. Coloco a mão sobre o seu joelho e digo:

— Eriku é um músico brilhante. Ele está fazendo doutorado em composição. — Ele fica imóvel e cobre minha mão, envolvendo minha palma com os dedos. Solto um suspiro trêmulo. Ah, uau. Certo.

— É mesmo? — Noriko pergunta, curiosa.

Eriku faz que sim, claramente aliviado por não ter que falar sobre o pai.

— Eu não diria que sou brilhante.

— Vamos ter que ouvir você tocar algo — Akiko declara.

Ele se afasta de mim e fica puxando a orelha.

— Não sei.

Akiko acena para um garçom.

— Vamos usar o palco e o piano!

Assim, sem que a gente pudesse fazer nada, tudo é organizado. A música morre e Eriku é conduzido (ou melhor, empurrado) escada abaixo em direção ao palco.

Desculpe, digo de longe enquanto ele me olha, impotente.

Volto para a varanda e colo o nariz no vidro. A música é interrompida e a pista de dança fica paralisada. Um único holofote ilumina o piano no palco. Eriku senta no banco.

Sinto Akiko e Noriko atrás de mim.

— O que você acha? Ele é meio esquisito — Noriko diz.

— Mas ele pode ser perfeito para Izumi — Akiko responde. — É bom que ele não seja de uma dessas novas famílias bilionárias de tecnologia ou um desses caras do mercado financeiro.

— Aff, eles são os piores — Noriko acrescenta, estremecendo. — Metidos demais.

— Exatamente — Akiko murmura. — Os Nakamura têm ligação com os antigos xogunatos e com os políticos. Além disso, eles têm um ex-*primeiro-ministro*. Não chega a ser um problema pra você, Izumi, e pode ser útil.

— Shhh — digo, censurando-as.

— Não consigo me conter — Akiko fala. — Julgar os outros é muito natural pra mim.

— *Konbanwa* — Eriku diz baixinho no microfone. — Me chamo Eriku.

Alguém grita, e Eriku ri baixinho de um jeito meio sexy. Então começa a tocar algo que a princípio soa repetitivo, mas logo vai mudando.

— "Eu não sou sua posse" — ele canta. — "Não sou um dos seus brinquedos. Eu não sou sua posse…" — A voz dele é hipnótica, marcante, cheia de paixão, transbordando emoção. — "Não me diga o que fazer. Não me diga o que falar…"

Dou um passo à frente e coloco a mão no vidro, impressionada com a música que ele escolheu. É como se estivesse falando com o pai. Como se estivesse cantando o que não pode falar, oferecendo as palavras para a plateia, para serem carregadas noite afora. Ele canta uma nota alta e todos os meus sentidos ganham vida. "A vida é uma canção", ele me disse.

Quando termina, todos estão em silêncio. Então a multidão enlouquece. Ele sai do palco e sobe depressa. Nos encontramos na varanda. Ele passa por baixo da corda de veludo.

— Foi incrível — digo, com estrelas nos olhos.

Ele vem caminhando e eu vou recuando até estarmos em uma alcova, atrás de uma cortina carmesim.

— Izumi... — Eriku pronuncia meu nome como se fosse uma prece. Seu sorriso é lânguido e sensual. — Está bêbada?

— Não — sussurro, e depois acrescento: — Talvez um pouco, mas estou bebendo água. Ainda não perdi o juízo. E você?

Ele se aproxima mais.

— O suficiente pra ficar mais corajoso, mas não pra apagar.

— Hum? — pergunto, olhando para ele. Minha cabeça está girando. É difícil me concentrar quando ele está assim tão perto.

Ele olha para mim.

— Izumi, eu gosto de você.

— Gosta?

— Eu não segui meu próprio conselho — ele confessa baixinho.

— Seu conselho? — Só consigo repetir o que ele fala.

Os tendões de seu pescoço se contraem.

— Eu falei pra você não se apaixonar por mim, lembra? — Me recordo vagamente de ele brincar sobre isso. Assinto. — Mas me apaixonei por você. — Ele faz uma pausa. — Não quero mais namorar de mentira.

A vibração dentro de mim se intensifica. Me escoro na parede.

— Izumi — ele continua. — O que está pensando? — Ele me encara com um brilho atormentado nos olhos. Quando não respondo de imediato, passa a mão no cabelo e balança a cabeça. — Estou sendo um trouxa.

Vira para ir embora, mas seguro seu pulso. Então ele se volta devagar para mim, olha para a minha mão e lentamente vai subindo o rosto até olhar nos meus olhos. Um fogo se acende entre nós. A tensão irradia feito um campo de força. A música fica mais baixa.

— Não vá embora — solto. — Também gosto de você.

Ele sorri, e as covinhas aparecem.

— Se prepara — ele murmura, como se estivesse falando consigo mesmo. — Você vai beijá-la agora.

Seus olhos cintilam sob a meia-luz. Ele me puxa, cantarolando uma música baixinho. Beatles. *Here comes the sun, do, do, do.* Será um sinal? Uma mensagem codificada para Amaterasu? Me dizendo que isto — Eriku e a Universidade de Tóquio — são o caminho certo para mim? *Here comes the sun. And I say it's all right...*

Nossos lábios se encontram, e não penso em mais nada. Seu nariz toca o meu e eu o pressiono enquanto nossas bocas acertam o ritmo do beijo. É um beijo suave e doce, explorador. Vamos mapeando um ao outro — esse território desconhecido — e, ao mesmo tempo, enterrando os antigos caminhos e amores. Seguro sua camisa, sem escolha a não ser me agarrar nele. Entre beijos entorpecentes, extasiados e cheios de química, ele sussurra:

— *Little darling, it's been a long, cold lonely winter...*

E eu sinto até meus dedos dos pés vibrarem.

22

— Você acha que ela está viva? — alguém pergunta.

Uma mão toca minha bochecha.

— Ela está quente — uma segunda voz fala baixinho.

— Ela pode ter acabado de morrer. Cadáveres permanecem quentes até três horas depois da morte.

Afasto seja lá quem está me tocando. Meu coração está martelando dentro do meu peito. Solto um grunhido. Abro os olhos e pisco, ofuscada pela luz. Vejo Akiko e Noriko diretamente na minha linha de visão. Agarro os cobertores e não os reconheço. Não estou na minha cama.

— Onde estou? — pergunto, grogue.

Flashes da noite surgem na minha mente. Eu virando doses com as Gêmeas Iluminadas. Eriku cantando. Eriku me beijando. *Me apaixonei por você*. Passo o dedo nos lábios.

Uau. Certo. Eriku e eu não estamos mais namorando de mentira. Agora é para valer. Sorrio ao lembrar como tudo deu certo, como tudo foi magnífico. Depois disso, bebemos mais champanhe, esqueci de tomar água, e daí... nossa.

Elas estão de cócoras, com pijamas combinando — Noriko de seda rosa com debrum branco, e Akiko de branco com debrum rosa. Olho para baixo e percebo que meu pijama também combina com o delas, com listras rosa-claro.

— Você está no nosso apartamento na cidade. A gente dorme aqui quando fica tarde, mas em geral o deixamos para a nossa mãe.

Atrás delas, na parede, há um pôster gigante de Audrey Hepburn. Já vi essa foto antes. Seu cabelo está preso em um coque alto, enfeitado com uma tiara.

Levanto um pouco e recosto na cabeceira acolchoada, então apalpo minha cabeça enquanto minha visão oscila.

Akiko me oferece um copo de água, e eu bebo com vontade.

— Você estava tão bêbada ontem.

Champanhe não é meu melhor amigo. Não é melhor amigo de ninguém. Lição de vida.

— Eriku nos fez prometer trazer você pra casa, mas a gente pensou que você talvez não fosse ficar bem sozinha. Então dormimos aqui com você — Noriko acrescenta.

— Ah, obrigada.

— Imagina. A gente ainda dorme na mesma cama de vez em quando. Você dormiu no meio. — Noriko faz uma pausa, tocando o pescoço. — Você ainda ronca. Acho que piorou desde Ise Jingū. É horrível.

— Horrível mesmo — Akiko concorda. — Deveria procurar um tratamento. E, se tiver que fazer cirurgia, podia aproveitar pra consertar seu nariz adunco.

— Ok. — Afasto as cobertas e coloco o copo na mesa de cabeceira. — Acho que está na minha hora. Reina está por aí?

— No apartamento de baixo — Akiko fala. — Nos aposentos dos guardas. Nossos pais são donos dos cinco andares mais altos deste prédio. O de cima está vazio. Nossa mãe deixava a gente andar de patins lá.

Estamos em um arranha-céu. Observo os telhados de Azabu; os bairros daqui são de artistas e celebridades. Provavelmente eu poderia comprar Mount Shasta inteira pelo preço deste apartamento.

Levanto da cama, enfiando os dedos no carpete de cor creme, tão macio que parece caxemira. O quarto é todo branco-gelo, e o único toque de cor vem de um arranjo de hortênsias verdes na cômoda.

— Onde estão minhas roupas?

— Jogamos fora — Noriko diz. — Te fizemos esse favor.

Akiko me entrega um robe de seda com estampas de crisântemos.

— Posso te emprestar isto.

Eu o visto, e os punhos de veludo marfim pesam em meus pulsos.

— É da Olivia von Halle de Londres. A duquesa de Cambridge mandou fazê-los especialmente para nós.

Elas estão usando robes parecidos; o de Akiko é verde-azulado com estampa de grous, e o de Noriko é cor de amêndoa com cobras enroladas. Noriko bate palmas.

— Vamos tomar café da manhã!

Em um tipo de estado dissociativo, sou arrastada pelo apartamento de novecentos metros quadrados. Pelas portas entreabertas, vejo dois quartos repletos de cabideiros e roupas, quase todas ainda com etiqueta. Vejo um "Prada" enquanto seguimos nosso caminho.

Na sala de jantar, elas me acomodam em uma cadeira Windsor. Akiko toca um sino em um aparador com detalhes em ouro. Uma porta abre, e mulheres em uniformes pretos e aventais brancos entram, dispondo bandejas com cúpulas de prata na mesa forrada de branco. Há frutas frescas, ovos benedict com molho holandês, ovos mexidos com queijo de cabra, ovos *onsen* com trufas, torradas, arroz, sopa de missô, cavala salgada grelhada, arroz com ameixa em conserva salgada — o suficiente para alimentar um exército.

— Quer suco natural de laranja, manga ou abacaxi? — Akiko pergunta enquanto servem a ela um copo de cristal com canudo dourado e decorado com um morango cortado ao meio. Não falo nada. — Ela vai querer suco de manga — ela diz para uma das empregadas, que faz uma reverência e sai.

Outra mulher me oferece o prato de ovos benedict.

— Ah, hum, *sumimasen* — digo. Pego o garfo pesado cravado com o crisântemo imperial e experimento o ovo. É a melhor coisa que já comi. Logo esqueço a ressaca e saboreio o molho. — Que delícia.

Noriko sorri.

— Este é o menu do Four Seasons de Kyoto. Nós o replicamos e o preparamos aqui sempre que temos vontade.

Akiko beberica seu suco.

— Mudando de assunto... gostamos de Eriku.

Já acabei com os ovos e estou me servindo de frutas.

— Eu também.

— No começo, estávamos um pouco em dúvida — Noriko continua. Ela está comendo torrada e limpa uma gota de calda de chocolate no canto da boca com um guardanapo. Atrás dela, há um aparador cheio de porta-retratos. Observo as Gêmeas Iluminadas crianças, elas literalmente nasceram em berço de ouro. — Pensamos que talvez ele pudesse estar te usando... por motivos óbvios. — Ela faz cara de quem acha que tudo faz sentido. — Mas vocês dois meio que funcionam bem juntos, tipo quando a gêmea Olsen namorou aquele bilionário grego gigante.

Engulo um pedaço de abacaxi antes de responder.

— A gente meio que estava se usando. Ele está me ajudando...

Akiko acena a mão.

— Ah, já sabemos disso. Você fica bem falante quando está bêbada. Falante até demais. Ainda bem que membros da família imperial não guardam segredos de Estado. Enfim, na volta pra casa você ficou tagarelando que gostava muito de Eriku e tinha medo de que não fosse recíproco até vocês se beijarem. Você contou que estava fazendo tudo isso, essa coisa de tentar melhorar sua imagem pública e entrar na universidade, por causa da sua mãe e blá-blá-blá. — Akiko me encara. Uma empregada coloca o suco perto do meu prato. — A gente vai te ajudar.

Engasgo no primeiro gole.

— Vão? — Arregalo os olhos. — Por quê?

Akiko pisca, passando o lábio superior na gota de suco que caiu no robe de Olivia von Halle.

— Primeiro porque está bem claro que você precisa de nós, certo? Segundo porque decidimos que gostamos de você. Tem alguma coisa em você... — Ela gesticula para mim. — Uma suavidade. Tipo, se eu te tocasse, minha mão poderia afundar... como se eu estivesse apertando um marshmallow.

— Isto é desnecessariamente descritivo demais — comento.

— E também nos sentimos meio mal pela forma como te tratamos quando você chegou — Noriko acrescenta. — Sabemos que fizemos bullying com você.

— Mas você praticamente pediu — Akiko brinca.

— Pediu muito!

— Fizemos uma lista de tudo o que vamos precisar fazer. Bem, começamos. Não tivemos tempo de terminar ontem à noite. — Akiko pega o celular e rola a tela para cima. — Você já está encaminhada academicamente, graças a Eriku, mas sua imagem pública precisa de uma revisão. Vamos começar pelas roupas. O sr. Fuchigami estava certo quando pediu nossa ajuda com o vestido para o banquete do sultão. Só que você precisa de muito mais que isso. — Ela faz uma pausa. — Obviamente.

Aperto o guardanapo. Se meu objetivo é conquistar a imprensa e o público, ela tem razão.

— Seu guarda-roupa atual é ótimo para uma garota mais nova, mas agora você é uma universitária — Noriko diz com gentileza. — Precisa ser mais sofisticada. Agendamos atendimentos privativos nas lojas de Ginza hoje.

Ginza é como a Quinta Avenida de Nova York ou a Oxford Street de Londres.

— Fizemos um grupo — Akiko diz, e meu celular recebe mensagem de um novo contato.

Noriko abre um sorriso nem um pouco reconfortante.

— Agora você é uma de nós.

Também recebi uma mensagem de Eriku.

Eriku

**Eu falei mesmo pra você se preparar
antes de te beijar ontem?**

Sorrio e respondo:

Eu

Falou. Foi tipo um discurso motivacional.

Eriku

Tem planos pra hoje? Estou pensando
em levar Momo pra tomar sorvete
vegano.

Eu

Vegano?

Eriku

Ela tem intolerância à lactose. Quer vir?
Te pago duas bolas de sorvete.

Akiko e Noriko já estão me esperando de pé, dizendo que podem me emprestar algo para eu ir às compras. E comentando como é difícil me respeitar agora que viram minhas roupas íntimas.

Escrevo para Eriku pedindo para deixarmos para depois, e ele responde com um "Beleza". Prometo vê-lo mais tarde, adicionando beijos e corações na mensagem.

— Está pronta? — Akiko pergunta da porta.

Aceno devagar, com a cabeça rodopiando, tentando processar tudo.

— Estou indo.

23

Horas depois, fica claro que cruzamos uma espécie de fronteira, pois Akiko e Noriko estão agindo como minhas novas melhores amigas, totalmente envolvidas nas minhas questões. Passamos a manhã fazendo compras em Ginza. Elas me levaram para lojas sem identificação, que atendem uma clientela que depende de discrição. Akiko atirou algumas opções para mim, mas só levantei as mãos, intimidada demais pelas etiquetas e pelos preços. Até que ela parou, e as duas resolveram selecionar as peças, prometendo escolher roupas que combinassem com meu tom de pele, meu corpo e até meu jeito de andar. Colocaram as roupas em sacolas, e os sapatos, em caixas, para serem enviados ao palácio.

Agora, vamos almoçar. O gerente nos cumprimenta ao entrarmos no restaurante chique. Ele faz uma reverência e nos conduz a uma mesa nos fundos.

— Sua convidada já chegou.

— Convidada? — murmuro.

— Ichika — Noriko diz. — Sem sobrenome nem *kanji*.

— Ela é... — Akiko pousa um dedo no lábio, procurando a resposta. — Uma espécie de orientadora.

— Ela vai tomar todas as decisões criativas relacionadas a você — Noriko explica.

As gêmeas sorriem ao ver a mulher de franja reta sentada em uma cabine de veludo vermelho e atravessam o piso de mármore para cumprimentá-la. A mulher levanta. Reverências são trocadas.

— Oi. Prazer em conhecê-la. *Hajimemashite* — falo para Ichika, me acomodando na frente dela na cabine. As gêmeas me imitam. Sentamos. — Este restaurante é lindo.

Levanto os olhos para uma viga de zelkova que se estende pelo teto e contorna o restaurante, envolvendo a parede de mosaico com uma paisagem marinha.

Ichika envolve o copo de água gelada com a mão.

— Desde 1977, todos os presidentes estadunidenses que visitaram o Japão sentaram nesta cabine — ela diz. Seus dedos longos apontam para o teto e para as luminárias art nouveau. — A iluminação foi feita por Akari e pode ser ajustada de acordo com o cliente. Ela fez Reagan parecer vinte anos mais jovem.

Um garçom distribui os cardápios. Quando ele vai embora, Akiko diz:

— O segredo é sempre a iluminação correta.

— Exatamente — Ichika fala, em um tom que parece uma bofetada.

Me concentro no cardápio e fico em dúvida entre o *yakiniku-teishoku* e o *udon* com *tempura* de camarão. Se Eriku estivesse aqui, ele pediria os dois.

— Posso ver por que a trouxeram para mim — Ichika diz para Akiko e Noriko. — Ela é um diamante não lapidado, não é? Tem algo nela...

— Um provincianismo — Akiko completa.

Isso é um pouco melhor do que o que ela havia dito antes, quando comentou que sou macia feito um marshmallow. *Um pouco.* Mesmo assim, não amei a descrição. Mas fico quieta. Porque agora sei que, além do criticismo, há uma ternura protetora nela. Fora que o menu menciona que o restaurante tem uma sala especial só para sobremesas, onde se pode consultar e escolher seu próprio doce. Chocolate sempre me deixa de bom humor.

— Exatamente! — Ichika exclama. — É um trabalho totalmente possível. Faz tempo que não me sinto tão motivada.

— *Yakotta!* — Akiko bate palmas.

Fazemos nossos pedidos. Nossos pratos chegam. Começamos a comer, e Ichika começa a conversa pelo meu guarda-roupa. As gêmeas comentam sobre as peças que escolheram esta manhã, e Ichika concorda, mas tem outras ideias. Ela enfia uma garfada de salada com molho *choregi* na boca, mastiga e engole.

— Você pode vestir uma variedade de roupas. Mas deveria ter um estilista favorito. Sugiro Amano.

— Ah — Noriko murmura. — *Amo* ele.

Ichiko anota algo em seu tablet e me mostra as fotos de seu último desfile.

— É isso aí. Você é uma garota que cresceu em uma cidadezinha e que apoia os artistas locais. Principalmente uma estrela em ascensão como você. Essa é a sua marca. — Ela dá uma piscadinha para mim. — As peças de Amano vestem bem, têm um toque de elementos clássicos, mas com certa modernidade.

Mulheres desfilam em uma passarela branca. Uma delas está usando um *furisode* de seda preta com mangas esvoaçantes de quimono e estampa de flor de lótus. Outra ostenta um vestido de noite vermelho com um *capelet* da mesma cor. Outra caminha com um vestido justo turquesa com decote quadrado e cinto de brilhantes. É tudo tão bonito. Adorei.

— Além de estar à altura do seu papel — Ichika continua, colocando o guardanapo ao lado do prato —, você precisa defender uma causa. Algo filantrópico e não muito controverso.

— Algo como distribuir pulseiras de amizade para cachorros órfãos?

Ichika inclina a cabeça.

— Você é engraçada.

— *Arigatô gozaimasu.* — Fico tímida e dou um gole na água.

— Não foi um elogio — ela esclarece.

— Claramente está faltando um hobby no seu perfil — Noriko interrompe, empurrando um pedaço de carne em seu prato.

— E se ela doar sangue para a Cruz Vermelha? — Akiko sugere. — Mulheres da família imperial patrocinam a organização há quase duzentos anos.

— Perfeito — Ichiko responde. — Essa tradição vai contrastar bem com suas roupas mais modernas. — Devo mencionar que só de pensar em tirar sangue já fico enjoada? Opa, é tarde demais, Ichika já está encerrando o assunto. — Vamos discutir os detalhes amanhã.

Amanhã?

— *Ashita?* — pergunto.

— Querida, ainda não terminamos. Não estamos nem perto. Isto é só o começo.

Ichika se torna um suporte básico na minha vida. Nos encontramos em um spa com as gêmeas. Tomamos banho na água âmbar rica em iodo, bebericamos vinagre de maçã diluído e discutimos possíveis oportunidades publicitárias.

Fazemos compras e mais compras, e Akiko e Noriko me ajudam a acertar o formato da minha sobrancelha. Uma manhã, Ichika aparece na minha porta com uma van carregada de roupas enviadas por Amano. Ela leva as mãos à testa ao ver minhas roupas íntimas. E manda Mariko correr até a loja de lingerie em Mitsukoshi para comprar sutiãs e calcinhas que digam: *mulher à beira de seu despertar sexual.* O que quer que seja isso.

— Você não precisa ir — sussurro para Mariko.

Mas ela dá de ombros, meio que achando graça. Quando ela vai embora, Ichika continua a vasculhar meu guarda-roupa.

— Isto tem que ir pro lixo — anuncia, segurando o moletom de Akio.

De repente, meu humor fica sombrio.

— Esse não — solto.

Arranco-o de suas mãos e o enfio em uma gaveta. Nem me pergunto por quê. Assim como não questionei o motivo de minha mãe ter guardado um livro sobre orquídeas com um poema escrito pelo meu pai por dezoito anos. Não existe nenhum paralelo. Ela manteve o fogo da paixão pelo meu pai aceso ao longo de todo esse tempo. O meu fogo se extinguiu. Eu sou sentimental, só isso.

Preencho o resto do meu tempo com Eriku. Quando não estamos juntos, estamos trocando mensagens. "O que está fazendo? O que Tamagotchi está fazendo? Momo-*chan* está sentindo a falta dele. Está com *saudade*." Fazemos sessões de estudo no palácio para praticar meu *jikoshōkai* que costumam terminar com Eriku atirando as anotações no ar e me cobrindo de beijos.

Ele está cada vez mais fascinado por Mount Shasta. Adora ouvir sobre a minha cidadezinha. Diz que é muito diferente de New Haven, onde ele morou quando estudou em Yale. Eu conto algumas histórias sobre a Gangue das Garotas Asiáticas e sinto uma pontada de saudade. Não falo com elas tanto quanto gostaria, em especial com Noora. Mas não tem problema — vamos colocar o assunto em dia quando ela chegar daqui a umas semanas, e vamos recuperar o tempo perdido. Eriku está empolgado para conhecê-la. Passamos uma tarde inteira pesquisando sobre a Família Arco-Íris e lhe apresento Grateful Dead meio a contragosto. Logo no dia seguinte, ele aparece com uma camiseta de ursinhos dançantes. Penso que o perdi para sempre quando ele começa a contar curiosidades de Jerry Garcia.

— Sabia que o primeiro amor de Jerry (ele está se sentindo tão íntimo do cara que já o chama pelo primeiro nome) foi música country? Ele perdeu o dedo do meio da mão direita em um acidente quando seu irmão cortava lenha.

Eu o interrompo com meus lábios. É bastante eficiente.

Minha vida virou um turbilhão. Hoje estou em uma arena abobadada para o campeonato equestre juvenil. O lugar cheira a cavalos e feno.

— Obrigada por vir comigo. — Me inclino para Eriku. Akiko e Noriko também estão por aí. É um evento de família.

— Está brincando? — ele fala, abrindo um sorriso charmoso. Ele está com uma espécie de terno divino de duas peças de lã e seda, com um lenço roxo despontando do bolso que combina com meu vestido lilás evasê de Amano. É uma maneira sutil de mostrar que somos um casal. — Adestramento é uma das minhas coisas favoritas.

— Achei que suas coisas favoritas fossem doces e são-bernardos.

Ele estala a língua.

— Tem um monte de coisa que você não sabe sobre mim. Também adoro garotas com flores no cabelo.

Sorrio para ele. Meu cabelo está penteado para trás com uma faixa cheia de flores — outra peça de Amano. Eriku também sorri, mas apenas brevemente. Seu olhar se volta para as cabines de vidro do camarote, onde seu pai está. O meu também está lá. Acho que eles se conhecem, já que frequentam os mesmos círculos sociais e tal. Mas hoje é um dia importante. O sr. Nakamura está tendo uma audiência privada com o príncipe herdeiro. Meu pai está confiante como sempre, e o sr. Nakamura parece que encontrou uma galinha dos ovos de ouro. Quando os deixamos, ele estava presenteando meu pai com a história do iate comprado recentemente de um fornecedor no Mediterrâneo. Acho que está tudo bem.

— *Sumimasen*, sua Alteza. — Um homem com crachá de imprensa se aproxima e faz uma reverência. Eriku e eu o encaramos. — Os senhores têm tempo para responder algumas perguntinhas?

Sorrio.

— Claro.

— *Sumimasen*. — De repente, Akiko surgiu ao meu lado, com Noriko logo atrás. — Precisamos roubar nossa prima um minuto. Mas adoraríamos posar para uma foto.

— Eu agradeceria muito — o repórter diz, chamando o fotógrafo. Eriku vai até a arena. Depois da foto, o homem agradece a atenção.

— Nunca fale com a imprensa sem antes ter uma declaração totalmente aprovada — Akiko me aconselha, enquanto o repórter se afasta.

Claro, lembro do banquete de boas-vindas do sultão e do que eu disse para a imprensa: "Minha única esperança é que meus pais sejam autorizados a seguir o coração deles", o que saiu completamente distorcido nos jornais do dia seguinte.

— Você tem tanta sorte por poder contar conosco — Noriko diz.

— O que você teria feito se a gente não tivesse te resgatado? — Akiko pergunta. — Com a imprensa, você tem que simular uma abertura, mas manter a boca fechada.

— Sim — Noriko concorda. — Seja agradável e evasiva.

Mais à frente, Eriku está conversando com uma das cavaleiras, com o quadril relaxado e debruçado na cerca. Ela está do outro lado, com a rédea do cavalo na mão.

— Quem é aquela? — Akiko pergunta.

Há um brasão dos Gakushūin em seu blazer.

— Não sei. — Franzo a testa. — Eu deveria saber?

— Acho que nunca a vi. Provavelmente não é ninguém, mas vamos descobrir o nome dela — Noriko diz.

— Não queremos que ela se coloque entre você e Eriku. Vamos espalhar um boato se ela furar seus olhos — Akiko declara.

— O quê? — Solto uma gargalhada, sem acreditar, então fico séria quando percebo que elas não estão brincando. Não mesmo. — Não. Nada de boatos nem furação de olhos.

Noriko faz beicinho.

— Estraga-prazeres.

FOFOCAS DE TÓQUIO

Princesas imperiais usam faixas ousadas

24 de novembro de 2022

S.A.I. a Princesa Izumi chamou atenção ontem no quinquagésimo sétimo campeonato equestre juvenil. Ela estava de vestido lavanda com decote assimétrico e uma faixa de flores no cabelo, combinando com suas primas, S.A.I. as Princesas Akiko e Noriko.

Eriku Nakamura estava ao seu lado, de terno Kiton e lenço lavanda no bolso. Apesar de Nakamura já ter sido visto com a princesa Izumi, esta é a primeira vez que os dois combinam roupas, e fica a dúvida se isso significa que agora o relacionamento deles está mais sério do que tínhamos imaginado. O Japão definitivamente aprova o casal. "Ele é igual a ela", a blogueira imperial Junko Inogashira disse. "Espero nunca mais ouvir o nome Akio Kobayashi de novo."

Inogashira não é a única pessoa satisfeita com o romance. Dizem que a Agência da Casa Imperial também aprova Eriku Nakamura como parceiro da princesa Izumi. Tanto que este pode ter sido um dos motivos para a maré ter virado em favor do noivado do príncipe herdeiro Toshihito com Hanako Tanaka. "É um passo gigantesco na direção certa", nosso informante palaciano afirmou. "Isso pode tê-los empurrado para além da linha de chegada."

24

No dia seguinte, ao meio-dia, estou parada nos degraus de concreto do escritório dos professores da Universidade de Tóquio. Minha entrevista começa em quinze minutos.

— Está pronta? Quer repassar alguma coisa? — Eriku pergunta.

Click. Ouço o som de uma câmera fotográfica. Ichika conseguiu permissão da Agência da Casa Imperial para contratar um fotógrafo profissional. Ela procurou a *Vogue* do Japão para fazer uma matéria sobre a minha jornada universitária. "É tipo uma mistura de *Legalmente loira* com *O diário da princesa*", ela disse. Não entendi exatamente o que ela quis dizer, mas concordei. Estou usando um terno chique de Amano. Segundo o *Fofocas de Tóquio* desta manhã, sou sua nova mecenas.

— Não. Estou bem. Mas nervosa — admito, baixinho, para Eriku.

— Você vai se sair bem — ele diz. E eu meio que acredito. Me sinto bem, e decorei todas as respostas que estudamos. — Seja só sua melhor versão.

— Sua Alteza — o fotógrafo me chama. — Por favor, siga em frente e olhe para o sr. Nakamura.

Levanto o queixo.

— Sorria.

Obedeço. Ele tira uma foto.

— Obrigado. — Ele faz uma reverência e confere as fotos.

Lá dentro, o prédio está quase vazio, pois havia sido isolado antes pelos guardas imperiais. O sr. Ueno, membro do corpo docente do departamento de ciências e meu entrevistador, está me esperando no terceiro andar.

Assim que entro no escritório, o sr. Ueno faz uma reverência. Uma grande mesa de mogno se estende entre nós. Eu retribuo a reverência e disparo meu *jikoshōkai*. Quando termino, junto as mãos para a frente e sorrio nervosa. O sr. Ueno acena a cabeça sem sorrir de volta e me convida a sentar. Enquanto me acomodo, repasso minha apresentação com a cabeça rodopiando. Será que esqueci algo? Da última vez que pratiquei com Eriku, eu arrasei. O que fiz de errado?

Antes que eu possa processar, o sr. Ueno fala:

— Deixe-me começar dizendo que a Universidade de Tóquio está honrada pela senhorita estar considerando estudar em nossa instituição. Como sabe, a universidade é considerada a número um do Japão. Entre nossos ex-alunos, estão vários membros da casa imperial, incluindo o imperador e o príncipe herdeiro. Além disso, temos vários laureados com o prêmio Nobel, primeiros-ministros e grandes industriais. Não somos apenas uma escola de prestígio, mas também uma escola altamente seletiva. É meu trabalho como entrevistador garantir que essa reputação seja mantida. Portanto, vou tratá-la como faria com qualquer outra candidata. — Ele tem uma única folha de papel na mesa; depois de cada pergunta, há um espaço para que ele anote minhas respostas.

— Por favor. — Convido-o a prosseguir com a mão aberta e as palmas suadas. Posso ouvir a pulsação nos meus ouvidos. — Estava planejando dizer algo parecido. Gostaria de ser tratada de forma justa, tendo como base minhas realizações, e não meu nascimento.

Examino seu rosto, buscando alguma pista não verbal de que ele gostou da minha resposta. Mas o homem poderia ser professor de pôquer. Ele batuca a caneta na mesa.

— Excelente. Vamos começar… Descreva um problema relacionado à Ásia que tenha despertado seu interesse recentemente na mídia. E conte-me o porquê desse interesse.

Conto até cinco antes de responder. "Não responda de imediato", Eriku me aconselhou. "Espere alguns segundos para se preparar e organizar as ideias."

— Tenho pensado bastante na diminuição da população japonesa...
— Sigo discorrendo sobre as influências econômicas e o perigo de perder as tradições. Ele anota minhas respostas de forma furiosa.

Passamos uma hora praticamente na mesma toada, nos concentrando em assuntos acadêmicos. Ele é bastante direto e objetivo.

— Algumas pessoas afirmam que a história se repete. Você concorda ou discorda? Dê um exemplo. A conclusão típica da teoria microeconômica padrão é que a economia é liderada por uma "mão invisível" e, portanto, o papel do governo deve ser minimizado. Você acha que isso também se aplica a questões de política ambiental? Por quê? Do ponto de vista químico, fale-me o máximo que puder sobre a água.

Sessenta minutos mais tarde, minha bexiga está quase explodindo, e estamos nos aproximando da segunda rodada, com perguntas pessoais. Mas não me movo um centímetro.

— Qual é a sua maior fraqueza?

Respiro fundo e respondo:

— Sou detalhista demais...

Os últimos dez minutos são de perguntas livres.

— Por que escolheu estudar botânica? — ele pergunta, inclinando a cabeça.

— Minha mãe é professora de botânica. Queria seguir os passos dela — digo com ternura, sentindo afeição pela minha mãe, não pelo assunto.

O sr. Ueno assente enquanto falo, então fica de pé e faz uma reverência.

— Agradeço sua atenção, Sua Alteza. Entraremos em contato com uma notificação oficial. — Ele faz uma pausa, e percebo um leve indício de um brilho em seus olhos. — Mas, se me permite, gostaria de lhe dar as boas-vindas pessoalmente à Universidade de Tóquio.

O primeiro lugar que visito é o banheiro. Depois, disparo pelas portas duplas do escritório e anuncio minha vitória, com um sorriso enorme. Eriku quer me levar para sair, mas peço para deixarmos para a próxima. As pessoas com quem mais quero celebrar são meus pais.

Eriku e eu seguimos em direções opostas, e ligo para minha mãe assim que entro no carro. O motorista de luvas brancas já está a postos no volante, com Reina a seu lado.

Estou exultante com a novidade. Assim que minha tela se ilumina e vejo o rosto da minha mãe, começo a gritar:

— Eu passei! Eu passei! — Pelo retrovisor, vejo que Reina está sorrindo.

Minha mãe também está sorrindo, cobrindo a boca com a mão. Suas unhas estão bem-feitas, lixadas e pintadas de rosa.

— Que maravilha, querida. — Ela também está no carro.

Reconheço o assento amarelo-manteiga de um dos Rolls-Royces imperiais.

— Vamos comemorar. — Me remexo no banco. — Quando você voltar, podíamos ir ao spa que Akiko e Noriko me levaram outro dia.

— Ah, eu adoraria. Parece incrível. Estou precisando mesmo relaxar — ela fala baixinho. — Volto amanhã.

— Você tem aulas com a imperatriz o dia todo, depois um concerto privado de violoncelo com Sua Alteza Imperial o Príncipe Herdeiro — alguém fala à sua esquerda. Reconheço a voz da sra. Komura, sua dama de companhia oferecida pela imperatriz. Ela segue listando os compromissos de minha mãe. — Sua próxima data livre é daqui a cinco dias.

Minha mãe parece querer discutir, mas a interrompo:

— Está tudo bem — falo depressa. E está mesmo. Casar com meu pai é importante para ela. Assim, as aulas com a imperatriz e os compromissos sociais também são. Ela precisa do meu apoio agora. — Então temos um encontro daqui a cinco dias.

Seus lábios estão tensos, mas ela diz:

— Combinado então. Dia de spa, lá vamos nós. — Ela desvia o olhar para algo fora da câmera. Ouço um murmúrio baixo. — Querida, me desculpe, mas chegamos. Te ligo hoje à noite, está bem?

— Claro! — respondo, animada.

— Ah. Feliz Ação de Graças!

Fico chocada. É dia de Ação de Graças nos Estados Unidos. Nem pensei nisso. Nunca passamos o feriado separadas.

— Feliz Ação de Graças — respondo, observando-a com carinho.

— Vamos celebrar isso também quando você voltar. Talvez a gente possa preparar uma torta ou algo assim?

— Eu adoraria. Melhor ainda, por que não preparamos a refeição toda para o Natal, pra compensar?

— Sim! Vamos fazer um megabanquete de Ação de Graças-Natal.

A porta do carro se abre. A luz invade o veículo.

— Te amo, querida.

— Também te amo.

Desligamos, mandando beijinhos uma para a outra.

Enquanto estava ao telefone com minha mãe, Noora me mandou as informações de seu voo.

Noora

Estou tão empolgada pra te ver. Quero discutir os detalhes. Mas estou em casa por conta do Dia de Ação de Graças e meus pais convidaram todos os parentes que moram em um raio de oitocentos quilômetros. Nos falamos semana que vem?

Eu

Claro! Aliás, tenho quase certeza que entrei na Universidade de Tóquio hoje. Nada de importante.

Noora

O QUÊ? Isso é muito importante. Superimportante. Mandou bem!

Eu
Eu arrasei.

Noora

Em casa, perambulo pelo palácio e vou até a cozinha. Encontro meu pai comendo *ichigo daifuku, mochi* recheado com um creme suculento de morango e pasta de feijão-vermelho doce.

— Estou estragando meu jantar — ele fala, dando uma última mordida.

— *Konnichiwa* — digo.

Ele acena a cabeça, lava as mãos na pia, seca-as em um pano e o dobra com cuidado. Penso nas camisetas amassadas no meu guarda-roupa. Somos tão diferentes, meu pai e eu.

— Como foi a entrevista? — ele pergunta, apoiando o quadril no balcão e me encarando com uma cara séria.

Ele está usando um suéter azul-marinho e uma camisa com o colarinho para fora. Graças a Akiko e Noriko, agora sei que é caxemira de lã de vicunha.

Vou até ele.

— Fui bem — digo de forma casual. Então sinto aquela explosão de alegria de novo e tenho dificuldade de manter a expressão neutra. — *Dekimashita*. O sr. Ueno, o entrevistador, me deu as boas-vindas de maneira extraoficial.

Ele franze os olhos e diz, com a ternura que costuma reservar para minha mãe e para mim:

— Bem. Isso é incrível!

Abro um sorriso radiante.

Depois de uma pausa, ele balança a cabeça, maravilhado.

— Você conseguiu.

Respiro fundo, enchendo o peito. Eu consegui.

Eu consegui!

— Vou comemorar com mamãe daqui a cinco dias. Nossas agendas não batem.

Ele assente e olha para os pés.

— Sei bem como é. Quando eu era criança, tinha que agendar encontros pra ver meus pais.

Penso em Akiko e Noriko. Nos pais delas. Nos meus pais. Antes, éramos só minha mãe e eu, mas agora temos meu pai e os camaristas e as damas de companhia — todos disputando nossa atenção. Isso é ruim? Ou só é diferente?

— Era um problema pra você?

— Fui criado assim. Mas não posso dizer que me desagrada o fato de você ter sido criada de outro jeito. — Ele levanta e se aproxima de mim, parando na minha frente. Então coloca as mãos nos meus ombros e me aperta, mostrando admiração em seus olhos de raposa. — Você vai estar pertinho, na Universidade de Tóquio, e sua mãe estará ao meu lado. É um sonho se tornando realidade. Vamos comemorar quando ela voltar, mas que tal se eu te levar para sair hoje? Só nós dois. Estou tão...

— É a primeira vez que o vejo sem palavras. — Estou tão orgulhoso de você. — Ele me puxa para um abraço.

Meu pai está orgulhoso de mim. Com minha mãe, já estou acostumada. Ela fica encantada com qualquer coisa que eu faça. Uma vez, quando eu tinha quatro anos, tirei caca do nariz e ela abriu os braços toda empolgada e disse: "Olha só você, fazendo as coisas sozinha, toda independente". Com meu pai, a conquista parece maior e, de alguma forma, mais doce, mais significativa. Meus olhos se enchem de água. Eu me aninho nele e nessa sensação.

25

Em meados de dezembro, uma frente fria chega a Tóquio. Durante a noite, enfeites luminosos intrincados surgem por toda a cidade. O meu favorito é o Shibuya Ao no Dokutsu, ou a Caverna Azul, em que as zelkovas dos arredores do bairro NHK são cobertas de luzinhas azuis e a rua é revestida de um piso que reflete toda a iluminação. O efeito é de tirar o fôlego; a sensação é de que você foi banhado em uma luz azul e etérea. O lugar é tranquilo e combina com o Natal no Japão, que representa felicidade e serenidade.

Como parte das celebrações da estação, recebo a carta de admissão oficial da Universidade de Tóquio. Agora a dúvida é se vou morar em casa ou no dormitório universitário.

Todos têm uma opinião. Meu pai comprou uma escrivaninha e pediu que um dos quartos do palácio fosse transformado em uma sala de estudos para mim. "Seria bom ter você em casa", minha mãe disse, corando. Reina concorda, pois as coisas ficariam mais fáceis para ela, em termos de segurança. Já Akiko, Noriko e o sr. Fuchigami discordam. Seria bom para a minha imagem pública ser vista me esforçando para agir como uma universitária comum. "A imprensa adora esse tipo de coisa", Ichika falou. "Poderíamos fazer toda uma matéria sobre o seu quarto no dormitório." Eriku não está sendo muito útil e se mantém completamente neutro. Se bem que ele está me ajudando a elaborar uma lista de prós e contras. Que não dá em nada. Só de pensar nisso, minha garganta seca. As coisas estão ficando bem reais.

Há sinais de neve no ar quando Noora chega. Apesar da nossa vontade de nos falarmos mais ao telefone, não tivemos muitas oportunidades. Ela estava ocupada com as provas finais. E eu, com compromissos imperiais, Eriku e as gêmeas. Então agora estou saltitando de empolgação, esperando o carro chegar. Onde ela está? Olho o relógio. O avião dela pousou algumas horas atrás. Então ouço o portão da frente avisando que o carro está passando. Estou mais que pronta para a minha dose de Noora.

Saio em disparada ao ver o carro preto, com a adrenalina correndo pelas minhas veias e um monte de balões nas mãos. Tamagotchi segue logo atrás. Assim que ela desce do carro, me jogo em seus braços. Ela está usando legging e o moletom da Columbia que já tinha visto antes. Ela parece a mesma de sempre… e também diferente. Tem uma aura nova. Uma confiança. Maturidade.

— Você está aqui! — digo, apertando-a. Lágrimas enchem meus olhos e minhas entranhas se transformam em poças de amor meloso.

— Está me cheirando? — ela pergunta quando nos afastamos. Tamagotchi late, correndo ao nosso redor.

— Não. Sim — digo, soltando o fôlego.

Quando tínhamos treze anos, ela decidiu que todas nós deveríamos ter um cheiro só nosso. O meu é baunilha… bem, porque amo bolo. O dela é gardênia, sensual e inebriante. Desde então, usa o mesmo óleo do mercado Berryvale. É bom ver que algumas coisas nunca mudam. Só que…

— Seu cabelo! — grito.

Mechas ruivas suaves reluzem na luz da manhã de inverno.

— Pois é. O que achou? — Ela vira um pouco, exibindo o cabelo brilhante na altura dos ombros. — Nunca me senti tão eu mesma.

— Não podia concordar mais — digo, assentindo.

Ela pega uma mecha do meu cabelo.

— Você deveria fazer o mesmo, ficaria ótimo em você. Ah! E se fizesse luzes loiras?

Passo a mão pelas madeixas.

— Preciso ver. Não sei se posso pintar o cabelo.

Noora faz uma pausa.

— Como é que é?

Abano a mão, como se não fosse nada de mais.

— Regras imperiais. — Na verdade, são regras japonesas. Várias escolas daqui não permitem que se pinte o cabelo. — Venha, vamos entrar. — Pego sua mão e a levo até o *genkan*. Troco os sapatos por pantufas de caxemira caramelo e separo um par para Noora. — Como quando éramos crianças.

A gente tinha esse lance de fingir ser gêmeas: nos vestíamos com as mesmas roupas, comíamos as mesmas coisas. Pensávamos que ninguém perceberia que eu sou japonesa, e Noora, persa.

Noora fica encarando a opulência do palácio, boquiaberta e maravilhada, enquanto seguimos para o quarto de hóspedes. Mariko já está desfazendo a mala dela quando chegamos.

— Oi — ela fala, fazendo uma reverência. — Que bom conhecer você. Sou Mariko, a dama de companhia de Sua Alteza.

— Prazer em conhecer você também. Sou a melhor amiga de Izumi desde 2009. — Ela faz uma pausa e murmura: — Hum, não precisa fazer isso. Eu mesma posso terminar.

— Tem certeza? — Mariko dobrou as roupas íntimas de Noora em uma pequenina pilha perfeita. — Eu não ligo.

— Não tem problema, muito obrigada. Prefiro fazer eu mesma — Noora diz, um pouco constrangida, mas achando graça.

— Certo, então. — Mariko vira para mim. — Precisa de mais alguma coisa?

Balanço a cabeça.

— Não, obrigada.

Assim que Mariko fecha a porta, Noora diz:

— Ah, meu Deus, isso foi intenso. Preciso me recuperar. Você tem empregadas. *Empregadas*. É sempre assim?

Bato o quadril nela de leve.

— Não, claro que não. Mariko é menos formal quando não tem ninguém vendo, mas acaba assumindo a postura padrão de dama de companhia toda vez que temos companhia.

Ela solta um longo suspiro.

— Eu definitivamente não vou deixar minhas calcinhas largadas aqui. — Ela se joga na velha cama de dossel como se fosse demais para a sua cabeça. Não consegue nem ficar sentada. Resmunga um pouco e rola no edredom branco. — Quantos fios tem esse negócio? É tão macio que parece manteiga.

Deito ao lado dela.

— São tecidos de lã merino de alta qualidade, feitos com um pouquinho de ouro e jacquard de seda especialmente para a família imperial.

— Vou ligar pra minha mãe agora pra perguntar por que ela nunca me comprou uma coberta de ouro. — Ela vira de lado, e ficamos cara a cara. — Nunca me senti tão pobre.

Toco seu cabelo, fazendo carinho em suas mechas ruivas, e sorrio.

— Estou tão feliz que está aqui.

Noora passa sete dias comigo. Ela tem dificuldade para se manter acordada durante as primeiras setenta e duas horas, mas consegue sobreviver a base de café e açúcar. Não desperdiçamos um segundo sequer. Primeiro, levo-a para conhecer o Palácio Akasaka. Depois, tomamos chá na sala Asahi no Ma, que lembra a França do século XVIII, mas com um toque japonês.

Desdobro o guardanapo e o coloco no colo.

— Me conte tudo. O que está achando de Nova York? E as aulas? O que está rolando na sua vida? Parece que a gente não se fala há um século. — Trocamos mensagens, mas não é a mesma coisa.

Noora observa meus movimentos e faz o mesmo com seu guardanapo. Senta desconfortavelmente ereta na cadeira. Um empregado dá um passo à frente e nos serve chá. Ela o espera terminar e fala:

— As aulas estão indo bem. Tem uma sobre filmes da Disney e feminismo. É fascinante. Duke diz que...

— Duke? — Ergo a sobrancelha.

— É um cara... — Ela olha para baixo, fica corada, e volta o olhar para mim. — Ele está nessa turma. E bem... hum, a gente meio que está namorando — ela sussurra na sala cavernosa.

Acima de nós há um quadro de uma deusa romana nua envolta em galhos de flores de cerejeira que nos observa casualmente.

Bato o punho na mesa.

— Não acredito. Como é que eu não sabia disso? Por que não me contou?

Noora sorri e relaxa um pouco. Ela pega a xícara com uma expressão cautelosa e dá um gole.

— Bem, acabou de acontecer. Ele também é da realeza.

— Sério?

O empregado se aproxima de novo e nos oferece minissanduíches de presunto. Noora mais uma vez o espera se afastar.

— Meio que sim. A família dele tem uma fazenda enorme em Midwest. O pai dele é o rei da carne do Kansas.

— Sra. Rei da Carne — murmuro. — Talvez você devesse mostrar o seu comprometimento tatuando o nome dele no seu lábio inferior.

— Sim, estamos nesse nível.

O empregado chega e Noora não dá um pio. Abro um grande sorriso para ele e digo que estamos bem. Do lado de fora da janela, o céu está roxo. Faz frio e tudo está quieto e imóvel.

Quando estamos sozinhas de novo, pergunto:

— Vocês estão sérios?

— Sim. Ele me convidou pra passar as férias de primavera com ele. Tenho quase certeza que vai tentar me fazer ordenhar uma vaca, e o mais esquisito é que estou meio empolgada com isso. E você me conhece, sou uma pessoa estritamente caseira.

Em um Natal, eu dei a Noora um moletom que dizia CASEIRA. Então, sim, eu sei.

Ela não encostou na comida ainda. Me inclino para a frente.

— Você está bem? Não gostou? Quer que eu peça outra coisa? — Não é do seu feitio ser tão passiva. Tão hesitante.

Viro para o empregado, mas ela fala depressa:

— Não, está tudo bem. Só estou com medo de fazer bagunça. — Ela olha para o carpete roxo e macio. Então, devagar, dá uma mordida cuidadosa no sanduíche, segurando-o acima do prato para garantir que as migalhas não caiam no chão. — Mas e você? Como está se saindo pós-Akio? — ela pergunta depois de engolir.

Uau. Faz um tempo que não ouço o nome dele.

— Estou bem. As coisas com Eriku... — Ela sabe um pouco sobre ele, mas não tudo. Conto o que está rolando: o namoro de mentira se tornou real.

— Você gosta mesmo dele?

Penso em seu sorriso torto, em sua sinceridade.

— Gosto.

— Mais do que de Akio?

Assim como Eriku, Akio me ofereceu mais do que recebeu. Mas as semelhanças param por aí. Akio é estoico, leal, uma alma antiga. Ele é contido, e Eriku é uma explosão de cores. Balanço a cabeça.

— Acho que não tem comparação. Eles são diferentes demais.

Passamos a noite no meu closet, e Noora aos poucos vai ficando mais à vontade com os empregados à nossa volta.

— Isto é maravilhoso — ela diz, puxando um vestido com costuras pretas e douradas que minhas primas escolheram para mim. Ela o segura na frente do corpo e se olha no espelho. — Você já o usou?

— Não — é tudo o que digo. Quero usá-lo. Esse vestido ainda me chama.

— Vou experimentar.

Ela o atira na ilha de mármore e tira a roupa. Fecho o zíper para ela e a admiro. Nosso corpo é parecido: quadril largo, peitos maiores que a média. A saia tem movimento, flutuando sobre seus tornozelos. O decote em V é profundo e um pouco ousado, e acho que adoro isso. Posso me ver usando-o. É um daqueles vestidos que te deixam poderosa. Entendo por que Akiko e Noriko o escolheram. Mas onde vou usá-lo agora?

Noora é tipo um passarinho, e uma nova peça de roupa chama sua atenção. Ela tira o vestido, e eu o penduro de volta no cabide, fazendo carinho nele antes de me afastar.

Na tarde do dia seguinte, apresento-a às gêmeas. Passo uma hora preparando-a para o encontro: nada de movimentos bruscos, mantenha contato visual, não baixa a guarda. É um pouco como encontrar um leão na savana.

— Elas não são tão ruins assim — comento, enquanto elas se aproximam.

Akiko está vestindo um suéter de tricô arco-íris Stella McCartney e leggings brancas.

— Você é a melhor amiga de Izumi nos Estados Unidos — Akiko fala, deslizando na nossa frente. — *Hajimemashite.*

Estamos naquela casa noturna exclusiva onde Eriku cantou "You don't own me", só que de dia, então o lugar está aberto para o almoço. A pista de dança tem mesas forradas com toalhas de linho preto. Garçons circulam com luvas brancas.

— Somos as melhores amigas dela aqui — Noriko diz, pegando um guardanapo e colocando-o no colo.

Ela também está de Stella McCartney, em um vestido de seda cor de amora com estampa de frutas e uma bolsa de cota de malha que definitivamente poderia ser uma arma.

— Novas amizades são sempre bem-vindas — Noora devolve. — Mas não podem substituir *anos* de convivência. Lembra quando a gente se conheceu? — Ela vira para mim.

— No segundo ano — murmuro, sem entender direito o que está acontecendo.

Akiko abre um sorriso gélido e agressivo.

— Não tem um ditado que diz que para o novo entrar, o velho precisa sair?

Noora as encara. Akiko e Noriko a encaram de volta. Estamos num impasse. Que ótimo.

— Algumas coisas não podem ser substituídas — Noora solta. — Izumi sempre vai precisar de mim para dar apoio emocional.

Noriko a corta:

— Bem, ela também precisa da gente. Passamos um tempão juntas. Tipo, olha só pra ela. — Ela faz um gesto que vai dos meus pés à minha cabeça. — Nós fizemos isso. Somos a melhor coisa que já aconteceu com Izumi.

— Exatamente — Akiko concorda, assentindo. Então faz uma pausa e acrescenta: — Acredita que ela não conhecia as qualidades da caxemira?

— Grande coisa. No sétimo ano, eu a convenci a não fazer permanente — Noora rebate, em uma clara tentativa de confrontá-las.

— Nossa, ainda bem que você fez isso. Outro dia, ela quase saiu com um cardigã de velha — Noriko diz, estremecendo.

— Credo — Noora responde, e de insatisfeita, passa a achar graça. — Ela queria fazer permanente só na franja e deixar o resto liso.

— Ei — falo, cortando-as.

Akiko sorri e diz:

— Ou seja, o que ela faria sem nós?

Noora sorri. As gêmeas sorriem. Elas estão fazendo uma piada... com a minha cara. Será que é errado eu ficar emocionada com essa cena? Também abro um sorriso. Akiko me olha como quem pergunta: "Que porra é essa?".

Noora recosta no assento e cruza os braços.

— Vocês duas são muito... — Ela procura a palavra certa. — Confiantes. Acho que fazem bem pra Izumi.

— Claro que sim — Akiko fala.

Noriko beberica sua água e puxa assunto:

— Izumi comentou que você estuda em Nova York.

Akiko se inclina para a frente.

— Sempre quisemos conhecer Nova York. Nos hospedar em um daqueles antigos prédios fofos de frente para o Central Park. Como é a vista do seu apartamento?

— Esplêndida. Meu dormitório tem vista para o ar-condicionado do prédio ao lado — Noora fala com naturalidade.

Akiko e Noriko ficam fascinadas, e passamos o resto da refeição discutindo como Noora consegue viver em um espaço de treze metros quadrados, dividindo o banheiro com vinte garotas.

Depois disso, as gêmeas nos convidam para fazer compras. Noora topa, mas seus olhos quase pulam ao ver as lojas e os preços. Fechamos a noite em um karaokê privativo. Noora e eu cantamos "Bohemian rhapsody", revisitando nossa performance no show de talentos do fundamental. Dou um jeito de convencer Akiko e Noriko a usarem boás de pluma sintética. Bebemos um monte de saquê e dançamos muito mal. Memorável.

Dois dias antes do Natal, Noora ainda está aqui. Está nevando. Uma camada branca cobre Tóquio, o que me faz lembrar Mount Shasta. Minha mãe me enfiaria em roupas de neve e me empurraria para fora de pá na mão para limpar a entrada. Ao terminar, Noora, as meninas e eu vasculharíamos as latas de lixo dos vizinhos procurando caixas de papelão para escorregar na neve.

O que me parece uma ideia excelente.

Os empregados se recusam a procurar papelão, mas conseguem três trenós de madeira de alta qualidade. Eriku se junta a nós com Momo--*chan*, que está no paraíso, se enfiando na neve e se revirando no chão. Tamagotchi a segue feito um... filhotinho apaixonado. Noora grita ao descer um morro no trenó. Eu vou deslizando com tudo e me jogo no chão para parar, rindo e vendo a vida passar diante dos meus olhos. Estamos meio bêbadas de neve e alegria. Vejo Eriku na minha frente, me oferecendo a mão. Fixo o olhar em seus olhos brilhantes.

— Você tem sardas no nariz — ele comenta de maneira sonhadora.

Toco o nariz com o dedo enluvado.

— Hum, acho que é por causa do Sol — digo, baixinho.

Ele gentilmente enfia uma mecha do meu cabelo dentro do gorro. Somos interrompidos pelos guardas imperiais, que querem verificar se estou ferida. Enquanto discutem se devem ou não chamar o médico, nos enrolamos em cobertores xadrez e bebemos chocolate quente em xícaras de prata. Eriku está fazendo anjinho de neve e Noora me cutuca.

— Ele é divertido. Vocês são bem parecidos. Ele é tipo sua versão masculina.

Franzo o nariz. Minha mãe disse a mesma coisa.

— Acho que é mesmo.

Eriku está deitado no chão, com Momo-*chan* na barriga e Tamagotchi ao lado. Ele é aquele tipo de cara que diz: "Te apoio, você está arrasando, será que adotamos mais um cachorro?". Akio me encorajava de um jeito diferente. Lembro de nossas noites jogando *Go*, de como ele me encarava do outro lado do tabuleiro, me desafiando. "Se esforce, você pode ganhar de mim, vamos lá."

De noite, jantamos com meus pais, só nós quatro. Famintas depois de passar tanto tempo brincando na neve, Noora e eu inalamos o aroma do nosso *udon* coberto com *inari age* e tofu frito temperado.

— Está bem, sra. T? — Noora pergunta.

Minha mãe não comeu muito e está com olheiras escuras. Lembro de ter ficado assim nas minhas primeiras semanas no Japão, quando tudo era novidade e eu estava tentando assimilar as coisas de uma vez. Assim como eu, ela foi jogada nessa situação. A vida imperial pode ser extenuante.

— Estou bem, só cansada — ela diz, dando um sorriso sonolento. — Cansada demais para comer.

A boca do meu pai se contorce de preocupação. Ele leva a mão à testa dela.

— Você está doente?

— Não. Acho que só preciso de um descanso. Estou ansiosa para passar um tempo com a minha família daqui a uns dias. — Nós três demos um jeito de bloquear nossas agendas por três dias inteiros. Minha mãe e eu vamos assumir a cozinha para preparar nosso megabanquete de Natal-Ação de Graças. — Acho que vou deitar mais cedo.

Ela fica de pé e meu pai a acompanha até o quarto. Me aposso dos seus *noodles*.

Olho para Noora e falo:

— O que foi? Vai acabar indo pro lixo se ninguém comer.

Ela revira os olhos.

— Bem, então pelo menos divide um pouco. — Ela se aproxima e terminamos de comer juntas.

Noora torna meu mundo mais completo.

26

Na véspera da partida de Noora, vamos a uma feira de Natal em Roppongi Hills que é uma réplica da de Stuttgart, na Alemanha. Perambulamos pelas barracas enquanto ressoa nos alto-falantes a nona sinfonia de Beethoven, "Ode à alegria".

— Então, temos menos de vinte e quatro horas. Tem mais alguma coisa que você queria fazer?

O rosto dela se ilumina.

— Sim. — ela fala e para de repente.

Começamos a chamar atenção. Não vejo apenas uma câmera apontada para nós, mas várias. Guardas imperiais tentam conter a multidão, esticando os braços para manter as pessoas afastadas.

— Manda — digo. Eu vacilei, deveria ter avisado que isso aconteceria. Todos os lugares que visitamos até agora eram privativos ou foram esvaziados antes. Esta é nossa primeira aparição pública. — Você está incomodada? Podemos ir embora. Acho que acabei me acostumando. — Noora permanece imóvel. — Ei. — Fico de frente para ela. — Você quer ir embora?

Ela balança a mão.

— Não, tudo bem. Quero ver a feira.

Seguimos em frente, mas a postura casual e relaxada sumiu. Noora vai ficando cada vez mais tensa à medida que a multidão aumenta, até triplicar de tamanho. Vejo uma barraquinha vazia vendendo cidra quente e me enfio lá. Os guardas se posicionam do lado de fora. O dono aparece dos fundos, faz uma reverência graciosa e nos oferece xícaras fumegantes que exalam maçãs doces.

— Será que devo dar dinheiro para ele? — Noora pergunta, enquanto sentamos na parte de trás da barraca.

Mas Reina já está pagando o vendedor.

— Não, fica por minha conta. Ou melhor, na conta da família imperial. Não tenho dinheiro. — Diante de sua expressão, explico: — Os membros da realeza não podem ter dinheiro. É toda uma história — digo, girando a xícara nas mãos para aquecer os dedos. — E aí, teve alguma ideia do que fazer nessas últimas vinte e quatro horas? — O voo dela é amanhã à noite.

Ela se balança para a frente e para trás.

— E se a gente andasse de metrô? Li tanto sobre o sistema de transporte de Tóquio. Estou morrendo de curiosidade para descobrir se consigo me virar, como fiz em Nova York.

Noora sempre adorou desafios. Imagino que ela encare a coisa como uma dissecação, seguindo as linhas do metrô como se fossem artérias para descobrir qual órgão elas alimentam.

Um coral começa a cantar músicas natalinas.

— Não sei, eu teria que perguntar. Tipo, se quiser que eu vá com você... Meu pai e meu avô de vez em quando andam de metrô, mas precisam de segurança extra e acabam provocando atraso nos trens.

— Princesa Izumi! — alguém grita.

No piloto automático, levanto a cabeça e viro em direção à voz, abrindo um sorriso amarelo. Uma foto é tirada, e o homem com a câmera faz uma reverência, agradecendo.

Noora afasta a xícara e solta um barulhinho.

— O que foi? — pergunto.

— Nada — ela diz, de um jeito passivo-agressivo.

— O que é?

Ela gesticula para mim.

— Só é meio estranho te ver assim, ligando e desligando.

Recosto, perplexa.

— Ligando e desligando o quê?

— O modo princesa. É meio perturbador. — Ela fica encarando fixamente um ponto na parede. — Deixa pra lá. Esquece.

— Modo princesa? — solto. Depois, tento me controlar. — Podemos não falar disso aqui? As pessoas estão olhando. — Harmonia é algo importante no Japão.

Noora suspira.

— Claro.

Enquanto saímos, abro um grande sorriso para o dono da barraca e faço uma reverência.

— *Gochisōsama deshita* — digo, agradecendo a cidra.

Ele devolve a reverência.

A viagem de carro de volta para casa é tensa e silenciosa. Noora está de braços cruzados, com a mandíbula impiedosamente cerrada. Ela nem me olha.

— Não entendi. O que aconteceu? A gente estava se divertindo...

Ela esfrega os olhos com a palma das mãos.

— A gente... Não... Não foi só agora. É ver todo mundo fazendo uma reverência para você. Tardes sofisticadas tomando chá em palácios. O preço das roupas que você compra. Empregados organizando um piquenique enquanto a gente brinca de escorregar na neve...

— Você gostou de escorregar na neve — digo, na defensiva.

— Gostei... ou pensei ter gostado, mas você não fica desconfortável? Talvez não, e talvez eu esteja chateada por isso. Você mudou muito.

Meu peito infla, as emoções fervilham.

— Pode até parecer que mudei, mas ainda sou a mesma Izumi por dentro. Você sabe por que estou fazendo tudo isso. Pela minha mãe — digo.

O silêncio é denso.

Noora esfrega os olhos de novo.

— Eu sei, mas qual é o custo disso? Você se perder?

— Você não entende. O Japão tem uma cultura coletivista. Estou me adaptando.

— Então é se conformar ou morrer?

— Não é bem assim. — Estreito os olhos e respiro fundo. — Não entendi de onde está vindo tudo isso. Acho que é melhor tirarmos um tempo pra nós mesmas.

— Ótimo — Noora diz.

Não nos falamos mais durante o resto da viagem.

É quase meia-noite e não consigo dormir. Estou inquieta. Com Noora brava comigo, minha vida parece desequilibrada como um quadro torto. Coloco o robe que minhas primas me deram e vou para o corredor. Bato na porta antes de abri-la.

— Noora? — sussurro na escuridão.

Alguns segundos se passam e estou prestes a sair quando ela responde:

— Sim?

— Está acordada?

— Óbvio. Não consigo dormir.

— Está preocupada com o voo?

— Não, sua besta. Fiquei chateada com a nossa briga. A gente nunca briga.

Me aproximo e sento na beirada da cama.

— A não ser aquela vez no seu aniversário de doze anos. Lembra?

— Lembro.

A mãe dela decidiu assustar a GGA durante uma festa do pijama. Ela colocou um lençol branco em uma vassoura e ficou balançando na frente da janela. O efeito fantasmagórico foi aterrorizante. Empurrei Noora para me salvar. Não tenho orgulho disso.

— Você ficou sem falar comigo por três dias — comento.

Tive que jurar solenemente por Tamagotchi que, se um fantasma de verdade aparecesse, eu me colocaria na frente dela.

— Eu ainda me sinto coberta de razão. — Ela levanta a cabeça.

— Não estou dizendo o contrário. — Fico quieta por um momento. — O que está acontecendo com a gente? — pergunto, girando os dedões.

Noora levanta e acende a luz.

— Não sei. — Ela solta um suspiro longo e sofrido. — Acho que eu esperava que essa visita fosse como antes, quando a gente podia passar o dia juntas sem fazer nada. Seu séquito e os fotógrafos sufocam a gente, sinceramente. Estou brava por você ter toda uma nova vida sem mim, e me sinto abandonada, mesmo sabendo que não deveria me sentir assim. Parece que não sou mais sua pessoa favorita — ela solta, bufando.

Assinto conforme ela fala.

— Sei. Mas... eu também não acho mais que sou sua pessoa favorita. A gente está sempre se desencontrando. Fazemos planos de nos ligar, mas daí uma de nós cancela... o que não tem problema. Você está ocupada. Eu estou ocupada. Tem um monte de coisa acontecendo. Aulas empolgantes, novos amigos e namorados. — Estamos vivendo duas vidas completamente diferentes. Quando paramos de contar as coisas uma para a outra? — Não podemos só ficar felizes pela outra?

Ela suaviza um pouco.

— Claro que sim. — Levanta o cobertor para mim, e me enfio na cama ao seu lado. Ficamos encostadas na cabeceira, ela mexendo no lençol. — Sempre fico feliz por você. É só que tudo está mudando tão rápido. E não quero que a gente se perca.

— Eu também não — digo, com sinceridade.

— Abraço da paz? — Noora pergunta.

Abro os braços e afundamos uma na outra. Passamos uma hora conversando sobre tudo e sobre nada, e me sinto mais próxima dela do que nunca. Estamos quase pegando no sono quando tufos brancos e gordos começam a cair do céu.

— Está nevando de novo.

Levanto e vou até a janela. Não tenho dúvida: é uma noite especial. Acho que esta é a função de uma melhor amiga: salpicar pó mágico na sua vida. Noora está atrás de mim. Ficamos observando a neve se acumular. O gelo pende dos galhos e brilha ao luar como fios de caramelo.

— Ei, Izumi — Noora diz. — Quando você se perguntar o que o Japão quer de você, lembra de se perguntar o que você quer de si mesma também. Não enterre quem você é para se tornar o que os outros esperam.

Cerro os punhos. Não estou brava. Só decidida.

— Acho que sou a mesma pessoa.

— Certo — ela fala com firmeza, tocando meu robe. — Que tecido gostoso.

— Foi um presente da duquesa de Cambridge pras minhas primas. Elas me deixaram ficar com ele porque era de duas estações atrás.

— A duquesa de Cambridge, também conhecida como Kate Middleton?

— Essa mesma.

Ela estala a língua.

— E eu me achando chique com meu vestido de formatura de loja de departamento.

Abraço Noora e encosto a cabeça na dela. Sempre gostei de termos o cabelo da mesma cor. Bem escuro. Preto feito a noite. Quando a gente ficava grudada assim, não sabíamos onde uma começava e a outra terminava. As cores podem até ser diferentes agora, mas não importa. Noora e eu somos perenes. Temos um tom único que sempre vai durar.

Na manhã seguinte, andamos de metrô. Coloco um boné para não ser reconhecida, e faço Reina se vestir à paisana. Ela fica chocada quando não descemos em nenhuma estação. Noora fica satisfeita só de pegar o trem com os passageiros sonolentos e silenciosos. A emoção está na descoberta, e não no destino, ela diz.

O tempo passa voando, e algumas horas mais tarde eu a abraço do lado de fora do palácio.

— Vou morrer se você for embora.

— Dramática — ela responde, me abraçando um minuto além do necessário.

Guardam as bagagens, fecham o porta-malas com força e um empregado segura a porta da SUV preta e brilhante que meu pai emprestou. Prolongamos a despedida.

— Me conte tudo o que acontecer, combinado? — ela diz, preocupada.

A Agência da Casa Imperial vai fazer uma votação sobre o casamento dos meus pais a qualquer momento. Penso em Akiko e Noriko.
Em Eriku. Em minha mãe e meu pai. Na carta de admissão da Universidade de Tóquio, guardada na gaveta da minha mesinha de cabeceira.
Fiz tudo o que podia.

— Pode deixar. — Nos abraçamos mais uma vez. — Quero minha
família, Noora — falo contra seu ombro. Quero que meus pais casem.
Que a gente seja uma unidade indivisível.

— Sua família é você quem faz — ela fala, me soltando.

Suspiro, em vez de discordar. Enquanto ela entra no carro, coloco
um bilhete em sua mão. É um *waka* que escrevi para ela.

A gente é tipo
cabelo e gel, geleia e
pasta de amendoim,
lápis e papel, pneus
e asfalto: sempre juntinhas.

No Natal, minha mãe e eu cantarolamos músicas natalinas pelo palácio. Fazemos uma bagunça na cozinha, preparando o peru e o re-
cheio, purê de batatas e vagem. Por último, abrimos a massa e assamos
tortas de maçã. As bochechas dela estão sujas de farinha, e seus olhos
estão alegres e brilhantes.

Poucas horas depois, a mesa está uma zona com pratos sujos de comida, copos meio vazios, talheres cintilando à luz do fogo. Ficamos um
pouco ali. E depois vamos até a lareira, com a barriga quase explodindo.

Meu pai entrega um envelope para minha mãe, que abre com um
sorriso intrigado.

— O que é? — ela pergunta, olhando para o papel dobrado. —
Projetos arquitetônicos?

Ele faz que sim.

— Vou reformar o jardim e o palácio para incluir um sistema de compostagem de última geração e estações de coleta de água da chuva.

— Mak... — ela diz. Então passa por cima do papel de presente amassado para abraçá-lo e beijar seu rosto.

Ele dá risada, fazendo carinho em seu cabelo.

— Gostou?

— Adorei — ela diz. Ele sussurra algo em seu ouvido que a faz corar bruscamente e soltar uma risadinha.

Depois é a minha vez. Meus pais me presenteiam com um moletom da Universidade de Tóquio. Olho para a minha camiseta velha da Escola de Ensino Médio de Mount Shasta e falo:

— É uma dica nada sutil de que está na hora de aposentar esta aqui? — A bainha está toda desfiada e tem um furinho na axila.

— Você vai ter coisas maiores e melhores agora — minha mãe diz.

— Abra o próximo — meu pai diz.

O pacote é grande e está perfeitamente embrulhado em pano *furoshiki,* com um lindo nó no topo. Ao abrir dou de cara com uma caixa da Louis Vuitton, e dentro tem uma mochila com o famoso padrão quadriculado.

— Para a universidade — meu pai diz. — Suas primas me ajudaram a escolher. Aparentemente, é um item obrigatório no campus.

— É linda — digo.

Eles têm mais alguns presentes para mim. O tema é a vida universitária: canetas, cadernos e um notebook novo. Pelo menos por fora, estou totalmente preparada.

O melhor presente de todos é o do grão-camarista. Ele bate na porta e entra, com a neve derretendo em seu casaco.

— Perdão, Vossas Altezas e sra. Tanaka. Recebemos uma mensagem do Conselho da Casa Imperial.

Congelamos.

— A reunião era amanhã — meu pai diz.

— Era o planejado, mas o primeiro-ministro teve um conflito de agenda de última hora. Então remarcaram para esta tarde. O resultado foi unânime. Todos os dez membros concordaram com o casamento. Parabéns. — Ele faz uma reverência.

Ficamos sentados ali por um tempo, sem acreditar. Lágrimas alegres escorrem pelas minhas bochechas. E pelas da minha mãe. Meu pai abre uma garrafa de champanhe. Brindamos e nos abraçamos. Depois, assistimos a *Milagre na rua 34*. Uma nuvem de felicidade nos cerca.

Do sofá, escrevo uma mensagem para Eriku.

Eu
Casamento aprovado.

Adiciono uma série de *emojis* festivos. Eriku responde no mesmo instante com uma figurinha de dois cachorros se abraçando.

Eriku
Sabia que você ia conseguir. Quer saber
o que Jerry Garcia disse sobre o amor?

Mando um *emoji* com o polegar para baixo.

Quando o filme está quase no fim, minha mãe pega no sono e começa a roncar. Meu pai esquece da televisão e fica olhando para ela. Volto a atenção para o filme. Tudo valeu a pena.

FOFOCAS DE TÓQUIO

É oficial: o príncipe herdeiro está noivo

25 de dezembro de 2022

Enquanto a maior parte de Tóquio está quieta comendo KFC nesta época do ano, o Conselho da Casa Imperial realizou uma reunião secreta nas primeiras horas da manhã de Natal. A pauta era a segunda votação sobre o casamento de Hanako Tanaka e o príncipe herdeiro Toshihito. Pois logo estaremos ouvindo os sinos do casamento. O conselho votou por unanimidade a favor da união.

"Alguns membros queriam que o príncipe herdeiro tivesse escolhido alguém mais jovem, com uma origem mais parecida com a dele, mas ele deixou sua escolha clara", um informante palaciano disse.

No início deste ano, o casal enfrentou muito escrutínio. Os críticos estavam preocupados com o pedigree de Tanaka — ou melhor, com a falta dele. Também tinham medo de suas convicções em relação ao meio ambiente, suas tendências políticas e seu compromisso com a própria carreira. Por ter crescido nos Estados Unidos, ela não tinha conhecimento nenhum sobre o funcionamento da família imperial. O Conselho da Casa Imperial tomou a filha dela como modelo para predizer como a sra. Tanaka iria se ajustar à vida na realeza. Como se sabe, a entrada de S.A.I. a Princesa Izumi na alta sociedade foi conturbada desde o início, com o estrondoso caso com seu guarda-costas e a demora para escolher uma universidade ou um curso, além de um milhão de erros no meio do caminho.

Mas, desde então, a dupla de mãe e filha virou o jogo.

S.A.I. a Princesa Izumi construiu um relacionamento sério com Eriku Nakamura, herdeiro da dinastia Nakamura. "A Agência da Casa Imperial está muito satisfeita com a conexão dos dois", nosso informante comentou. "Eles adorariam ver a união deles, mas sabem que talvez ainda seja cedo demais." A princesa recentemente também anunciou sua admissão na Universidade de Tóquio, onde vai estudar botânica. Em uma declaração para a *Vogue* japonesa, ela disse: "Me sinto honrada de seguir os passos do meu pai e frequentar a mesma universidade que ele. E me sinto honrada de seguir os passos da minha mãe na escolha do curso". A princesa agora tem um hobby: voluntariar com a Cruz Vermelha.

A sra. Tanaka passou por uma transformação semelhante. "Ela tem se dedicado muito aos estudos com a imperatriz", a casa imperial afirmou quando questionada sobre as atividades da sra. Tanaka. Conseguimos interceptar a noiva do lado de fora do palácio imperial esperando o príncipe herdeiro terminar sua corrida na vizinha Chiyoda Ward (ver foto). A sra. Tanaka foi paciente e estava muito elegante em seu terninho branco de inverno. Talvez ela já soubesse o que nós então não sabíamos: que um casamento estaria em seu futuro mais cedo do que o esperado.

27

A árvore de Natal é desmontada e as agulhas de pinheiro são varridas e jogadas no lixo. A nuvem de felicidade desaparece e nossos compromissos são retomados. Uma enxurrada de presentes de casamento chega ao palácio, e eu preciso navegar por um labirinto para chegar à porta. Vejo um baú de madeira Paulownia, pinturas e tapeçarias de seda com estampas de cegonha, símbolo da fertilidade, e uma estátua que de fato representa a divindade da fertilidade. Além de milhares de cartões parabenizando minha mãe.

A sra. Komura, a recatada dama de companhia de mamãe, agora é um empréstimo permanente da imperatriz. Minha mãe não pode virar uma esquina sem ser alvo de perguntas.

— Que tipo de flores você quer? — a sra. Komura pergunta uma manhã.

Sentamos na sala de estar. Catálogos das joias imperiais estão abertos em um otomano adornado. Minha mãe precisa decidir que tiara vai usar no casamento: um modelo floral de diamantes com crisântemos ou cravejado de diamantes com um colar combinando?

Minha mãe fica animada.

— Orquídeas. Adoro orquídeas.

Concordo avidamente.

A pequena boca em forma de arco da sra. Komura se contorce em uma careta.

— Não estamos na época de orquídeas. Teríamos que trazê-las de avião ou mandar cultivá-las especialmente para o casamento. O público pode não aprovar esse gasto.

Minha mãe franze a sobrancelha.

— Não posso ter orquídeas?

— Acho que não. — A sra. Komura balança a cabeça, anotando algo no celular. Nunca vi alguém digitar tão rápido quanto ela. O aparelho toca. — *Sumimasen*. Preciso atender. Quando voltar, vamos agendar a prova do seu *jūnihitoe*.

— *Jūnihitoe*?

A sra. Komura sorri.

— *Hai*. Seu vestido para a cerimônia de casamento. Você vai usar dois: a veste tradicional de doze camadas e um vestido branco. — O celular toca de novo. — Preciso mesmo atender — ela diz, e sai apressada.

Minha mãe fica ali sentada por um momento, um pouco atormentada depois que o tornado chamado sra. Komura vai embora.

Me aproximo.

— Você está bem?

Ela franze a sobrancelha.

— Acho que sim. É só que flores, vestidos, todos esses detalhes... é tanta coisa. Acho que se eu fosse fazer o casamento do meu jeito tudo seria bem mais simples. Mas faz parte do processo, tenho que pensar no objetivo final, certo?

— Certo — digo, esfregando suas costas e lhe oferecendo meu melhor sorriso solidário.

No dia seguinte, Eriku vai comigo ao almoço de fim de ano do imperador.

— Você pode acabar sentando no mesmo lugar em que George H. W. Bush vomitou no colo do primeiro-ministro na hora em que serviram a carne *wagyu* — digo para Eriku, meu par, que veste um terno personalizado.

Ele coloca a mão no peito.

— Passei a vida toda achando que os estudos e a música fossem minhas paixões... mas esse, sim, é um objetivo de vida. Será uma honra.

Sorrio. Tem algo especial no fim do ano, embora seja diferente nos Estados Unidos. No Japão, as famílias se reúnem para fazer faxina e se preparar para o Ano-Novo. Elas fazem barulho à meia-noite, mas não se ouvem fogos de artifício nem beijos. Apenas sinos que tocam cento e oito vezes, uma tradição budista para livrar os humanos dos desejos terrenos. Eu gosto disso. Da promessa de um novo começo. Uma página em branco. Um coração mais aberto.

A sobremesa — um bolo *chiffon* de chocolate polvilhado com açúcar de confeiteiro — é servida. Enquanto comemos, um violinista mundialmente famoso toca. Logo, as mesas são limpas e as pessoas começam a conversar. Vejo Eriku com o primeiro-ministro, que faz uma grande reverência para mim.

— Parabéns, princesa — ele diz. — Pelo casamento dos seus pais e pela admissão na Universidade de Tóquio. — Agradeço-o, e ele se volta para Eriku. — Por favor, agradeça a seu tio pela ligação do outro dia. Adorei papear com ele. É sempre bom conversar com alguém que esteve nas trincheiras, por assim dizer. — Eriku promete repassar o recado, e o primeiro-ministro se despede.

— Suas bochechas estão vermelhas — Eriku fala um pouco alto, e as pessoas ao nosso redor nos ouvem. Estamos perto da porta, e vamos nos encaminhando para sair.

— O que foi isso? Não sabia que você e o primeiro-ministro eram amigos — digo, abrindo um sorriso confuso enquanto nos afastamos do prédio.

Paramos perto de um aquecedor que derreteu a neve, deixando a grama visível. As árvores nos escondem do restante da festa.

— Ah — Eriku diz. — Lembra que falei que tinha um ex-primeiro-
-ministro na família?

O calor do aquecedor se infiltra pelo meu vestido de veludo azul-
-claro e decote quadrado. Também uso uma bolsinha azul.

— Vagamente.

Ele se aproxima e se inclina, o rosto muito próximo do meu.

— Bem, talvez eu tenha pedido para ele falar bem de você e de sua mãe para o atual primeiro-ministro.

— O quê? — Encaro-o de olhos arregalados. — Você fez isso? Por quê?

Ele se endireita, mas se mantém perto.

— Por você, claro — ele diz, dando de ombros. — Não foi nada de mais.

Foi sim. Pelo menos para mim. Não é nada de mais para ele. Ele nasceu neste mundo. Pode pedir um favor, tem esse privilégio. Não levo a mal, mas agora entendo. Sou afortunada. Sortuda.

— Eriku... — Minha voz está carregada, e meu peito, cheio de emoções: sinceridade, gratidão e carinho. Abaixo a cabeça. — *Arigatô.*

— Como eu disse, não foi nada. — Ele dá um beijinho suave e doce na minha bochecha. — *Akemashite omedetô gozaimasu.* — "Feliz Ano-Novo", ele diz, com uma voz rouca e exuberante. E os olhos fixos nos meus.

— Feliz Ano-Novo — digo, baixinho, com a garganta apertada.

Observo as linhas do seu rosto, sua boca sempre curvada para cima, seu lábio inferior é ligeiramente mais largo que o superior.

— Izumi — ele diz, desviando o olhar. — Você sabe... Você sabe que mudou a minha vida? — Ele balança a cabeça, como se estivesse em transe. Em seguida, pega a minha mão e a coloca no seu peito. Sinto o seu coração batendo forte. — Por sua causa... me sinto tão diferente. Meu pai não mudou, mas *eu* estou mudando. Pensei no que você disse. Não tem problema querer a aprovação dele, desde que isso não sacrifique a minha felicidade, e estou pensando em fazer algumas mudanças. Talvez sair de casa ou... não sei. Só sei que quero outra coisa. E isso não é tudo... quero dizer, você me apresentou ao Grateful Dead...

Abafo uma risada e agarro sua camisa, imaginando que eu poderia ficar assim para sempre.

— Não sei como dizer o quanto isso significa para mim. Sinto o mesmo. Você me transformou.

É verdade. Sou outra pessoa. Meses atrás, eu não sabia o que queria: universidade ou ano sabático. Mas agora... Agora, já cheguei longe no caminho de princesa. Já conquistei e vi muita coisa. Quando olho para trás, percebo que estava com medo. Medo de falhar, de não cumprir todas as expectativas. E Eriku me ajudou a realizar tudo o que me propus a fazer. Eu não tenho palavras para agradecê-lo.

Ele morde o lábio e baixa a cabeça, se aproximando devagar e preguiçosamente. Encosta a testa na minha. Não há música, mas nos balançamos um pouco. Acho que a alma dele é feita disso... de notas azul-escuras.

— Izumi, Izumi, Izumi... — ele diz sem parar, pronunciando meu nome como uma canção. Nossos lábios se tocam. Me entrego ao seu abraço, e o mundo desaparece.

— Izumi?

Uma voz corta os sons da festa. Reconheço-a e me afasto de Eriku no mesmo instante. Viro o rosto devagar...

— Akio? — pergunto, aturdida.

Será que estou sonhando? Ele está de terno preto. Lembro da sensação do tecido nas minhas mãos, das vezes que nos beijamos quando ele era meu segurança. Vou até ele com as mãos abertas enquanto a realidade se assenta.

— O que está fazendo? Como chegou aqui? — Me atrapalho com as palavras, em choque. Ainda assim, me aproximo dele. É estranho vê-lo agora. Na luz clara do dia. Na minha frente.

Sei que Eriku está logo atrás de mim, mas não consigo virar; estou sendo arrastada pelos olhos de Akio. Eles cintilam, cheios de tristeza e escuridão.

Mágoa está estampada em todo o seu rosto. Vejo tanta dor ali que vou ter pesadelos. Ele abre e fecha as mãos em um gesto impotente.

— Desculpe aparecer assim. Vi os jornais, fiquei sabendo do casamento dos seus pais — ele fala de uma vez, atrapalhado. Então franze as sobrancelhas. — Estou fazendo isto errado. Olhe... podemos conversar? — Ele estreita os olhos para Eriku, e sua voz endurece: — Sozinhos?

Olho para Eriku, hesitante. Várias perguntas estão me incomodando. O que ele está fazendo aqui? Por que me importo tanto? E o que são essas emoções borbulhando de repente? Balanço a cabeça.

— Não sei...

— Cinco minutos. É tudo o que te peço — Akio diz, decidido. — Sei que você não me deve nada, mas... será que pode me ouvir? Por favor. — O jeito como ele pronuncia a última palavra... *Por favor*. É tão selvagem e desesperado que me balança.

Eriku limpa a garganta.

— O cara está preocupado com algo. — Ele dá um passo à frente, pega minhas mãos e beija minha bochecha. — Vou esperar lá dentro. — Então ele vai embora. Enquanto desaparece, a neve faz barulho sob seus pés.

Estremeço, e Akio diz:

— Você está com frio.

Ele começa a tirar o paletó, mas levanto a mão.

— Não — digo, com a raiva emanando em uma única sílaba.

Ele recua e coloca o paletó de volta. Então solta um longo suspiro.

— Estou fazendo tudo errado.

— O que você está *fazendo*? — pergunto, fechando a cara.

Ele baixa a cabeça e diz:

— *Machigaeta*. — Ele me encara. — Eu errei — diz, mais alto.

Aperto o peito e cambaleio para trás. Há seis meses, lembro de estar segurando o celular, esperando uma mensagem ou uma ligação dele. Tentando fazer essas duas palavras virarem realidade. *Eu errei*.

— Nunca parei de pensar em você. Não consigo parar de pensar em você. Em nós. Sei que você seguiu em frente, mas...

Bufo.

— Você também seguiu em frente.

Ele olha para mim, inabalável.

— Não segui.

— Vi a sua foto de mãos dadas com uma garota nos jornais. — Lágrimas escorrem. — Tentei te ligar depois, mas você não atendeu.

Ele expira pesado, seus músculos tensionam sob o paletó.

— Um carro estava vindo. Os tabloides, muito espertamente, cortaram essa parte. Eu estava tirando-a do caminho. E quanto à sua ligação... me desculpe por não ter atendido. É meu maior arrependimento. Só fiquei olhando seu nome na tela do celular. Não sabia que você tinha visto os jornais. Seus pais não estavam noivos ainda. Pensei que estava fazendo o melhor...

A fúria toma o lugar da tristeza. *Ele te afastou porque gosta de você.*

— Que nobre da sua parte.

Ele olha para o céu cinzento.

— Não fui nobre. Fui um covarde.

Sinto um golpe. Meu coração vai parar no estômago.

— Como? — pergunto, em um sussurro esganiçado.

Sua expressão se transforma com a raiva.

— Quando falei que era melhor a gente terminar... fui sincero, mas também estava com medo. De não ser bom o suficiente, de nunca ser bom o suficiente para você. Não consegue ver? Você é uma princesa. Eu sou só um civil, um empregado. Estava tentando te poupar de passar a vida toda lidando com isso, e me poupar também.

Me encolho.

— Eu te fiz se sentir assim?

— Não — ele responde com uma voz baixa e rouca. — Nunca. Mas os outros sim.

Assinto devagar, sabendo que é verdade, porque já vivi isso na pele. Os jornais. O guia da minha visita à Universidade de Tóquio. *Como pude esperar que fosse ficar em sua órbita dourada para sempre?*

— Eu estava com medo — ele repete, e meu peito aperta com suas palavras. — Mas não quero mais sentir esse medo. Não quero deixar a opinião dos outros nos afastar. É por isso que estou aqui. Eu deveria ter vindo antes. Saber do casamento dos seus pais me deu coragem, foi isso. Então eu voltei.

A barragem que represava minhas lágrimas se rompe. Engulo rapidamente para não gritar. Akio está na minha frente me segurando pelos ombros, tocando meu rosto com carinho.

— Rabanete, ainda gosto de você. Ainda quero ficar com você. Ainda tem lugar no seu coração pra mim?

O sangue preenche meus ouvidos. Ouço uma onda me derrubando.

— Eriku — é tudo o que digo. Eu o vejo diante de mim. O garoto sorridente que me fez imensamente feliz.

Akio se mexe e me encara por um momento, então a tensão em seu rosto desaparece.

— Sei que está com ele. Não achei que fosse ser fácil. — Ele dá um passo para trás e repensa a estratégia. — Você precisa de um tempo. Eu te peguei de surpresa. Entendo. Vou te deixar em paz... mas, Izumi, não vou a *lugar nenhum*. Estou disposto a lutar por você. — Ele dá um beijo na outra bochecha, não na que Eriku havia beijado. — Te ligo.

Em um piscar de olhos, Akio foi embora. O calor de seu toque se dissipa. Os minutos passam. Não consigo me mexer. Lágrimas quentes escorrem pelo meu rosto. *Akio voltou.* Ele estava bem aqui no jardim comigo. Pedindo uma segunda chance. Solto uma expiração irregular e estremeço. Eu segui em frente. Não? Sinto uma pontada de culpa. Será possível gostar da mesma forma de duas pessoas? Sinto um nó no estômago. O espaço ao meu redor fica cada vez menor.

De costas para o palácio, não percebo quando alguém se aproxima.

— Não achei que fosse te encontrar chorando — Eriku diz baixinho, se colocando na minha frente.

— Não é... Eu não estou... E-eu... — gaguejo, sem saber direito o que estou tentando dizer. Ou por que estou me dando ao trabalho de negar. Estou um caco. Pensei que nunca mais fosse ver Akio de novo. Pensei que o tinha trancado em um baú e o deixado afundar nas profundezas do meu coração.

Eriku me observa com atenção, franzindo as sobrancelhas.

— O que ele te falou? Ele te machucou? Devo avisar meus empregados para prepararem pistolas ao amanhecer? — ele brinca, com um esboço de sorriso no rosto.

Limpo o nariz.

— Ele quer voltar comigo. Pediu uma chance. Disse que vai lutar por mim.

Seu pomo de adão se mexe.

— E o que você quer?

— Não sei. — Balanço a cabeça. — Estou confusa — sussurro.

— Sei.

Sinto o pavor no fundo da minha garganta. Estou prestes a perder Eriku.

— Não, você não sabe. — Encaro-o com olhos arregalados. — Pensei que meus sentimentos por Akio tinham desaparecido, mas não. Só que são equivalentes ao que sinto por você. Você me fez tão feliz. Com você, eu me senti tão viva. Não consigo imaginar minha vida sem você... nem sem Akio. — Minhas têmporas doem.

— Certo — ele diz, calmo. Olho-o e vejo que está de olhos fechados. Seus punhos estão cerrados. — Eu não estou confuso. Sei o que quero. E não vou me conformar com menos. Já fiz isso com meu pai. Não vou fazer com você. Mereço ser o único no coração de alguém. — Ele abre os olhos.

— Entendo — digo.

Eriku está tomando a decisão por mim. É meio que um alívio.

— Acho que não. — Seu olhar é poderoso e estável. Uma fortaleza. — Mereço ser o único no coração de alguém. E vou te mostrar que *sou* o único. Akio quer lutar por você. E eu também. Nos falamos logo — ele promete.

Sinto um aperto no peito.

Eriku segue na direção oposta de Akio. Eu fico paralisada ali no meio.

Choro até pegar no sono. Lágrimas encharcam o travesseiro. Toda vez que fecho os olhos, vejo Akio e Eriku. As lembranças se agitam. Akio tocando minha bochecha comigo no seu colo. *Prefiro ver você sair por cima.* Eriku deslizando uma bala na mesa para mim. *Cheiros e sabores criam caminhos neurológicos especializados.* Akio dançando comigo na sala de estar. Eriku deitado ao meu lado no planetário... Minha cabeça é um turbilhão. Eriku ou Akio? Só sei de uma coisa: um coração dividido não pode sobreviver.

28

Não conto para minha mãe nada sobre Eriku ou Akio. Ela não precisa desse peso. Não precisa se preocupar comigo. Faço cara de feliz mesmo quando Akio me manda seus *waka*:

Akio

Voltando para Nara.

Akio

Desculpe por ter
ido. Duas vezes te
fiz chorar. O que
fiz com o voto de pegar
suas tristezas e enterrá-las?

Akio

Em Nara.

Akio

Dez da noite, vi
sua ligação. Não atendi.
Fui burro. Pensei
que era melhor ficar só
a ser amado e inseguro.

Mesmo quando Eriku me manda presentes. Flores. Doces. Ursinhos dançantes do Grateful Dead. Um retrato pintado à mão de Momo-*chan* e Tamagotchi deitados diante de uma lareira acesa em um abraço peludo.

O palácio está mais agitado que o normal. A cerimônia tradicional de noivado, Nōsai-no-Gi, é realizada. Como minha mãe não tem parentes próximos vivos, a Agência da Casa Imperial encontra primos distantes no Japão e envia presentes a eles — dois peixes grandes, seis garrafas de saquê e cinco rolos de seda. Depois, meu pai faz seu pedido formal de casamento, que minha mãe aceita humildemente. O gesto marca o noivado oficial.

Há um banquete e nos empanturramos de salmão defumado, vieiras e *bavaroise* de morango. Sinto falta de Eriku, dele rindo ao meu lado e fazendo piadas. Mas, se é para ser honesta comigo mesma, confesso que também sinto falta de Akio. De seu humor seco e seu calor constante. Estou um lixo. Um lixo de coração dilacerado e com a cabeça confusa.

Caixas de vinho Chateau Mouton Rothschild 1982 chegam para o casamento. A imperatriz declarou que meus pais deveriam casar o mais rápido possível, na primavera — porque não há motivo para deixar o Conselho da Casa Imperial adiar as coisas por mais tempo. Os jornais publicam histórias sobre meus pais. *Os pombinhos estão tão apaixonados que mal podem esperar para começar o seu felizes para sempre.*

Faltam dois meses para o casamento quando minha mãe vai provar o suntuoso vestido de doze camadas: o *jūnihitoe*. A mesma dupla de costureiras que nos vestiu para a festa no jardim trabalha no vestido. Uma delas distribui as doze camadas pelo quarto, cada uma de cor e tecido diferentes.

— São vinte quilos — ela explica.

— Quarenta e quatro libras — minha mãe diz, girando o anel na mão esquerda.

Os japoneses não trocam alianças, mas a imperatriz presenteou minha mãe com uma esmeralda do tamanho de um tomate-cereja.

Lanço a ela um sorriso encorajador.

— Talvez você precise começar a levantar uns pesos.

— Primeira camada — a costureira diz. — Por favor, tire o robe.

As mulheres trabalham em conjunto. Noora me manda mensagem e eu respondo. Quando volto a olhar para minha mãe, ela está suando, vestida com três camadas.

— Você está bem? — sussurro. — Quer que eu traga água?

— *Dame*. Nada de beber com o vestido — a costureira intervém. O traje completo custa mais de trezentos mil dólares.

— Estou bem, querida — ela fala, com um sorriso fraco.

Me coloco na sua frente.

— Quer repassar minha grade curricular comigo? — pergunto, olhando o celular. — Estou tentando decidir quais aulas fazer.

— Claro — ela diz. Seus olhos de pálpebras pesadas se concentram em mim.

— Obviamente, vou começar com alguma aula de biologia — digo para deixá-la feliz. Só de ler a ementa já fico com sono.

Ela me olha com uma expressão desconfiada.

— Eles têm alguma disciplina sobre plantas nativas? Gostei de estudar isso no primeiro ano. Tive muito trabalho de campo, se bem me lembro. — Sua voz está um pouco menos trêmula agora.

— Deixa eu ver. — Faço uma cena ao percorrer as opções.

A quarta e a quinta camadas são dispostas. Minha mãe fica parada, respirando rápido.

— Quanto falta? — ela pergunta.

— Estamos quase terminando — a costureira responde. — As próximas camadas são mais fáceis.

— É muito pesado — minha mãe reclama.

A sra. Komura entra e faz uma reverência breve e eficiente.

— *Sumimasen*, Hanako-*san*. Vamos resolver umas coisas enquanto você está aí. — Ela sorri. — Enviei um e-mail com a programação da semana do casamento. Você vai ver que há uma coletiva de imprensa. Incluí um anexo com tópicos direcionadores. Você provavelmente será questionada sobre seu cargo nos Estados Unidos.

— Meu cargo? — minha mãe repete. — Estou de licença.

A sra. Komura balança a cabeça.

— Estou ciente, mas é evidente que, agora que vai casar com o príncipe herdeiro, vai ter que renunciar.

Minha mãe fica surpresa.

— Ah, eu ainda não tinha pensado nisso...

— Fique parada — uma das costureiras diz, ajeitando o colarinho e se certificando de que a camada externa está lisa.

Minha mãe fica em silêncio enquanto elas terminam. Depois, as costureiras dão um passo para trás e se afastam uma da outra, como cortinas se abrindo, para que ela possa se ver no espelho. O visual, alternando mantos vermelho, roxo e amarelo, é opulento e excessivo. Para completar, ainda há um casaco de brocado verde. A veste é exatamente a mesma de mil anos atrás.

— Ah — minha mãe diz, tentando levar o braço ao peito, mas as mangas são muito pesadas.

— Não toque — uma das costureiras a repreende. — *Sawaranaide kudasai*. A oleosidade dos dedos vai estragar o vestido.

Minha mãe abaixa as mãos inúteis.

— O que achou? — a costureira pergunta.

— *Kirei* — a outra costureira diz.

— Muito linda — a sra. Komura fala. — Então, voltando ao seu trabalho. Sei que está de licença. Mas vai ter que pedir demissão em breve.

Minha mãe fica se balançando.

— Desculpe... eu... estou com calor.

Ela olha para mim. Seus olhos estão febris e brilhantes, me lembram de um coelho que vi na mata atrás da nossa casa com a patinha presa em uma armadilha. Corri até em casa. Jones me ajudou a libertá-lo, mas ele ficou por ali. Oferecemos grama para ele e o batizamos de Sugar Magnolia.

— Você está bem? — Nem percebo meus movimentos, mas, de repente, estou na frente da minha mãe, segurando suas bochechas suadas.

— Sim. Não. — Sua voz é tão fina quanto um papel. — Estou com dificuldade de respirar. Acho que estou tendo um ataque de pânico. — Seu peito está chiando e seus ombros estão curvados. Afasto as mãos. — Preciso tirar isto.

Olho em volta. As costureiras estão imóveis, exibindo sorrisos confusos. Tremendo, minha mãe tira a primeira camada verde, largando-a aos seus pés. Ela respira fundo, e suas inspirações e expirações são cada vez mais desesperadas. Então começa a tirar a faixa.

— Pare. Você vai estragar a veste — uma das costureiras diz.

Entro em ação imediatamente. Afasto as mãos da minha mãe e retiro o *obi*. Vamos liberando seus ombros até chegar aos laços *hakama*. Estão apertados demais.

— Me ajuda — imploro.

A sra. Komura não faz nada, paralisada de choque, ainda com o celular na mão. Até que uma das costureiras me empurra para o lado e habilmente desata os nós. Enquanto ela trabalha, tento tranquilizar minha mãe murmurando coisas como: "Está tudo bem, só respira, estou aqui". Em algum lugar da minha mente, ouço o eco da minha própria infância. Da voz da minha mãe me acalmando ao esfolar os joelhos ou cair do trepa-trepa e ficar sem ar.

Minha mãe está de roupa íntima agora. Mas ainda está tremendo. Sua barriga está marcada onde o *hakama* estava amarrado com força. O *jūnihitoe* está caído a seus pés feito joias despedaçadas.

— Mãe. — Seus olhos estão selvagens e assustados.

— Zoom Zoom — ela sussurra, com o corpo todo mole. — Não consigo mais ficar aqui.

— Tudo bem — digo.

Lágrimas quentes escorrem pelo meu rosto. Enxugo-as furiosamente.

— Por favor, me tira daqui. — Cada traço do seu rosto evidencia o que só posso descrever como angústia.

— Você não pode sair — a sra. Komura fala, voltando à vida. Mas eu a ignoro.

Meu peito está doendo. Quando o coelho se recuperou, saiu correndo para a floresta e se escondeu em um tronco oco.

— Tudo bem — digo mais uma vez. — Tudo bem. — Não consigo parar de repetir. Não sei se estou dizendo isso para ela ou para mim.

Ajudo-a a vestir as roupas. Eu a enfio na camiseta e na calça de moletom, e é como se estivesse colocando roupa numa boneca. Ela treme tanto...

— Mariko! — grito, passando um braço em volta da minha mãe e disparando com ela pelo corredor.

— Vou ligar para o grão-camarista — a sra. Komura fala atrás de mim.

Mariko aparece e arregala os olhos ao ver minha mãe.

— O que aconteceu? Sra. Tanaka, a senhora está bem?

Ela esconde o rosto com as mãos.

— Não quero que ninguém me veja.

— É só Mariko — digo com calma. — Ela vai ficar com você enquanto chamo um carro pra gente.

Mariko abre as mãos.

— Fique com sua mãe. Vou encontrar um carro.

Ela vai embora. Num piscar de olhos, um veículo imperial está parado no meio-fio. Um guarda sai do carro para abrir a porta para nós, e ajudo minha mãe a entrar. Ela se encolhe no assento como uma bola de papel amassado. Outro guarda segue para o banco do motorista, mas digo com firmeza:

— Não. Só Reina.

Ele olha para Reina, pedindo permissão. Ela assente e ele recua. Entro no carro e prometo ligar para Mariko em breve. Então Reina dá a partida.

— Vai ficar tudo bem — falo para minha mãe enquanto cortamos as ruas, sem saber para onde estamos indo. Está chegando o Dia de São Valentim, e as lojas exibem chocolates e corações.

Não posso levá-la de volta para o palácio. Ela não vai querer lidar com ninguém agora. Também não podemos ir a nenhum lugar público, muito menos um hotel. Preciso de um lugar silencioso e privado, onde ela tenha espaço para recuperar a calma e a paz. Minha mente se agita, percorrendo as impossibilidades, até que finalmente tenho uma ideia. Digo para onde Reina deve nos levar e relaxo no banco.

— Não se preocupe. — Abraço-a. — Vou cuidar de você.

29

— Aqui.

Akiko coloca uma bandeja de prata com um bule e xícaras na mesa de centro de vidro e ouro. Minha mãe está no sofá cor de creme, sentada sobre os joelhos e com o rosto virado para o lado. Ela não falou nada desde que chegamos. Não está mais chorando, mas sua expressão é tão vazia que é ainda mais preocupante — ela está distante, oca, alheia. Noriko fica por perto. O apartamento delas foi o único lugar seguro em que consegui pensar para trazer minha mãe.

— Obrigada — digo.

— Dispensamos a maior parte dos funcionários — Akiko diz. — Todos assinaram contratos de confidencialidade e são confiáveis, mas nossa mãe não gosta de ter muita gente por perto quando não está se sentindo bem.

Há certa semelhança entre a mãe das gêmeas e a minha mãe. A princesa Midori foi perseguida pela imprensa e cedeu sob o peso de todas as expectativas imperiais. Que outra escolha ela tinha a não ser se afastar?

Noriko dá um passo à frente e fala muito, muito baixinho:

— A gente também tem um médico de plantão, só para você saber. Então minha mãe fala:

— Nada de médicos.

— Vamos ficar bem — digo para minhas primas, engolindo o nó na garganta. Eu meio que as amo. E muito. Minha mãe ainda está tremendo, mas acho que é a adrenalina correndo pelo seu corpo. — Se importam de nos dar um segundo?

— Claro que não — Akiko diz. — Avise se precisarem de algo.

Assim que ficamos sozinhas, pego um manto de caxemira cor-de-rosa na ponta do sofá e cubro os ombros da minha mãe. Então sirvo uma xícara de chá, que ela aceita com mãos trêmulas, mas não bebe. Então a coloca na mesinha lateral. Sua cor ainda não voltou. Sua expressão parece de cera.

Ela esfrega os olhos.

— Mãe — arrisco. — Talvez a gente devesse chamar um médico.

— Querida, está tudo bem. É só que… os últimos meses estão sendo difíceis. E quando a sra. Komura mencionou a minha demissão, foi a gota d'água. No fundo, eu já sabia que provavelmente não conseguiria manter o emprego, mas… eu amo meu trabalho. Foi demais ouvir isso assim.

Meses? Eu a observo, me perguntando como não vi isso antes. O quanto ela está cansada. O quanto se distanciou, deixando a sra. Komura tomar as decisões em seu lugar.

A resposta é fácil. Eu estava ocupada demais olhando para ela por um caleidoscópio de corações e casamentos e segundas chances. Estava apegada demais à minha vontade de ser bem-sucedida na empreitada de fazer esse casamento acontecer, de conseguir a família que eu sempre quis. Não parei para pensar no que *ela* queria. Pensei que eu soubesse. Mas não temos conversado muito — conversado *de verdade*.

Ela respira fundo e apoia a cabeça no sofá.

— Não sei se posso viver assim.

— Assim como? — pergunto, meio boba, tentando entender a situação.

Ela me encara com um olhar firme e morde os lábios.

— Zoom Zoom — ela diz. — Estou sofrendo, e escondi isso de você porque estava tentando te proteger.

— O quê? Por quê?

Ela abre um sorriso gentil, com as sobrancelhas pesadas de tristeza.

— Querida, sei que você quer que eu case com seu pai. É o que você sempre quis, mesmo antes de saber quem ele era. É seu sonho.

— Não é o seu sonho?

Ela suspira.

— Seu pai é o meu sonho. Ser princesa, não.

Ela me olha com a testa enrugada.

— Não sei mais quem eu sou. Esse é o problema. Eu me perdi.

— Eu também escondi coisas de você — desabafo, antes que eu mude de ideia. — Está acontecendo tanta coisa. Não sei por que não fui falar com você. — Engulo uma enxurrada de emoções conflituosas. Será que minha mãe e eu estamos enfrentando situações parecidas? Fazendo coisas só para deixar os outros felizes? — Akio e eu ouvimos uma conversa entre os camaristas e o mordomo...

— Espere. O quê? — minha mãe fica atenta de repente.

— Assim que você e papai ficaram noivos. Lembra daquele dia no escritório, quando você descobriu que o Conselho da Casa Imperial tinha feito uma pré-votação? — Espero que ela acene a cabeça. — Quando os camaristas e o mordomo saíram, Akio e eu ouvimos a conversa deles na garagem. Eles falaram que meu relacionamento e minha indecisão sobre a universidade estavam afetando a opinião do conselho sobre você. — Ela franze as sobrancelhas. Não consigo parar. As comportas foram abertas. Solto tudo de uma vez. Conto que Akio terminou comigo. Que comecei um namoro de mentira com Eriku. — Fiz tudo isso... me inscrever na universidade, escolher botânica... pensei... que era o que eu precisava fazer para que você e papai pudessem casar — gaguejo, à beira das lágrimas. Termino contando sobre o almoço de fim de ano, quando Eriku e Akio me pediram exclusividade no amor. — Estraguei tudo — digo, por fim, me sentindo melhor por ter tirado isso do peito.

— Ah, querida — ela fala, franzindo as sobrancelhas de um jeito melancólico. — Você fez tudo isso por mim? Por nós?

Assinto, me empoleirando sobre os joelhos.

— Claro que sim. Eu te amo. Quero que você seja feliz.

Minha mãe bufa, zombando da cena.

— Olha só pra gente. — Ela apoia a cabeça no sofá. Seus olhos também estão cheios de lágrimas. Mas não é mais de pânico. Agora ela só está triste. — Como foi que chegamos aqui? — É uma pergunta retórica, então não falo nada. — Acho que não nasci pra ser princesa. Como é que vou passar o resto da minha vida fazendo o que os outros me mandam? — Ela cerra os punhos, débil. — É como se eu estivesse participando da minha própria dissolução. Assistindo à minha vida ser exposta nos tabloides.

Lembro muito bem da minha posição em relação à imprensa. *Eu morri? Alguém que amo morreu?* Não exatamente. Mas a sala está pesada pelo luto — é o peso de um espírito sucumbindo.

— Então você não quer se casar com papai? — pergunto, baixinho.

A gente nunca pensa que nossos pais são pessoas de verdade. Pelo menos, eu não pensava muito nisso. Sempre acreditei que minha mãe era uma fortaleza. Esqueça as super-heroínas. Ela é feita de ferro. Mas agora entendo. Ela é só uma mulher, suscetível à dor como todo mundo.

Ela balança a cabeça.

— Quero casar com ele. Amo seu pai, sempre vou amar, mas não sei se é o suficiente. Como posso explicar? — Ela faz uma pausa. — Quando descobri que estava grávida de você, senti tanto medo. Medo do que a família imperial poderia fazer com você, de que uma vida nas nuvens significasse que você nunca teria os pés no chão. Faz sentido?

Assinto, séria.

— Sim.

— Só que agora percebo que eu também estava com medo por mim mesma. Sempre pensei que era forte, mas não sou… É tanta pressão… E dei tudo o que podia. — Seu queixo treme e duas lágrimas caem.

Eu entendo. A imprensa e o Conselho da Casa Imperial a fizeram se sentir diminuída por causa da sua idade, do seu trabalho, de sua criação. Quando alguém fica repetindo toda hora que tem algo errado com você, logo você começa a acreditar, e daí fica disposto a fazer qualquer coisa para consertar isso.

No mesmo instante, penso em Akio. *Fui um covarde*. Mas não é verdade. Não é covardia nenhuma ser vulnerável. Pelo contrário, é a coisa mais corajosa que se pode fazer. Há tantas regras. Quem as inventou? Por que devemos segui-las?

Meu celular toca, e a palavra "Pai" surge na tela.

— É o papai.

— Não estou pronta para falar com ele — ela diz, fungando.

Meus lábios se retorcem e recuso a ligação. Há uma televisão enorme na parede.

— Quer ver um filme ou algo assim? Esquecer tudo por um tempo?

Ela concorda e abre o braço, me convidando. Me aproximo e ela me abraça.

— Não quero que você fique preocupada — ela diz.

— É meio que impossível não ficar. — Fico girando os dedões.

Ela me assustou de verdade.

— Me desculpa. Não quero que você sacrifique mais nada por mim. Entendeu? Esse é o meu papel.

— Entendi — digo, apoiando a cabeça no seu peito. Sua respiração está estável e lenta. — Mas você também não deveria se sacrificar.

— Obrigada, querida — ela fala contra o meu cabelo.

Akiko e Noriko têm todos os filmes de Audrey Hepburn. Aperto uns botões no controle para baixar as luzes e colocar *A princesa e o plebeu*, que está entre os mais assistidos, sob a categoria "Favoritos". Durante o filme, fico pensando na mãe das gêmeas. Quantas vezes será que ela se deixou levar por um filme sobre uma princesa que foge por um dia de uma vida rigidamente controlada? Aposto que muitas.

Quarenta e oito horas se passam. Akiko e Noriko ficam conosco a maior parte do tempo. Assistimos à coleção completa dos filmes de Audrey Hepburn. Cozinhamos juntas. Jogamos cartas. Minha mãe queria desaparecer. E confesso que eu também. Ela não é a única que está se escondendo. Aqui, no alto desta torre, a realidade está pausada. Tento não pensar em Eriku. *Mereço ser o único no coração de alguém.* Nem em Akio. *Ainda gosto de você... ainda tem lugar no seu coração pra mim?*

No final da tarde, meu celular toca. Papai de novo. Ele liga sem parar. Estamos na cozinha. Minha mãe está segurando um rolo para massas, ensinando as gêmeas a fazer uma torta. Não preciso dizer quem é.

Fico segurando o celular, deixando que toque.

— Não estou pronta — ela fala para a massa de torta.

Akiko coloca a mão no ombro dela. As duas se conectaram bastante. Não é tão evidente na minha prima, mas ela e minha mãe são cuidadoras naturais. Vejo como Akiko está sempre perto de Noriko, da mãe. E o jeito como minha mãe se mantém perto de mim. É, acho que elas se entendem.

— Vou falar com ele — digo.

Minha mãe baixa a cabeça, concordando.

Sigo para o corredor.

— Oi — atendo.

— Izumi. Finalmente. — Fico quieta por um tempo. — Izumi — ele diz, insistente. Mais alto. — Onde você está? Está com a sua mãe? Está bem? Hanako está bem? — Ele suspira de frustração. — Não entendo. Estou perdendo a cabeça de tanta preocupação.

Me escoro na parede, enfiando os dedos no tapete fofo.

— Estou com mamãe. Ela está bem. Fisicamente, pelo menos. Quero dizer, eu acho. — Ela está comendo e sorrindo. Mas veste a tristeza feito um manto. Ela é tipo fibra de vidro: dura, linda e incrivelmente frágil.

— Não entendo — ele repete, com a voz apertada.

Sabia que a maioria dos estudantes compra os próprios livros? Meus camaristas fizeram os autores entregarem exemplares autografados pessoalmente para mim, meu pai me contou no jardim, antes de pedir minha mãe em casamento. Inclino a cabeça e coloco o cabelo atrás da orelha.

— Pai — digo, com cuidado. — É muita coisa para minha mãe digerir.

— Eu sei. Mas quando o casamento acabar...

— Não acho que seja só o casamento — interrompo-o. — É essa vida. Não poder tomar as próprias decisões. Você cresceu neste mundo. Sabe o que fazer. Sabe navegar por entre a cultura e a etiqueta e as expectativas. Mas mamãe não... e nem sei se ela quer. Os vestidos, os compromissos sociais... não são *ela*.

— Está dizendo que ela não quer casar comigo? — ele fala com uma voz mais baixa. Aturdida. Triste.

— Ela te ama — é tudo o que digo.

Ele respira fundo.

— Mas não ama a instituição.

Franzo as sobrancelhas.

— Sinto muito.

Depois de um tempo, ele fala com uma voz calma e suave:

— Izumi, me conte onde você está.

Balanço a cabeça.

— Não posso, prometi.

— Eu provavelmente consigo descobrir — ele afirma, frustrado, então muda para um tom mais persuasivo. — Mas prefiro que você me conte. Deixe-me ir falar com a sua mãe. Deixe-me fazer as coisas do jeito certo.

Suspiro e apoio a bochecha na parede.

— Estamos com Akiko e Noriko... — resolvo contar porque somos uma família e devemos ficar juntos.

Ele promete chegar em breve. Desligamos, e torço para ter tomado a decisão correta.

Todo o apartamento cheira a torta de maçã. Nos amontoamos no sofá com cobertores e travesseiros e pratos na mão para ver *A princesa e o plebeu* de novo. As gêmeas sabem os diálogos de cor e repetem as palavras, copiando até alguns dos trejeitos de Audrey, tocando o cabelo e sorrindo ao mesmo tempo que ela.

Perto do fim, quando a princesa Ann está cumprimentando a imprensa, olhando para Gregory Peck e dizendo que está feliz, uma sombra surge na porta.

— Hanako — meu pai diz. Quando olhamos, ele inclina a cabeça. — Posso entrar?

— Como me achou? — minha mãe pergunta.

Há tanta coisa pairando entre eles, tantas coisas não ditas que o ar fica tenso.

Os créditos começam a subir e Akiko acende as luzes.

— Eu que falei — digo, hesitante. — Desculpa. — Ela comprime os lábios, mas posso ver em seus olhos que não está brava. — Ele está preocupado — digo, baixinho. — Mas a gente não precisa ir embora.

— Você pode ficar aqui pelo tempo que quiser — Akiko diz. — Ela pode ficar aqui — acrescenta para meu pai.

— Claro — ele responde com uma voz grossa. — Eu nunca obrigaria Hanako a fazer algo que ela não quisesse. — Ele pode até estar falando com Akiko, mas só tem olhos para a minha mãe. — Podemos conversar?

Ela se mexe.

— Tá. Tudo bem, claro.

— Vamos deixar vocês à vontade — falo, saindo com Akiko e Noriko.

Paro no corredor. Coloco um dedo nos lábios, pedindo para elas ficarem em silêncio. Ficamos ouvindo juntas. Depois de escutar passos rápidos, espio por trás da parede. Meu pai está ao lado da minha mãe, ajoelhado aos pés dela — fazendo uma reverência.

— Hanako — ele murmura, tocando seu cabelo. — Minha adorada Hanako.

Lembro do poema que ele escreveu para ela no livro que ficava na mesinha de cabeceira. O livro que encontrei na primavera do ano passado, que foi o pontapé para a minha jornada até meu pai, até o Japão.

Minha adorada Hanako,

Por favor, deixe que as palavras digam o que eu não consigo dizer:

Queria estar tão perto
De você quanto a saia molhada
De uma garota na chuva.
Penso sempre em você.
— Yamabe no Akahito

Com amor,
Makoto "Mak"
2003

— O que aconteceu? — ele implora. — Fale comigo.

— Não sei se consigo fazer isso — ela diz, parecendo uma garotinha.

Tipo quando eu tentei andar de bicicleta sem rodinhas pela primeira vez. *Não consigo.*

Só que, na verdade, não tem nada a ver. Nesse caso, não é só persistir até chegar ao outro lado da rua, pedalando em direção ao pôr do sol com os cabelos ao vento. Fico pensando na minha mãe naquele vestido. No seu rosto pálido. No seu corpo prestes a colapsar. *Eu morri? Alguém que amo morreu?*

— Do que está falando? Do casamento? De mim?

Ela agita a mão em um gesto que abarca a sala toda — a instituição imperial.

— De tudo. Eu te amo. Sempre te amei, mas isto é demais pra mim. Estou me perdendo.

As narinas dele dilatam e seus lábios se fecham, então ele se acalma.

— Querida… — Ele beija as mãos dela e levanta. Caminha pelo cômodo por um tempo, aturdido em pensamentos. Então, para de repente quando a ficha cai. — Vou abdicar. — As palavras são como se uma faca tivesse sido atirada pela sala. Fico imóvel. As gêmeas também. Boquiabertas.

Minha mãe solta uma risada estrangulada.

— Claro que não vai.

— Estou falando sério — ele insiste, com o olhar fixo nela.

— Você não pode abdicar. Eu nunca te pediria isso. Você seria tão infeliz. Só queria que a gente pudesse voltar ao verão. Quando noivamos pela primeira vez. Foi um tempo tão bom. Quando ninguém sabia. — A voz dela está cheia de saudade.

Meu pai se aproxima. As sombras dos dois se fundem no tapete, duas figuras curvadas contra o vento.

— Prometo, vamos dar um jeito — meu pai fala com fervor. — Mas, por favor… por favor, fique comigo. Não fuja.

Meu coração bate numa cadência estática, esperando a resposta dela. Minha mãe reflete por um momento. Talvez esteja pensando no que aconteceu dezoito anos atrás. Quando descobriu que estava grávida de mim. Ela fugiu. Como ela acha que as coisas se desenrolariam se não tivesse feito isso? Será que faria tudo de novo? Será que se arrepende? Ou foi a solução correta, e ainda seria hoje em dia? Falamos sobre o assunto, mas ainda não colocamos nossa casa em Mount Shasta à venda. Ela ainda tem um lugar seguro. Um local para voltar.

Até que enfim responde:

— Entendi. Podemos tentar dar um jeito. — No entanto, não promete ficar. Nem diz que vai fugir. Acho que é o melhor que pode oferecer agora.

Passamos a noite no apartamento de Akiko e Noriko — minha mãe e meu pai em um quarto, e eu no quarto da frente. Todos sentimos a necessidade de ficarmos juntos.

Está tarde e estou com o celular na mão, aberto no bloco de notas. Pisco e vejo meu pai se ajoelhando diante da minha mãe. *As pessoas faziam reverências pra ele, mas ele nunca me pediu isso.*

Mordo o lábio e escrevo um poema. Para ela. Para ele. Para mim.

Te manter seguro,
Ficar ao seu redor como
um escudo, como um celeiro
na tempestade, como o fogo
rodeia o sol, deixe eu te abrigar.

30

Com um suspiro pesado, fico cutucando um pedaço de *dorayaki* na cozinha. Não encontro conforto na comida.

— Ei. — Meu pai entra na cozinha. — Também não está conseguindo dormir?

O jardim lá fora está escuro, o vento açoita as árvores e crostas de gelo se formam nas janelas. Estamos de volta ao palácio há apenas vinte e quatro horas. As coisas não mudaram muito. Meu pai dispensou os empregados. Minha mãe está enfurnada no quarto. Às vezes, a mudança precisa ser conquistada de maneira árdua e lenta.

— É — é só o que eu digo, com o peito parecendo cheio de areia. Não paro de achar que tem alguma coisa escapando de mim.

— Está com fome? Posso fazer alguma coisa. — Ele abre a geladeira e enfia o nariz dentro.

Lembro da minha mãe me contando sobre seu tempo de universidade. *Ele não sabia nem mesmo fazer uma sopa.*

— Estou bem — digo, pegando um *dorayaki* e dando uma mordida no doce. Credo, está com gosto de giz.

— Izumi — ele fala com uma expressão séria. — Você *quer* ir pra Universidade de Tóquio?

A pergunta me pega tão desprevenida que engasgo.

— O quê? — Limpo o canto da boca.

Ele apoia as mãos no balcão cintilante e me encara.

— Acabei de falar com a sua mãe, e ela me contou que você se matriculou na universidade e começou a namorar o sr. Nakamura em uma tentativa equivocada de nos ajudar.

Meu pai sabe ser direto. Sinto o peso da presença do príncipe herdeiro. Agora entendo por que os camaristas às vezes estremecem diante dele. Ele é uma força, quando quer.

Espero um momento, mastigando e pensando na resposta. Me perguntando se devo abrir o jogo ou dizer que mamãe se enganou. Decido ser honesta. A verdade vos libertará e tal.

— Eu estava tentando ajudar — digo com uma vozinha.

Ele suspira e assente, sem falar nada.

A geladeira e as lâmpadas emitem um zumbido suave. Meu pai espera. É uma das diferenças entre ele e minha mãe. Ela se inclinaria para a frente, me enchendo de perguntas, me bajulando e me chamando pelo meu apelido — *Zoom Zoom*. Já meu pai recua um pouco. Nenhum deles está necessariamente errado. Mas talvez ele seja mais estratégico. Porque não suporto a trégua, e logo procuro preencher o silêncio vomitando um monte de palavras. Lembro de ter lido em algum lugar que o silêncio é uma tática comum em interrogatórios.

— Não sei se quero estudar na Universidade de Tóquio. — Passo o dedo na borda do prato. É bom falar. É como se eu tivesse tirado uma mochila de cinquenta quilos que estava carregando morro acima. Olho para ele. Sua expressão é tensa e cansada. — É só que não tenho inclinações acadêmicas. Sei que tirei uma nota razoável no EJU, mas deu um trabalho do cacete… opa, foi trabalhoso.

Não falo sobre Eriku nem Akio. Sobre o quanto gosto dos dois. Conheci Akio primeiro. Tem algo dentro de mim que está naturalmente conectado a ele. Ele é frio como gelo, e eu sou incontrolável como fogo. Somos opostos e funcionamos bem. Mas também tem Eriku. Somos almas gêmeas. Somos iguais.

Um não é o número mais solitário de todos. É o três.

— Sei — ele murmura.

— Desculpe — digo depressa. — Não sei nem se eu deveria ir para a universidade. Você e mamãe conquistaram tantas coisas. — E o que foi que eu conquistei? Como é que vou me comparar? Baixo a cabeça.

— Mas acho que é meu dever estudar algo inofensivo e nada controverso, tipo moluscos.

— Moluscos? — Olho para cima, e suas sobrancelhas estão erguidas. Então sua expressão muda. Ele me encara com carinho e dá a volta no balcão para se aproximar de mim. — Izumi, a última coisa que quero para você é que siga o caminho de outra pessoa. Eu cresci tendo tudo predeterminado: o que eu comia, a escola que eu frequentava, os amigos que eu fazia. — Ele já me contou que seus amigos foram selecionados a dedo pela imperatriz. — Camaristas sempre controlaram a minha vida, e eu permiti que eles fizessem isso até agora. Fui treinado para isso, para olhar para além de mim e agradar os outros. Não percebi que fui condicionado a querer certas coisas, como o amor do público. A ser um humilde servo. A sempre escolher a coroa em primeiro lugar. Mas estou mudando a partir de hoje. Desculpe por ter demorado tanto para entender tudo isso. Desculpe também se você pensou que precisava fazer algo ou ser outra pessoa para ser aceita.

— Quero que você tenha orgulho de mim.

Ele me abraçou no dia em que recebi as boas-vindas informais na Universidade de Tóquio bem aqui nesta cozinha. Tenho um nó na garganta e as palavras saem com dificuldade.

— Eu só… não quero decepcionar nem você, nem ninguém. — Viro o rosto, porque não quero que ele me veja chorando.

Ele respira fundo e expira devagar.

— A única coisa que me decepcionaria é se você negasse quem você é de verdade.

Fico digerindo o significado de tudo isso, então mudo de assunto.

— Como está a mamãe?

Se ele fica surpreso, não demonstra.

— Melhor, acho. O silêncio tem lhe feito bem.

— E o casamento? Ela falou alguma coisa? Quero dizer, acho que ela não quer fazer uma cerimônia imperial muito grande.

Ele balança a cabeça.

— Ela ainda não falou nada. Enquanto isso, não quero que você se preocupe. Cuide de si mesma — ele diz, com os olhos cintilando. Outro eufemismo que eu lhe ensinei. Ele aperta meus ombros. — Tenho certeza que você vai dar um jeito. Vou ver como está sua mãe.

Uma semana se passa. O tempo segue. Meu pai também. Quando voltamos para o palácio, ele permite a presença de alguns funcionários, mas não tantos quanto antes. Nada de mordomos. Menos empregadas e motoristas. O passeador de cachorro foi transferido. Ele faz um anúncio formal para comunicar que vai reduzir seus compromissos nas próximas três semanas.

Então ficamos nós três — meu pai, minha mãe e eu. Preparamos nossa própria comida. Nos entretemos com jogos. Assistimos a filmes. Passeamos no jardim. Fingimos que o mundo não está esperando nossos próximos passos. O Japão nos quer de volta. Akio me manda uma mensagem tarde da noite uma última vez.

Akio

**Quanto mais tentei
te esquecer, mais me lembrei
do seu cheiro, do seu
sorriso, de como me sinto,
como o sol roçando a pele.**

Eriku ainda está me mandando presentes. Não abro nenhum.

Odeio essa distância. Não é justo fazê-los esperar desse jeito. Mas não consigo desapegar. Sou egoísta por querer os dois. Tenho que decidir logo. Isso não pode continuar assim.

Hoje de manhã, ouvi meu pai no escritório falando ao telefone. Alguém perguntava sobre o casamento. Ele me viu e fechou a porta. Não escutei a resposta.

Então tudo vem à tona no almoço.

— A imperatriz me ligou — meu pai diz, sustentando o olhar de minha mãe por um momento tenso. — Ela queria saber sobre o casamento. Acho que não posso mantê-la no escuro por muito mais tempo.

Tamagotchi está no meu pé e resolvo lhe dar um pouco de comida. Minha mãe abaixa o *ohashi* e fica encarando seu *sawara* grelhado meio comido. Meu pai coloca a mão sobre a dela.

— Hanako — ele sussurra. — Estou com você. Ainda quero me casar, e minha decisão de abdicar ainda está de pé.

Quando ela ergue a cabeça, seus olhos estão cheios de lágrimas.

— Não sei. Mak, só de pensar no casamento, nos milhares de convidados, em toda a pompa e circunstância...

— E se... — arrisco, tendo uma ideia. — E se o casamento não tivesse nada disso? E se fosse algo pequeno, só pra nós? — Lembro de ela falar que queria algo simples. Como antes da aprovação do conselho.

— Seria bom — minha mãe diz, mas depois balança a cabeça. — A imperatriz nunca aprovaria isso.

Meu pai e eu trocamos um olhar, com a esperança reluzindo em nosso rosto.

— Certo — falo devagar. — E que tal um ajuste? E se vocês fizessem algo pequeno antes do casamento? Uma cerimônia só pra nós, antes da cerimônia oficial, pro mundo? — De vez em quando, não precisa ser isso ou aquilo. Pode ser os dois.

Minha mãe vira para o meu pai.

— Seria possível?

— Tudo é possível. Mas, Hanako, isso significaria que você está escolhendo esta vida. Você seria a princesa herdeira do Japão, a futura imperatriz.

Ela respira fundo.

— Pode parecer que não fiz muita coisa estes últimos dias, mas tenho pensado bastante sobre o que quero. — Sua boca se curva em um sorriso suave. — Quero me casar com você, Mak. Quero ficar no Japão. E vou assumir os deveres e os costumes exigidos de mim. Mas também quero ter controle sobre a minha vida, pois isso é importante pra mim. — Ela respira fundo mais uma vez. — Quero continuar trabalhando. Não sei se é possível, mas gostaria de escrever para a Faculdade de Siskiyous para perguntar se posso dar aulas on--line. Sei que, como membro da família imperial, não posso receber salário, e isso seria uma grande mudança. Talvez eu possa doar o dinheiro ou ser voluntária, mas preciso disso... e se eu não puder permanecer na Faculdade de Siskiyous, gostaria de procurar trabalho em algum lugar de Tóquio — ela para de falar de repente, como se estivesse sem fôlego.

Meu pai acena a cabeça, com a coluna rígida.

— Ok. Combinado. O que mais?

Minha pulsação acelera.

— Apesar de estar grata pela sua mãe ter me deixado sob os cuidados da sra. Komura, eu gostaria de escolher minha própria dama de companhia — minha mãe diz, levantando o queixo de leve.

— Combinado. O que mais? — Ele está na ponta da cadeira, bem perto dela.

Tenho certeza que, se ela exigisse o Sol, ele diria que sim.

— Gostaria de passar mais tempo a sós com você. Desculpe se for egoísta da minha parte. Não tenho problema com os jantares oficiais e os eventos, vou comparecer, mas quero que a gente tenha tempo sozinhos. Quero sua atenção exclusiva — ela diz com vigor.

A boca dele se contrai.

— Combinado — ele diz. E se aproxima dela, de modo que seus joelhos se tocam. — Mas quero que saiba que não importa se houver milhares de pessoas na sala. Minha mente sempre vai estar focada apenas em você. — Ele é ligeiro.

— Você faz tudo parecer tão fácil — ela diz, observando-o, desconfiada.

Ele se recosta na cadeira.

— Não vai ser fácil. Não vou fingir que vai. Mas as melhores coisas raramente são. Prometo apoiar você em suas escolhas e em seus sonhos. E prometo sempre valorizar nosso tempo juntos.

Me inclino para a frente na cadeira. Isto é meio que um novo pedido de casamento. Ele não está de joelhos. A mesa está toda bagunçada. Minha mãe está vestindo uma camiseta suja de composteira. Estou bem aqui, e Tamagotchi está com gases terríveis. Nada disto está certo. Mas, de algum jeito, está tudo certo.

— Feito, Makotonomiya, príncipe herdeiro do Japão — minha mãe diz, sorrindo. — Vamos nos casar.

31

Uma semana depois, meu celular recebe uma mensagem de texto.

Noora
**Comecem uma discussão que não seja
sobre política em até cinco palavras.**

Glory e Hansani respondem quase na mesma hora.

Glory
Marcha atlética é esporte.

Hansani
Hot Pockets são superestimados.

Dou risada.

— O que é tão engraçado? — minha mãe pergunta, apoiando o queixo no meu ombro. — "Comecem uma discussão que não seja sobre política em até cinco palavras"... não entendi.

Abaixo o celular e viro para ela, que fica inquieta diante do meu olhar. Ela está de vestido — um crepe azul-claro com saia de chiffon transparente. Seu vestido de casamento. Porque ela vai casar hoje. Quando saímos para procurar uma roupa, ela torceu o nariz para tudo que era branco. "Tenho certeza que já não sou pura", ela disse diante da cor virginal, dando batidinhas no meu nariz. Tampei os ouvidos.

Sua postura está mais ereta. Seu sorriso, mais largo. Pego um buquê de orquídeas do vaso e o ofereço a ela.

— Está pronta?

Ela aceita as flores com mãos trêmulas, mas não é de pânico. É de alegria. As duas emoções podem fazer seus joelhos fraquejarem.

— Só mais um minuto. — Ela se olha no espelho.

— Você está linda — tranquilizo-a.

Ela mesma fez a maquiagem. Está bem natural, com um pouco de blush e brilho labial. Ela não precisa de muita coisa. Está radiante de felicidade.

— Você também está linda — ela diz.

Olho para o meu vestido preto de chiffon com costuras douradas. Aquele que Akiko e Noriko escolheram para o banquete do sultão. É um pouco chique demais, mas não ligo. Estou usando-o porque gosto dele. Porque me sinto bem. E é maravilhoso ser apenas uma garota em um vestido bonito.

Minha mãe endireita os ombros.

— Estou pronta — ela anuncia.

Damos os braços. Vou acompanhá-la até o altar, ou melhor, até a estufa. Vamos terminar onde tudo começou: uma mulher, uma estufa e o homem que ela ama.

Uma brisa agita seu cabelo, trazendo o cheiro de adubo. Franzo o nariz, mas ela só dá risada. É perfeito. Hoje fez chuva com sol várias vezes ao longo do dia. Nos molhamos um pouco a caminho daqui. Quando chegamos à estufa, nosso cabelo está seco e cheio de *frizz*.

A porta de metal e vidro está aberta. Mariko a segura, com Tamagotchi na coleira, de smoking e com a gravata-borboleta já torta. Ele curva o focinho para mim.

Caminhamos pelo tapete branco. Meu pai nos espera no fim do corredor, com Akiko e Noriko, vestidas com peças elaboradas Oscar de la Renta. Elas parecem lindos pedaços de bolo. São as outras madrinhas, além de mim. Ao lado do meu pai está seu irmão, tio Nobuhito, o pai das gêmeas. Minha mãe queria que a cerimônia fosse pequena e íntima. O sr. Fuchigami completa a lista de convidados como o cerimonialista.

Tivemos um obstáculo quando estávamos planejando o casamento improvisado. Precisávamos de um oficial do palácio para torná-lo legal e válido. Então mencionei o assunto com o sr. Fuchigami, garantindo à minha mãe que tenho um relacionamento muito especial com ele.

— Isso não é nada ortodoxo — ele disse, hesitante.

— É, sim — retruquei.

— Não é assim que as coisas costumam ser feitas — ele falou.

— Tem razão.

— Acho que você está sendo simpática para que eu também seja. — Sorri para ele. — Seus pais planejam fazer uma cerimônia maior depois, de acordo com os desejos da Agência da Casa Imperial?

Fiz que sim avidamente. Meu pai e minha mãe tiveram uma reunião de cinco horas com o imperador e a imperatriz para discutir a cerimônia privada. Acabou virando uma negociação. A imperatriz exigiu um casamento adequado em outra data. Eles estavam preparados para ceder. Então ela deu sua bênção, mas não estará presente para os votos de hoje. Suas Majestades estarão com o rei do Butão.

O sr. Fuchigami esfregou a testa.

— Não é tradicional, não está certo. Mas acho que... — ele murmurou mais para si mesmo. — Sempre fugi um pouco das tradições. *Jaa*. Tudo bem.

Abri um sorriso e fiz uma reverência formal.

— Obrigada.

Minha mãe e eu chegamos ao fim do corredor. Eu a abraço, e meu nariz arde enquanto tento não ser tomada pela emoção. Meu pai pega a mão dela. Eles escreveram os próprios votos. Ele promete amá-la, honrá-la e apoiá-la. Ela fala mais ou menos a mesma coisa, mas acrescenta que não vai fugir quando as coisas ficarem difíceis.

Eles selam o acordo dizendo *"Chikaimasu"*. Logo a cerimônia acaba, e o sr. Fuchigami os declara marido e mulher.

Em seguida, comemos bolo e tomamos *hojicha*, chá marrom japonês torrado. O clima está meio frio e eu deveria ter trazido um casaco, mas meu peito está cheio com toda a ternura e o romance no ar.

No entanto, há uma sombra pairando no dia: Eriku e Akio. Sinto uma saudade tão dolorosa deles que fico até sem fôlego. É perturbadora a forma como estou dividida. Como faço para parar de sentir essas coisas? Sinto uma angústia tão profunda quanto um fosso — cavado por eles.

— É uma pena que sua mãe não tenha querido fazer algo mais extravagante — Akiko diz, examinando as unhas.

— Quando você se casar, por favor, garanta que haja pelo menos alguns convidados pra verem nossos vestidos. Isto é um desperdício de Oscar de la Renta — Noriko completa, se olhando.

— Obrigada — digo com sinceridade. — Por tudo o que vocês fizeram por nós. Pela minha mãe e por mim. — Olho para elas com os olhos lacrimejando.

— Não foi nada — Akiko responde, fungando, claramente desconfortável.

Ah, as emoções humanas. Tão complicadas.

— Hum — Noriko fala para Akiko. — Acho que ela vai tentar nos abraçar.

Antes que elas possam impedir, envolvo-as em meus braços, agarrando as duas. Akiko dá batidinhas nas minhas costas, sem jeito, e Noriko fica rígida.

— Eu amo vocês — digo, soltando-as. — E sei que vocês também me amam.

Jogo um beijo para elas e vou até minha mãe, pegando um pedaço de bolo de nozes no meio do caminho. Enfio um tanto na boca.

— Ainda está feliz? — pergunto para ela.

Meu pai está conversando com o irmão.

— Muito — ela fala com um sorriso bobo.

— Bem, acho que minha missão está cumprida então — digo, brincando.

A verdade é que não sei o que fazer comigo mesma agora que minha mãe e meu pai estão casados. Mordo o lábio, pensando em Akio e Eriku. Quem vem primeiro no meu coração?

— Querida — minha mãe diz. — Você tem aquela ruga entre as sobrancelhas de quando está remoendo alguma coisa. É a universidade? Quer conversar?

Balanço a cabeça e depois solto:

— Como você soube que papai era o cara certo?

Minha mãe suspira.

— Sabe, acho que nunca houve um momento decisivo. Eu não estava pronta para amar nem me casar quando tive você. Tive que me conhecer um pouco mais, trabalhar meu amor-próprio. Acho que é por isso que seu pai e eu tivemos que passar um tempo longe. Quando eu era mais nova, me sentia tão sem graça ao lado dele e de seu brilho de príncipe herdeiro. Mas, agora que estou mais velha, não tenho mais essas inseguranças. Vê-lo com você me fez mudar de ideia. E estou feliz de verdade. Faz sentido? Ou baguncei mais as coisas?

— Faz sentido. Então amar é uma escolha?

Ela mantém o tom baixo.

— O amor pode significar muitas coisas e se manifestar em épocas e jeitos diferentes para as pessoas. Para mim, significa bondade, tempo, crescimento, encorajamento... *espaço*. Mas vale a pena. Não me arrependo de ter passado todos esses anos longe do seu pai. Foi a escalada que me fez apreciar melhor a vista.

O som de talheres tilintando contra o vidro chama nossa atenção. Meu tio faz um brinde. Enquanto ele parabeniza o casal, fico me perguntando mais uma vez como é que meu coração pode bater por duas pessoas.

Vou tomar uma decisão. Uma coisa é certa: não importa quem eu escolha, não vou me arrepender.

De noite, enquanto me despeço dos meus pais, pisco com força, tentando conter um ataque de emoções. Eles estão partindo para uma lua de mel tranquila no arquipélago de Yaeyama, na província de Okinawa.

O sr. Fuchigami está parado atrás de mim.

— Então é isso — digo para ele, observando o carro desaparecer na rua. Mariko já está indo embora.

— Precisa de mais alguma coisa, Sua Alteza? Quem sabe um segundo casamento secreto? — Seus lábios estão comprimidos, mas seus olhos cintilam. Ele está fazendo uma piada.

— Sr. Fuchigami — me aproximo dele —, posso fazer uma pergunta pessoal?

Ele abre as mãos.

— Estou à disposição.

— O que é o amor?

Ele franze as sobrancelhas. Se arrependeu de ter ficado aqui. Deveria ter ido com o resto dos convidados mais cedo.

— O senhor é casado? Suponho que não, já que não usa aliança.

— Sou um solteirão convicto.

— Mas já quis casar? Quero dizer, já se apaixonou? — pergunto, então mudo de ideia. — Desculpe, sei que é pessoal demais. Não precisa responder. — Começo a caminhar, mas então ele diz:

— Eu nunca pensei em casar. Passei a trabalhar para a Agência da Casa Imperial assim que saí da universidade. E dediquei minha vida à instituição. Isso responde a sua pergunta?

— Sim, obrigada. — Acho que esse é um tipo de amor. Abro um sorriso fraco. — Boa noite.

Ele faz uma reverência.

— *Oyasumi nasai.*

Sozinha no palácio, cruzo os braços e fico batendo os pés no chão. Está escuro e estou inquieta. Faz um frio penetrante, mas decido dar uma volta no jardim. Eu me enrolo em um casaco comprido e saio. O vento açoita minhas bochechas, mas sigo em frente, avançando pelo jardim e passando pela estufa onde meus pais casaram. Ainda tem vestígios da cerimônia. As fitas balançam com a brisa, e galhos tentam manter suas folhas.

Logo estou no Jardim Leste, que é aberto ao público, mas está fechado agora. Atravesso o amplo gramado, andando com firmeza no escuro, entre os pinheiros verdes.

Então estou na antiga torre do castelo. São as ruínas que vi crianças escalando quando Akio terminou comigo. Exalo baforadas enevoadas enquanto subo a rampa. Os alicerces de pedra são largos e grandes — sinistros e ameaçadores, construídos com o objetivo de manter os intrusos longe. Piso em uma saliência e subo até conseguir sentar na parede de pedra. Minha mãe diz que a escalada vale a pena. Ela tem razão.

A propriedade imperial se estende à minha frente, iluminada por trás pelos arranha-céus de Tóquio. Crostas de gelo brilham ao luar e refletem a cidade. O frio faz minhas narinas arderem, mas fico parada e fecho os olhos. Permito-me relaxar cada vez mais. Deixo ir o que fui ensinada a querer. Deixo ir o que os outros querem de mim. Deixo ir o que esperam que eu seja. Deixo ir o cabo de guerra entre dever e família e meus próprios desejos. Meu sangue zumbe.

Agora não há mais distrações. Minha mãe e meu pai estão casados. Akio e Eriku estão a quilômetros de distância. Tem lugar melhor para eu me encontrar do que no silêncio, no escuro? Quem sou eu? O que eu quero?

Minha mente se acalma. Invoco Amaterasu, o passado, para conversar comigo, predizer meu futuro. Mas não são vozes ancestrais que surgem. É minha mãe. *Como é que vou passar o resto da minha vida fazendo o que os outros me mandam?* É meu pai. *A única coisa que me decepcionaria é se você negasse quem você é de verdade.* Então minha mãe de novo. *O amor pode significar muitas coisas...* Noora. *Sua família é você quem faz.* Akio. *Você só precisa descobrir o que te dá frio na barriga.* Eriku. *A vida é uma canção.*

Quando abro os olhos, tenho as respostas de que preciso. Sei o que quero. Sei quem eu quero. Pego o celular no bolso e mando uma mensagem para Noora.

> **Eu**
> Você estava certa.

Ela responde no mesmo instante.

> **Noora**
> Quase sempre. Mas me lembra do que
> se trata?

Desço da torre. Meus dedos estão quase congelando quando digito a mensagem.

> **Eu**
> Tenho tentado fazer a coisa certa
> pensando em todo mundo, menos em
> mim. Mas acho que agora entendi. Vou
> parar de tentar agradar os outros.

> **Noora**
> Issooo!

> **Eu**
> Prepare-se pra Izumi 2.0. Estou super
> evoluindo.

> **Noora**
> Qual você acha que vai ser sua forma
> final?

> **Eu**
> Sei lá, provavelmente algo com asas e
> cintilante.

Então acrescento:

Eu
Mas vou manter as roupas.

Noora
Com certeza.

Solto uma risada, que é levada pelo vento. Tudo bem. Tóquio pode ficar com ela. Sei o que fazer. Talvez não seja o que eu devesse fazer. Mas é o que eu quero. Agora tenho a resposta. Universidade. Eriku ou Akio.

De noite, durmo profundamente, mas acordo antes do nascer do sol. Fico de joelhos na cama para observar a luz tingindo o horizonte de árvores. Está amanhecendo. Não vou fechar os olhos.

32

Toco a campainha pela terceira vez. O céu de Tóquio está todo azul, mas ainda está extremamente frio. Estou vestindo um casaco de lã de camelo, com forro de seda rosa. O vento chicoteia meus tornozelos, levantando a ponta do meu casaco.

— Você deveria ter ligado primeiro — Reina fala atrás de mim.

Levanto a mão e bato no portão.

— Surpresas são o sal que tempera a vida, deixam tudo mais saboroso — respondo.

— Sal causa pressão alta — Reina murmura.

— Se quiser esperar no carro, vou entender.

— Não posso. Preciso ficar e me preparar para receber uma bala no seu lugar. — Ela está de mau humor. Talvez seja porque a arrastei da cama nas primeiras horas da manhã.

O interfone apita e uma mulher responde:

— Oi.

— Oi — digo. — Vim ver Eriku.

— *Dare desu ka?* — ela pergunta.

— Ah, hum, Izumi...

Reina se inclina e fala:

— Sua Alteza Imperial a Princesa Izumi veio ver o sr. Eriku Nakamura. *Onegaishimasu.* — Com um tom que diz "ou lide com a ira da coroa".

O portão faz um clique e abre.

— Foi muito eficaz — digo para Reina enquanto atravessamos um pátio com árvores bem cuidadas.

— Estou com frio — ela responde.

Estamos no meio de Tóquio, e os sons da cidade se infiltram na propriedade, mas não dá para ver nada lá fora. Muros altos de tijolos cercam a mansão. Um arco emoldura a porta da frente, que está aberta. Uma empregada de uniforme faz uma grande reverência e murmura honoríficos em japonês. Tiramos os sapatos e os colocamos na prateleira, e ela pede muitas desculpas porque as pantufas não são novas. Então somos escoltadas pela casa. Pelos pisos de mármore brilhantes. Pelas colunas gregas. Até uma escada em espiral dupla. Eriku espera no topo, sonolento.

— Izumi? — Ele desce correndo, visivelmente feliz por me ver. Momo-*chan* também vem e fica cheirando meus pés.

— Desculpe por aparecer assim do nada — digo.

Ele está de calça de moletom e camiseta do Grateful Dead. Há uma correntinha de ouro no seu pescoço. Seu cabelo está todo bagunçado. Minhas veias se inundam de carinho ao vê-lo. Ele dá de ombros e sorri.

— Surpresas são o sal que tempera a vida.

— Foi o que acabei de dizer — digo com o coração acelerado.

Ele sorri mais ainda.

— Então...

— Podemos conversar? — pergunto.

Seu sorriso afrouxa um pouco.

— Claro. — Ele estende a mão, mostrando a sala de estar decorada com sofás chesterfield e portas que vão do chão ao teto, dando em um pátio de pedra.

Reina vira para a empregada.

— Minha equipe de segurança vai precisar ter acesso à casa para verificar a área. Eu também vou precisar dos nomes e das datas de nascimento de todos que estão na propriedade. — A empregada acena a cabeça de forma respeitosa e vai embora, com Reina no seu encalço.

Eriku e eu sentamos na sala de estar, eu em um sofá de seda cor de damasco, e ele em uma cadeira com braços dourados. Momo-*chan* se aproxima. Ela bufa como se a caminhada de um metro e oitenta fosse extremamente cansativa e deita aos pés de Eriku, acomodando o focinho no tapete persa.

— Bonita casa. — Mordo a bochecha e olho para a lareira de mármore branco. — Seus pais estão aqui?

Ele balança a cabeça.

— Estão passando o fim de semana em Osaka. — Ele espera um pouco e me olha cheio de esperança. — Estou feliz de ver você.

— Eu também. — Fico na ponta do sofá. — Olha... aquela noite no jardim... — Hesito. — Você me falou como eu te transformei, mas eu não tive a chance de te falar como você me transformou. — Paro de repente.

Ele se inclina para a frente, apoiando os cotovelos nos joelhos. Parece cansado. Me pergunto se está dormindo bem.

— Continue.

Cutuco os dedões.

— Quando nos conhecemos, acho que estávamos enfrentando situações parecidas. — Ambos estávamos diante de uma bifurcação na estrada, sem saber se precisávamos sair ou forjar nosso próprio caminho. — Nossa vida é supercontrolada, e a gente, ou pelo menos eu... Eu estava tentando descobrir como me adequar aos ideais dos meus pais e da instituição imperial. — Respiro fundo e desabafo: — Pensei que eu tinha que me conformar ou me rebelar. Que não existia meio-termo. Mas existe... Você me ensinou que tudo bem ser bem-sucedido. Só não se pode sacrificar totalmente sua felicidade por isso. No final das contas, é preciso saber o que quer.

— E afinal, o que é que você quer? — ele fala com uma voz rouca.

Está querendo saber de si. Está questionando seu lugar na minha vida.

— Quero ir pra universidade — digo com determinação, cerrando os punhos no colo. — Conquistei uma vaga na Universidade de Tóquio, só não acho que vou estudar botânica. Acho... Acho que quero estudar literatura. É mais uma coisa que você me mostrou. Somos artistas, você e eu. — Eriku tem a música. *A vida é uma canção.* Eu tenho meus poemas. — E quero que a gente seja... amigo. — Eriku leva a mão à cabeça, esticando os dedos entre o cabelo. — Sinto muito... — Fecho os olhos com força. — Você é maravilhoso e somos muito parecidos, mas...

Eriku é um verso livre. Paixão, energia e ritmo. Mas Akio... Akio *é waka*, cuidadosamente composto, controlado, polido e elegante. Tem algo atemporal nele. Tudo seria — e era — mais fácil com Eriku. Mas ele não me desafia o suficiente. Não como Akio. O amor pode ser muitas coisas. E, para mim, é uma combinação de forças opostas, gelo e fogo.

— Sinto muito — repito, pois o que mais posso dizer? — Está bravo?

Uma onda de tensão atravessa a sala enquanto ele me observa. Seus olhos castanhos são tão profundos que eu poderia mergulhar neles.

— Não. Estou triste. Frustrado, mas não bravo.

— Eu não chegaria aonde cheguei sem você.

Ele tenta sorrir, mas não dá muito certo.

— Acho que vamos ter que pensar em algum tipo de acordo para que Momo-*chan* e Tamagotchi possam se ver.

— Jones tem uma ex com quem divide um cachorro, um porquinho-da-índia e cinco galinhas. Vou pedir umas dicas pra ele.

Eriku se recosta e olha para o teto ornamentado.

— Às vezes, eu queria ser Jones.

Meus ombros estão tensos. O estilo de vida fora do sistema é realmente atraente para Eriku. Penso na música que ele cantou no palco do clube exclusivo, "You don't own me". Lembro de todos os momentos felizes que Eriku descreveu de quando morava nos Estados Unidos e frequentava a universidade. Lembro do nosso namoro de mentira. E do de verdade. Tudo porque ele conseguiu se desvencilhar da influência do pai.

— Eriku... — começo, então paro. A ideia é meio maluca. Mas Eriku também é. Além disso, de vez em quando amar é dar espaço. Minha mãe precisava disso com meu pai. E Eriku talvez precise se distanciar do próprio pai. — Eriku, já pensou em morar nos Estados Unidos de novo? Mount Shasta é incrível na primavera, e a Família Arco-Íris vem todo verão. Ainda temos nossa casa lá. Tem bastante espaço pra você *e* Momo-*chan*. — Ele fica em silêncio enquanto digere minhas palavras. — Esquece — falo, vendo-o de cabeça baixa. — Foi só uma ideia sem noção.

— Izumi — ele diz, levantando a cabeça para me olhar. Sua expressão está mais leve, quase animada. — Você me convenceu no segundo que mencionou a Família Arco-Íris.

Eu sorrio. Ele sorri também.

— Perdão, Sua Alteza, mas *aonde* você gostaria de ir agora? — Reina está na minha frente, bloqueando o veículo imperial em que estou prestes a embarcar, do lado de fora da casa de Eriku.

Olho para o celular para checar a segunda parada do meu tour faça-as-coisas-certas.

— Base Aérea de Nara. Aqui está o endereço. — Mostro a tela.

Ela morde os lábios.

— Conheço o caminho.

Abro um sorriso grande e enfio o celular no bolso.

— Ótimo.

— É uma visita oficial? — Reina pergunta. Ela pega o próprio telefone no bolso para verificar o cronograma. A agenda imperial é sempre enviada aos guardas.

— Não é uma visita oficial. Mas meu dia está livre. — Contorno Reina e abro a porta do carro. Falo da ponta do banco: — Vamos logo, a viagem é longa.

Reina hesita por um momento antes de fechar minha porta. Ela se acomoda no banco do motorista e ajusta o retrovisor para me ver.

— Sr. Kobayashi, hein?

— Sim — é tudo o que digo.

Porque sou como um bumerangue. E sempre vou voltar para Akio. A pergunta é: será que é tarde demais?

33

Como era de esperar, acabamos presas no trânsito, e fico balançando o pé enquanto esperamos os carros avançarem. Logo estamos fora da cidade, pegando a estrada. É possível ver o monte Fuji coberto de neve ao longe.

Quando chegamos à base, temos que aguardar na torre de guarda. Um homem de uniforme se aproxima do carro com uma prancheta debaixo do braço. Reina abaixa a janela escura. Ele reconhece as placas imperiais, me vê no banco de trás e faz uma reverência completa. Antes que Reina possa impedi-lo, ele já está ligando para alguém.

— O que está acontecendo? — Me remexo no banco.

— Ele está ligando para o comandante da base. — Reina tamborila os dedos no volante.

— Que desnecessário. Você não pode só falar que vim ver Akio? Reina recosta a cabeça no apoio do banco.

— Tarde demais. — A coisa está acontecendo. Ouço vozes no rádio.

Faço uma careta. Em poucos minutos, vários veículos se aproximam, piscando o farol. Eles estacionam em um semicírculo e o enorme portão preto abre. Reina e eu saímos do carro. Um homem com uniforme de oficial e dragonas de flores faz uma reverência para mim. Soldados fazem fila atrás dele. O constrangimento me percorre da ponta dos dedos do pé até o topo da minha cabeça. Por sorte, o frio disfarça minhas bochechas vermelhas. O ar é salgado e cheira a peixe.

— Sua Alteza Imperial, que visita inesperada e bem-vinda. Sou o comandante da base Hasegawa. — Ele faz outra reverência, segurando o chapéu debaixo do braço. Tem a mandíbula quadrada, o que o faz parecer malvado. Eu sem dúvida evitaria esse homem em um beco escuro.

— Por favor, perdoe minha intromissão. — Abro as mãos. — Mas estou aqui para ver um de seus aspirantes a oficial, Akio Kobayashi. Se pudesse me mostrar o caminho...

O comandante vira para outro oficial. Ele vocifera algo que não consigo entender em japonês. Então há uma grande agitação. Os oficiais falam uns com os outros e fazem ligações. Três minutos se passam. Eu me esforço para não bater os pés e conferir as horas.

— Localizamos o aviador Kobayashi — o comandante da base diz. — Ele está na cabine de comando. Vou acompanhá-la até lá — ele anuncia, com determinação.

— Tem certeza? — pergunto.

— Por favor, eu insisto. — Ele faz um sinal, e os soldados retornam para os veículos.

Esse homem não deve ser contrariado com frequência. Ele é páreo duro para o meu pai. Gostaria de ver os dois juntos em uma sala.

— Certo, desculpe o incômodo.

Subo no banco de trás da SUV preta e brilhante. Logo estamos percorrendo a base. Durante a curta viagem, o comandante enumera todas as atrações de Nara e me convida para jantar na sua casa esta noite, e eu recuso com educação.

O comboio diminui a velocidade e para em um campo de pouso.

— Ah, aqui estamos — o comandante diz. — Se esperar um pouco, me certificarei de que você receba o equipamento de segurança apropriado e então trarei o sr. Kobayashi. — Soldados circulam com protetores auriculares e bandeiras laranja. Pilotos em uniformes de voo entram nos aviões. Procuro um conhecido par de olhos melancólicos.

Então o vejo. Reconheço-o por sua postura perfeita, com as mãos cruzadas nas costas, um velho hábito dos tempos na guarda imperial do qual ele não se livrou. Saio do carro e começo a correr.

— Akio! — grito, atravessando o campo. Os motores estrondam e abafam minha voz. Meu cabelo e meu casaco se agitam ao vento. Sou uma mancha rosa e bege contra tons verdes, cinza e azuis. — Akio! — grito de novo.

Ele está em uma escada, subindo em uma Kawasaki T-4. Estou a apenas alguns metros de distância quando ele finalmente me nota.

— Izumi? — ele berra, perplexo, descendo a escada. Está usando um uniforme de voo verde-oliva que realça a cor mel de seus olhos. Ele faz uma careta, olhando para as hélices, para os aviões, para os aviadores de capacetes. — O que está fazendo aqui? Não é seguro.

— Eu tinha que te ver — grito mais alto que o rugido dos motores. O vento bagunça meu cabelo e queima minhas bochechas.

Ele frageja e se aproxima de mim. Um capacete pende de sua mão.

— Aqui, coloque isso. — Pego o acessório e fico brincando com as alças. Por um momento, apenas o observo. Me demoro nas maçãs de seu rosto. Então ele pergunta de novo — O que está fazendo aqui?

De repente, perco as palavras diante de seu olhar caloroso. Estou com tanta saudade que fico sem fôlego. Até dói olhar para ele. Dói mais ainda não vê-lo.

— Por que parou de me escrever?

Ele levanta as sobrancelhas.

— Você veio até Nara só para perguntar por que parei de te escrever? — ele grita, tentando cobrir o barulho dos motores.

— Não. Preciso falar umas coisas, e queria fazer isso pessoalmente. — Faço uma pausa, sem saber por onde começar, mas vou pelos acontecimentos mais recentes. — Fui ver Eriku de manhã. Ele me ajudou tanto. Me ajudou a me encontrar, a descobrir o que quero estudar. Acho que vou fazer literatura. Ele me ajudou a entender que não tenho que trilhar o mesmo caminho que todo mundo.

É muito mais fácil ser conduzido do que abrir seu próprio caminho. Na verdade, "abrir" faz parecer fácil. Mas é muito mais cansativo do que isso. É preciso arrancar ervas daninhas. Desenterrar árvores. Colocar cascalho. É um trabalho árduo tornar-se quem se é. Será que há mesmo um jeito certo de virar uma princesa? Uma mulher?

Akio fecha a cara.

— Espero que vocês sejam felizes. Era só isso?

Balanço a cabeça.

— Não, não. Não quero ficar com Eriku. Quero ficar com você. — Dou um passo à frente, desesperada. O motor para no instante em que eu grito com força: — Eu te amo! — O comandante, Reina e as centenas de soldados ouvem e mal conseguem conter seus sorrisos. — Te amo — repito, baixinho.

— Izumi — ele fala, baixo e sério.

Abraço o capacete, com as emoções correndo a toda velocidade. Me dou conta de que não tenho notícias dele há semanas.

— Desistiu de lutar por mim? — A humilhação sobe pela minha espinha e vaza pelos meus poros diante do silêncio de Akio.

Até que ele enfim fala:

— Jamais. Nunca vou desistir de lutar por você. Como eu poderia? Eu te amo, e é preciso lutar pelo que se ama.

— O quê? — Prendo o fôlego, torcendo para não ter entendido errado.

Se isso for uma ilusão, vou morrer. Morrer.

— Eu também te amo — ele diz. — Agora você pode colocar o capacete? — Ele pega o acessório das minhas mãos e o coloca na minha cabeça. Está grande demais e fica torto. — Eu te daria um beijo, mas temos plateia — ele fala, ríspido.

Levanto o capacete para ver melhor. Há vários soldados parados com as pernas abertas, as mãos nas costas e sorrisos tão vastos quanto o oceano. Baixo a cabeça e me aproximo dele, envolvendo os braços em sua cintura. Acho que um abraço não tem problema. Seu peito vibra na minha bochecha.

— Estava planejando acampar do lado de fora do seu dormitório, se fosse preciso — digo, sorrindo.

— Não ia precisar — ele responde. Akio me aperta e se afasta. Todos aplaudem, então o comandante ordena que o pessoal cuide da própria vida e volte ao trabalho.

— Acho que tenho que ir. — Akio coça a nuca. Os músculos de seu rosto tensionam. — É meu primeiro voo.

— Que incrível! — digo, alisando as calças. — Te ligo mais tarde então?

— Na verdade, estou de folga a partir desta noite. Mas entendo se você tiver outros compromissos...

— Não tenho nada — me apresso a dizer. — Vou esperar... isto é, se você quiser.

— Combinado.

— Vá logo. Vá pilotar seu avião. Estarei bem aqui quando pousar.

O comandante da base me deixa ficar. Subimos na torre de controle. E ali consigo ouvi-lo pelo rádio. Posso ver seu avião acelerar na pista e cortar o ar. Estou exatamente onde deveria estar: vendo Akio voar.

De noite, estou no banco de um táxi com Akio. As ruas de Nara estão sonolentas. Luzes escapam pelas janelas. Comerciantes fecham suas lojas. Tenho um boné na cabeça, cortesia de Akio, e estou usando um de seus moletons. Estamos de mãos dadas e, vez ou outra, ele aperta meus dedos. Estamos meio tontos, há uma espécie de eletricidade correndo entre nós. Finalmente estamos juntos.

— Reina vai me matar. — Me apoio em seu ombro, suspirando.

— Pode colocar a culpa em mim — ele diz.

Sorrio, e ele sorri de volta. Seus dentes cintilam na escuridão. Seu cabelo ainda está molhado do banho. Demos um perdido nela, nos enfiamos em um táxi e fomos embora.

— Aonde você quer ir? — ele pergunta. — Quer comer algo?

— Não estou com fome.

— Quer dar uma volta no parque?

— Estou cansada demais. Vamos para algum lugar com privacidade. Talvez um hotel? — Seis meses sem Akio é tempo demais. Quero-o todo para mim. Não aguento esperar nem mais um segundo para sentir sua pele, para tocá-lo.

— Tem certeza? — ele pergunta com uma voz baixa e os olhos ardentes.

— Tenho.

Ele se inclina para a frente e indica o caminho para o motorista, então beija meus dedos.

— Não é o melhor, mas é perto e teremos privacidade.

O táxi para na frente do que parece uma casa tradicional japonesa. Tem varandas de madeira no estilo *engawa* e calhas para transportar a água da chuva dos beirais para as correntes decorativas *kusari-doi*. Espero do lado de fora enquanto Akio faz o check-in e abaixo a cabeça quando um grupo de adolescentes passa. Ele ressurge com a chave na mão e me conduz por uma escada estreita.

O quarto combina com o exterior. O teto é alto, com vigas de madeira expostas. Uma luminária de bambu lembra aquelas lanternas antigas, lançando uma luz quente que parece fogo. E, bem no meio, há uma cama *queen size* com um edredom branco como a neve. Ele fecha as portas e gira a fechadura com um clique. O quarto combina com a gente.

— Tudo bem? — ele pergunta, engolindo em seco.

Atravesso o quarto, passando a mão na cama. É simples. Perfeito. Ele permanece parado perto da porta. Se tentar fugir, vou atacá-lo.

— Está tudo mais do que bem. — Um pensamento me ocorre. — O que você disse… sobre não estar à minha altura, não querer ficar na minha órbita dourada, você sabe que é o oposto, não é?

Seus lábios se retorcem. Sei que vai discordar. Me aproximo.

— Sou eu que não estou à sua altura.

Ele balança a cabeça.

— Não é verdade.

Cerro os punhos.

— É, sim. Não consegue ver? Sou caótica. Não faço ideia do que estou fazendo. Vivo errando. Provavelmente vou passar a vida toda errando. Só… fique ao meu lado, pode ser?

Ele pega minhas mãos e as leva ao peito.

— Sou seu. Sempre fui seu.

— Seu coração está batendo tão rápido — sussurro.

— Eu... pensei que nunca mais fosse te ver. A não ser nas revistas. Pensei que teria que te observar para sempre à distância. — Ele toca meu rosto, meus lábios.

— Vai me beijar agora? Faz tanto tempo...

— Tempo demais — ele concorda.

O timbre grave de sua voz reverbera em mim em um eco infinito. Sinto suas mãos na minha cintura, no meu cabelo. Está bem. Está tudo bem agora.

— Te amo — falo.

— Repete — ele diz perto do meu ouvido, dando um beijinho. E uma mordidinha.

— Te amo.

— Eu também te amo — ele devolve. Quatro palavrinhas potentes e poderosas.

Fico rígida e recuo.

— Mas por que parou de me mandar poemas? — pergunto, com o coração na boca.

Nunca me senti tão vulnerável. O medo abre caminho. Akio me machucou quando partiu. Seus motivos foram altruístas, mas quem garante que ele não vai fazer isso de novo? Talvez eu seja boba por confiar nele outra vez. Ou corajosa. É isso.

— Você não estava respondendo. Resolvi esperar. Não queria... forçar a barra.

Suspiro.

— Precisamos melhorar nossa comunicação.

Ele dá risada e leva a mão ao meu queixo, segurando meu rosto. Fecho os olhos e beijo sua bochecha, o canto da sua boca, e então, finalmente, *finalmente*, seus lábios. Ele grunhe baixinho e abre a boca, e o beijo gentil se torna algo mais. É difícil decidir onde colocar minhas mãos, quando quero tudo de uma vez. Abrimos botões. Tiramos as camisas.

— Meu Deus, Akio — murmuro entre beijos entorpecentes.

Nos jogamos na cama, e Akio me pergunta se está tudo bem.

— Sim, mas, hum, você tem alguma coisa? Sabe, proteção?

Ele me olha, absorto e feroz. Sua voz está rouca:

— Tenho.

Com isso resolvido, retomamos os beijos e tiramos o resto das roupas. Logo estamos debaixo dos lençóis. É isto que eu quero.

Não consigo dormir. É como se estivesse ligada na tomada. Estou toda acesa. Elétrica. Akio está roncando ao meu lado, com o lençol cobrindo seu peito. Estou com o celular na mão, escrevendo poemas e de vez em quando olhando para ele. Ele está imóvel. Quando nos conhecemos, pensei que fosse um vampiro. Agora posso confirmar. Ele dorme feito um morto-vivo.

— Posso sentir você me observando — ele murmura de olhos fechados.

Deixo o celular de lado e apoio o queixo em seu peito.

— Só estou absorvendo você. Compensando o tempo perdido.

Ele leva a mão à minha cabeça e fica brincando com meu cabelo. Abre um olho.

— Rabanete.

— Quem sabe mais tarde você possa colocar seu uniforme pra mim. — Me mexo, tentando conter um estremecimento.

A verdade é que estou meio dolorida, mas de um jeito bom.

Ele desce a mão e faz carinho no meu braço.

— Está me objetificando?

— Com certeza. — Inclino a cabeça para receber um beijo.

— O que é isto? — ele pergunta, afastando os lábios dos meus.

Ele está olhando para o meu celular, que ainda está com a tela acesa.

— Ah, só uns poemas que eu estava escrevendo. — Bloqueio o aparelho e o coloco na mesinha de cabeceira, mas ele segura meu pulso.

— Leia pra mim.

Fico insegura.

— São meio bobos.

Ele me puxa para baixo e fecha os olhos.

— Leia. Agora.

— Tinha esquecido quão autocrático você pode ser — bufo, me acomodando na dobra de seu braço.

Os cantos da sua boca se curvam, formando um sorriso.

— Estou esperando — ele diz.

Percorro a tela até o começo, com o *waka* sobre a diminuição da população japonesa e a morte da arte. *Quem vai viver aqui agora que você foi?* E termino com meu poema mais recente — sobre minha mãe e sobre mim mesma.

Te vejo encolhendo,
está cada vez menor.
Doando seu tempo,
seu riso, sua energia.
Vão é arrancar seus ossos.

Quando termino, Akio está mudo.

— Como eu disse, são bobos. É por isso que vou estudar, vou melhorar. Sei que tenho muito pra aprender. — Fico mexendo no lençol.

Ele abre os olhos, duas piscinas de mel.

— Esses poemas são maravilhosos.

Fico vermelha e escondo o rosto em seu peito. Ele ergue meu queixo e me faz olhar para ele.

— Sério, são maravilhosos.

Então me beija, e sinto o mundo suspirar.

Menos de vinte e quatro horas depois, Reina está esmurrando a porta. Ela nos achou. Akio tem que voltar para a base, e eu, para o palácio. No pátio do hotel, ele me olha e pergunta:

— O que vai acontecer agora?

O ar matinal está frio e sombrio. Nossa pequena bolha explodiu.

Dois carros esperam na rua. Prontos para nos levar em direções opostas.

— O que vai acontecer agora... — Coloco as mãos em seu peito. — É que você vai voltar a estudar, e eu vou começar.

Agora é diferente da outra vez que nos reencontramos, quando ele pediu demissão da guarda imperial e me mandou um chaveiro de arco--íris com meu nome (longa história). Naquela época, eu teria corrido do palácio direto para os seus braços, com juras de amor eterno na ponta da língua. Akio disse que me esperaria o quanto fosse preciso. Mas agora... agora não estamos mais esperando um pelo outro. E acho que ambos sabemos disso. Somos duas árvores crescendo lado a lado — duas árvores distintas. Temos nossas próprias raízes. Nossas próprias rotas para o sol.

Ele encosta a testa na minha.

— Te ligo.

— Estarei esperando.

Nos beijamos uma vez. Duas vezes. Três vezes. Akio abre a porta do carro para mim, e eu mando um beijo para ele pelo retrovisor. Ele acena. Não sei o que o futuro vai nos reservar. Neste momento, estamos juntos. E espero que continue sendo assim. Então nos despedimos dessa forma. Com esperança.

34

SEIS SEMANAS DEPOIS

Eu

Não esquece de ajeitar a alça da
descarga pra ela não emperrar.

Enfio o celular no bolso e tranco a porta do dormitório. O corredor está lotado de estudantes internacionais. Aceno para os vizinhos que conheci no fim de semana da mudança — um é da Hungria e está cursando engenharia, e o outro é de Botswana e estuda ética global. Minha mãe os presenteou com histórias sobre Gary, meu amigo imaginário de quando eu tinha oito anos, que me fez comer tanto chiclete que fui parar no médico. Fiquei gritando com ela sem parar.

Reina se aproxima, dando batidinhas em seu relógio. "Atrasada", ela sussurra. Meu celular vibra. No elevador pego o aparelho e vejo que Eriku respondeu.

Eriku

Tá. Acha que sua mãe se importaria se
eu retirasse a sua foto pelada na
banheira? É encantadora, mas...

A fotografia tem vinte por vinte e cinco centímetros e está pendurada em um local de destaque no nosso banheiro de Mount Shasta. Tenho quatro anos, estou com o bumbum para cima, as bochechas brilhando e tem bolhas ao meu redor. Escrevo uma resposta no meu caminho para o campus.

> Eu
>
> Sei lá. É meio que um clássico nosso.
> Mas acho que não...

> Eu
>
> Fora isso, está tudo bem?

> Eriku
>
> Mais do que bem. Jones vai me ensinar
> a fazer um bongô hoje à noite. Ele exige
> que a gente fique sem camisa e
> descalço. Tem alguma coisa a ver com
> se conectar à terra?

Jones meio que adotou Eriku, assim como Momo-*chan*, embora ele discorde da reprodução de raças puras de cães por estética ou superioridade genética. Ele também não acredita que cachorros devam ser controlados, treinados ou colocados em coleiras.

O vento balança uma fileira de faias e a torre do relógio fica visível. Reina está logo atrás de mim — perdendo a cabeça, claro. Se não estivermos vinte minutos adiantadas para tudo, provavelmente estaremos atrasadas. Respondo para Eriku e aperto o passo.

> Eu
>
> Manda ver. A vida é uma canção, certo?

> Eriku
>
> Cem por cento. A vida é uma canção.

Nos despedimos. Recebo mais outras duas mensagens. Noora me mandou um *gif* de um homem de bigode jogando purpurina. Ambas sabemos o que isso significa: ela está empolgada pelo meu primeiro dia de aula, quer saber tudo depois, e também tem algo para me contar, por isso pede que eu ligue mais tarde. Sim, tudo isso é dito em uma única imagem animada.

E, enfim, leio a mensagem de Akio.

Akio

Boa sorte hoje.

Mando um agradecimento cintilante. Conversamos bastante por telefone. Mas só o vi uma vez desde aquela noite no hotel em Nara. E posso confirmar para todo mundo que ele vestiu o uniforme para mim. Superou minhas expectativas. Não consigo não sorrir ao lembrar.

Ainda estou sorrindo quando me acomodo em uma cadeira dura verde em uma sala de aula. Abro o notebook. Uma professora jovem com rosto em forma de coração e terno azul-marinho entra e para atrás do púlpito.

— *Ohayô gozaimasu* — ela diz, sorrindo com simpatia. — Sou Imai *Sensei*. Bem-vindos à Poética 1A. — Uma assistente distribui o programa.

Fui atrás do sr. Ueno, meu entrevistador, e despejei nele todo um discurso sobre a importância de seguir minhas paixões — que não incluíam botânica. Homem abençoado. Ele me ouviu e me mandou procurar a secretaria para trocar de curso. Foi muito menos trabalhoso do que pensei. Ainda assim, quando fui corrigir o formulário e risquei "botânica" para escrever "poesia", senti que era um momento importante, como se uma flecha estivesse acertando o alvo. Também reconsiderei meu hobby. Nada de doação de sangue nem Cruz Vermelha para mim. Estou pensando em algo relacionado à proteção dos animais, e o sr. Fuchigami está pesquisando alguma instituição.

A professora continua:

— Para começar, sempre gosto de perguntar se alguém quer ler seu trabalho para a turma.

Os estudantes se remexem nas cadeiras, desconfortáveis, se recusando a fazer contato visual para que ela não pense que estão se voluntariando.

Mordo o lábio e levanto a mão.

— *Hai*, sim, por favor — ela me incentiva. — *Dōzo*.

Fico de pé. Minhas mãos estão suando, e o celular fica escorregando nas minhas palmas. Seguro-o firme e leio:

Nós nos escondíamos
em florestas verdes, mas
agora preenchemos
espaços com nossas vozes.
Me vejam. Aqui estou.

Ao terminar, sento de novo, e outro estudante levanta a mão para ler seu trabalho. Tenho certeza que o poema vai vazar para os tabloides. Vão interpretá-lo como quiserem. Mas não ligo. A vida é um poema. Que eu vou escrever.

Agradecimentos

Escrever um livro durante uma pandemia não é brincadeira. Por sorte, tenho pessoas maravilhosas ao meu redor. Como sempre, sou grata ao meu parceiro, Craig, e aos meus gêmeos, Yumi e Kenzo — tudo o que faço é para vocês (e para mim também: sou uma mãe melhor porque escrevo). Acreditem em mim quando digo que vocês três são meu verdadeiro final feliz. Sou grata aos meus pais, que incutiram em mim o amor pela leitura e pela escrita. E a todos os meus irmãos, incluindo minha família estendida e meus amigos: obrigada pelo entusiasmo, pelo amor e pela imensa confiança. Também quero agradecer a Carrie, que agora chamo de amiga, por ser uma leitora tão incrível e por me ajudar a trazer o Japão à vida neste livro — eu não podia tê-lo escrito sem você.

À minha agente, Erin Harris: sou absurdamente grata pelo seu apoio inabalável. Obrigada por ter atendido àquela ligação desesperada no meio de uma visita aos seus pais; você foi muito além do esperado. (Desculpe de novo, sr. e sra. Harris.) E obrigada à Joelle Hobeika, editora de mente sagaz e mão gentil. Agradecimentos adicionais a Josh Bank e Sarah Shandler e a todo o time da Alloy. Também queria agradecer a John Ed de Vera, um artista brilhante; sem ele, as capas da edição americana de *Uma princesa em Tóquio* e *Um sonho em Tóquio* nunca existiriam.

Um ENORME obrigada à minha editora Sarah Barley da Flatiron por acreditar em Izumi o suficiente para me deixar escrever um segundo livro. E obrigada a toda a equipe da Flatiron: Megan Lynch, Malati Chavali, Bob Miller, Nancy Trypuc, Sydney Jeon, Jordan Forney,

Claire McLaughlin, Erin Gordon, Vincent Stanley, Frances Sayers, Keith Hayes, Kelly Gatesman, Emily Walters, Donna Noetzel, Brenna Franzitta, Katy Robitzski, Emily Dyer e Drew Kilman. Obrigada por tudo o que vocês fazem no palco e nos bastidores.

E para a minha comunidade, obrigada! Por fim, alguns leitores intrépidos podem notar que estes agradecimentos são parecidos com os de *Uma princesa em Tóquio*. Por favor, saibam que isso só significa que sou duplamente grata, e me alegro por estar aqui — sou feliz em dobro.

ESTA OBRA FOI COMPOSTA POR OSMANE GARCIA FILHO EM BEMBO
E IMPRESSA PELA LIS GRÁFICA EM OFSETE SOBRE PAPEL PÓLEN SOFT DA
SUZANO S.A. PARA A EDITORA SCHWARCZ EM OUTUBRO DE 2022

A marca FSC® é a garantia de que a madeira utilizada na fabricação do papel deste livro provém de florestas que foram gerenciadas de maneira ambientalmente correta, socialmente justa e economicamente viável, além de outras fontes de origem controlada.